www.tredition.de

AF186497

Jürgen Binder

Die vergessene Zeugin

www.tredition.de

© 2019 Jürgen Binder

Verlag und Druck: tredition GmbH, Hamburg

ISBN
Paperback: 978-3-7482-3152-3
Hardcover: 978-3-7482-3153-0
e-Book: 978-3-7482-3154-7

Umschlagabbildung: Jürgen Binder,
Thmuis (Ausschnitt), Öl auf Leinwand 2018

Für meinen Vater

Die Wahrheit liegt in der unersetzbaren, flüchtigen Farbe unserer Tage.
In den vorüberhuschenden Augenblicken.
Wie ein Lied, dessen Worte man nicht behalten kann.
Ein Lächeln, das man nicht mehr wiederfindet.

Unterägypten, 39 n.Chr.

Der Wüstenwind zerrte an den Gewändern der einsamen Gestalt, die sich mit schweren Schritten über den sandigen Boden schleppte. Die erbarmungslose Sonne hatte längst das Gesicht des Mannes verbrannt und ihm die Kräfte aus den Gliedern gesogen.

Seit Wochen war er nun schon unterwegs, seit er die Stadt Gottes verlassen hatte, um sich auf die Suche nach einer Wahrheit zu begeben, die ihm abhanden gekommen war.

Auf der alten Handelsroute der Nabatäer war er entlang der Küste gewandert und hatte sich manchmal Karawanen angeschlossen, mit denen das Volk aus Arabien Spezereien und Teer ins Land am Nil brachte.

Weite Strecken durch die karge Landschaft aber hatte er alleine zurückgelegt und das eine oder andere Mal war er nur knapp den Räuberbanden entkommen, die auf der Lauer lagen, um reiche Reisende zu überfallen. Doch bei ihm wäre sowieso nichts zu erbeuten gewesen, denn außer seinem Wasserschlauch und dem Brief hatte er nichts bei sich.

Was sonst hätte er auch mitnehmen sollen?

Als er sich von seinen Glaubensbrüdern verabschiedet hatte, war er voller Vertrauen gewesen, darauf, daß Gott ihn geleiten und an sein Ziel gelangen lassen würde. Und auch wenn auf dem langen Weg, wenn er die letzte Kraft zu verlieren schien, dieses Vertrauen manchmal brüchig geworden war, so hatten ihm doch die Gebete, die er immer wieder in seinen Nachtlagern gesprochen hatte, erneut den Mut verliehen, weiterzuwandern.

Fast sechs Jahre war es nun her, daß er eine Antwort

auf das Schreiben bekommen hatte, in dem er sich damals, nach all den Streitereien in der Heimat und den aufkommenden Zweifeln, hilfesuchend dorthin gewandt hatte, wohin er jetzt unterwegs war. Ja, es hatte lange gedauert, bis er sich entschieden hatte, aufzubrechen und damit einige seiner Brüder vor den Kopf zu stoßen, die es verurteilt hatten, daß er sich an jemanden wenden wollte, der nicht mehr zu ihnen gehörte.

Doch schließlich war er sicher gewesen, das Richtige zu tun und jetzt, wo er so weit gereist war und seinem Ziel so nah, würde er nicht mehr schwach werden.

Sand wehte ihm in die Augen und erschwerte ihm das Sehen. Er setzte sich auf einen Felsen und wischte mit dem Stoff seines Gewandes den Schmutz aus dem Gesicht. Dann löste er die Riemen seiner verschlissenen Sandalen und massierte die schmerzenden Füße.

Wie er so da saß, trug der Wind Geräusche an sein Ohr und er schaute auf. Von Westen her näherte sich ihm eine Gruppe Handelsreisender, die er in der Ferne erkennen konnte. Vielleicht war er in der Nähe eines Karawanenrastplatzes, hoffte er, eines jener kleinen Orte, an denen er immer hatte Nahrung erbeten können. Bei diesen Gedanken begann sein Magen zu schmerzen und ihm wurde wieder bewusst, daß er seit Tagen kaum etwas zu sich genommen hatte.

Er blieb sitzen, bis die Karawane ihn erreicht hatte, dann fragte er einen der vermummten Männer, wie weit es wohl noch bis zu der Ansiedlung sei, zu der er unterwegs war. Und zu seiner Freude bekam er die Auskunft, daß er nur noch eine knappe Tagesreise vor sich hatte. Der fremde Händler schaute ihn mitleidsvoll an und schien erschrocken über die ausgezehrte Gestalt, die da vor ihm stand. Schließlich holte er einige getrocknete Früchte aus der Tasche an seinem Gürtel und reichte sie dem einsamen Reisenden zur Wegzehrung. Er lächelte kurz und beeilte sich dann, wieder Anschluss zu finden an die weiterziehende Karawane.

Nachdem er sich noch eine Weile auf dem Felsen ausgeruht hatte, machte sich auch der Mann aus der Heiligen Stadt wieder auf den Weg. Wenige Meilen weiter tauchten vor ihm die flimmernden Schemen einer kleinen Oase auf, in welcher er seinen Wasserschlauch auffüllen und die Nacht würde verbringen können.

Früh am nächsten Morgen brach er wieder auf und nutzte die noch kühle Luft, um einen guten Teil seines restlichen Weges zügig zurückzulegen.

Dann, am späten Nachmittag, als die Sonne wieder heiß vom Himmel brannte, sah er sie vor sich, die Stadt, in der er Antworten auf seine Fragen zu finden hoffte.

Auf dem Markt zwischen den Lehmhäusern fragte er mehrere der Bewohner nach dem Aufenthaltsort seiner einstigen Mitgläubigen aus der Heimat, bis er auf jemanden traf, der ihm die gewünschte Auskunft geben konnte.

Der Beschreibung folgend verließ er den Ort an seinem anderen Ende wieder und fand schließlich recht weit außerhalb das einzelne, größere Gebäude, das ihm genannt worden war.

Im Licht der tief stehenden Abendsonne klopfte er erschöpft an das hölzerne Tor und nach einer Weile wurde die Pforte von einer, ganz in Schwarz gekleideten Frau geöffnet, die ihn überrascht ansah und offenbar überlegte, wer ihr da gegenüberstand. Dann spiegelte sich Erkennen in ihrem Gesicht und sie lächelte.

"Du bist es", sagte sie. "Ich hatte gar nicht mehr mit Deinem Kommen gerechnet."

1

Graubner würgte einen Klumpen Schleim ins Waschbecken. Schweiß hatte seine Haare an die Kopfhaut geklebt und lief ihm jetzt in dünnen Bächen ins Gesicht. Diese endlose feuchte Hitze brachte ihn um. Vielleicht auch die Zigaretten und der Alkohol. Aber vielleicht spielte dies letztlich auch gar keine Rolle.

Er richtete sich auf und starrte in den blinden Spiegel. 'Du bist am Ende', dachte er, 'wirklich am Ende.'

Doch das hier würde er noch durchziehen und wenn es das Letzte war, was er tat.

Sein Blick fiel auf die schimmligen Tapetenfetzen, die sich von den Wänden des Zimmers lösten und einen unappetitlich dreckigen Putz freilegten, der leise zu Boden rieselte und kleine Häufchen bildete.

Seit drei Tagen saß Graubner in dieser elenden Absteige und fragte sich, ob er dabei war, den Verstand zu verlieren.

Ein krakelig handgeschriebener Brief hatte ihn veranlasst, nach Peru zu fliegen und als ob dies nicht schon abwegig genung gewesen wäre, hatte er sich auch noch auf die Bedingung eingelassen, hier in diesem sogenannte Hotel im wahrscheinlich vergammeltsten Viertel der Hauptstadt abzusteigen.

Graubner beobachtete, wie der Schleimklumpen Richtung Abfluss rutschte und dabei eine helle Spur in der ursprünglichen Farbe des Waschbeckens hinterließ. "Scheiße", murmelte er heiser und wandte sich ab.

Er fischte die Zigarettenpackung aus der schweißnassen Hemdtasche, nahm die Bierflasche vom Tisch und setzte sich auf das schmierige Bett. Der Deckenventilator verteilte den Zigarettenrauch in der stickigen Luft. Graubner unterdrückte einen Brechreiz und trank den Rest des warmen Biers.

Normalerweise herrschte in Lima ein gemäßigtes Klima, doch er hatte offenbar die heißesten und schwülsten Tage seit langem erwischt. Er starrte aus dem Fenster auf das Gewirr von Leitungen aller Art, welches die schmale Gasse überspannte und fragte sich, wohin diese Unternehmung hier führen würde.

Die Angaben in dem Brief waren vage, aber konkret genug, um sein ernsthaftes Interesse zu wecken. Und der Schreiber schien zu wissen, wovon er sprach.

Graubner hatte keine Ahnung, warum der anonyme Absender sich an ihn gewandt hatte. Seit vielen Jahren vertrat er eine Theorie, mit der er ziemlich alleine auf weitem Feld stand und die ihn schon längst seine wissenschaftliche Reputation gekostet hatte. Doch an der Richtigkeit seiner Annahmen hatte Graubner nur selten gezweifelt und nun tat sich hier womöglich die Gelegenheit auf, einen Beweis zu finden. Einen handfesten, unzweideutigen Beweis. Diese Chance konnte er sich nicht entgehen lassen, so gering sie auch sein mochte.

Er war jetzt Anfang 60, schon lange geschieden und kinderlos. Und ganz sicher nicht gesund. Was sollte es also.

Graubner steckte sich eine weitere dieser widerlichen peruanischen Kippen an und ein furchterregender Hustenanfall nahm ihm vorübergehend den Atem. "Verdammt", keuchte er und hielt sich am Bettgestell fest, bis ihm nicht mehr schwindlig war. Vielleicht würde ihm noch mehr lauwarmes Bier Linderung verschaffen. Einen Kühlschrank gab es in diesem Loch nicht. Er riss die Flasche auf und nahm einen langen Zug. In der Ecke lief ununterbrochen ein winziger Fernseher, der Graubners Meinung nach seit Tagen die immer gleiche Sendung ausstrahlte, unscharf und in grellbunten Farben.

Nein, dachte er, er hatte wirklich nichts zu verlieren.

In dem Brief hatte gestanden, er würde einen Anruf erhalten. Und heute war dieser Anruf gekommen. Vor etwa einer Stunde. Graubner war jetzt noch schlechter als zuvor schon.

Der Dodge mußte mindestens 40 Jahre alt sein und bestand auf den ersten Blick überwiegend aus Rost. Graubner hing in dem völlig durchgesessenen Beifahrersitz aus undefinierbarem, zerschlissenem Material, vor sich in Augenhöhe das Handschuhfach und die Ablage aus verschrammtem Edelholz. Oben an der Winschutzscheibe baumelte eine Girlande aus Maskottchen und Lokalheiligen. Ganz sicher dringend nötige Talismane in Limas mörderischem Straßenverkehr.

Er hatte keine Ahnung, wohin genau sie fuhren. Er hatte dem dürren Taxifahrer mit der Baseballkappe einfach wiederholt, was ihm die Stimme am Telefon gesagt hatte. Irgendeine, ihm nicht bekannte Adresse in einem Stadtviertel namens San Isidro.

Sie fuhren scheinbar planlos durch ein Gewirr düsterer Gassen. Durch Häuserlücken konnte Graubner hier und da Slums erkennen, die über die Hänge kleinerer oder größerer Hügel wucherten. Die Wellblechdächer flirrten in der Nachmittagshitze.

Sein Fahrer sprach kein Wort, bleckte nur gelegentlich die Zähne und nickte ihm aus irgendeinem Grund aufmunternd zu.

Heiße Abgase wehten durch die offenen Seitenfenster und brachten Graubner in Kombination mit seinem eigenen Zigarettenqualm an den Rand einer Ohnmacht.

'Lima', dachte er, 'ein 10-Millionen-Molloch, der sich von der Pazifikküste bis zu den Ausläufern der Anden erstreckte und praktisch immer unter einer Smogglocke lag, gebildet aus Emissionen der Industrieanlagen und des Straßenverkehrs. Und gegründet von den Mördern des Inka-Volkes.'

Graubner war noch nie hier gewesen und er glaubte, daß er da verdammt nochmal nicht viel verpasst hatte. Seine Augen brannten und er spürte Übelkeit in sich aufsteigen. Auf die nächste Fahrt dieser Art würde er Bier mitnehmen müssen.

Als er vor drei Tagen am Flughafen "Jorge Chávez" in Callao angekommen war, war er so betrunken gewesen, daß er davon und vom Weg in seine Absteige kaum etwas mitbekommen hatte. Das hätte er sich jetzt auch gewünscht, doch die einzige Flüssigkeit, die ihm hier in den Mund lief, war sein eigener Schweiß.

"Rio Rimac", sagte die Gestalt neben ihm völlig unerwartet und Graubner fuhr zusammen. Die Worte rissen ihn aus seinen Gedanken und er bemerkte, daß der alte Dodge sich im Schritttempo inmitten eines Staus über eine Brücke schob. Und sein ansonsten stummer Fahrer hatte wohl in einem Anfall von Fremdenführertum auf den Fluss hinweisen wollen, der Lima träge fließend in zwei Hälften teilte.

Vielleicht selbst erschrocken von seinem Wortschwall drehte der Fahrer nun das Radio auf und für den Rest der Reise plärrte blecherner peruanischer Singsang aus den Lautsprechern.

Sie waren mittlerweile seit über einer Stunde unterwegs und tauchten nun offenbar in so etwas wie die Innenstadt ein. Links hinter der Brücke sah Graubner an einem prächtigen, großen Gebäude den Schriftzug "Estación de Desamparados". Ein großer Bahnhof, wie es schien.

Auf schier endlosen, breiten Straßen passierten sie bröckelnde Kolonialbauten und moderne Wolkenkratzer und nach einer weiteren dreiviertel Stunde im nie nachlassenden Verkehrschaos, war Graubner endgültig überzeugt, daß er diese Fahrt nicht überleben würde.

Doch just in diesem Moment lenkte der Fahrer den rostigen Oldtimer in eine etwas ruhigere, baumbestandene Nebenstraße, ganz offensichtlich eine wesentlich bessere Gegend als die, in der sie gestartet waren. Der Wagen rumpelte noch einige hundert Meter über den unebenen Straßenbelag zwischen den wild parkenden Autos zu beiden Seiten und kam dann vor einem großen, schmiedeeisernen Tor zu Stehen, welches Graubner sofort als dasjenige erkannte, das ihm am Telefon beschrieben worden war.

Flankiert von zwei verfallenden Torhäuschen bildete es die Einfahrt zu einem großen Grundstück und einer Villa, die Graubner teilweise hinter hohen Bäumen sehen konnte.

Nach wie vor wortlos bedeutete ihm sein merkwürdiger Fahrer auszusteigen, eine Aufforderung, der Graubner gerne nachkam. Auf der Straße stehend, in einer Luft, die kein bißchen besser war als im Fahrzeug, blickte er dem davonholpernden Wagen nach. Offenbar war sein Chauffeur schon bezahlt worden.

Er überlegte kurz, ob es wohl möglich wäre, sich noch

schnell irgendwo Alkohol zu besorgen, doch das Quietschen des sich automatisch öffnenden Tores unterbrach diesen Gedankengang. Obwohl er nirgendwo Kameras entdecken konnte, war seine Ankunft offenbar schon bemerkt worden.

'Hol's der Geier', dachte Graubner und trat auf die staubige Auffahrt.

Langsam und erschreckend kraftlos ging er auf das Gebäude zu. Er schwitzte und fühlte sich dem Ende seiner Kräfte nahe.

Die vor ihm aufragende Villa war eindeutig nicht die Behausung eines armen Mannes. Von den einst weißen Außenwänden fiel der Putz und aus verschiedenen Rissen wuchsen unbekannte Pflanzen, doch der einstige Glanz war noch zu erahnen. Schmutzige Stufen aus edlem Stein führten hinauf zu einer von Säulen gerahmten, doppelflügligen Eingangstür.

Noch bevor Graubner das Ende der Treppe erreicht hatte öffnete sich ein Türflügel und eine einheimische, unscheinbare Frau mittleren Alters trat ins Sonnenlicht.

"Willkommen Professor Graubner", sagte sie erstaunlicherweise auf Deutsch, "Treten Sie ein. Ihr Gastgeber erwartet Sie".

"Danke", murmelte Graubner und hoffte, daß es in diesem Gemäuer kaltes Bier gab.

Dann trat er in das muffige Halbdunkel der Eingangshalle.

Im Gebäude war es etwas kühler als draußen. Graubner sah Treppenaufgänge rechts und links, die auf eine Galerie im ersten Stock führten.

"Folgen Sie mir", sagte die Frau bevor er sich weiter

umsehen konnte. Sie führte ihn zu einer schweren Holztür am anderen Ende der Halle, die sie mit einiger Anstrengung aufzog und geleitete ihn in den dahinterliegenen Raum.

Hohe Bücherregale bedeckten fast alle Wände des Zimmers, Bücher stapelten sich zudem auf Tischen und Kommoden. Durch halb geschlossene Holzläden vor den hohen Fenstern fielen staubige Sonnenstrahlen auf den Dielenfußboden.

Graubner wußte gar nicht, was er erwartet hatte, aber irgendwie war er von dem Anblick doch überrascht. Der Bewohner dieser Villa schien ein vielseitig interessierter Mensch zu sein.

"Wenn man Jahrzehnte lang mehr oder weniger hier eingesperrt ist, hat man viel Zeit zum Lesen", sagte eine dünne, brüchige Stimme rechts von Graubner. "Und es sammelt sich einiges an".

Graubner wandte sich um und bemerkte jetzt die Gestalt, die in einer Ecke hinter einem großen Schreibtisch saß. 'Mein Gott', dachte er, 'der Mann muß uralt sein. Eine lebende Mumie'

Dieser Vergleich war nicht ganz unangebracht angesichts der dürren Erscheinung, der er sich gegenüber sah. Pergamentartige, dünne und fleckige Haut spannte sich über die kantigen Gesichtszüge des Mannes. Einige weiße Haarsträhnen bedeckten einen ansonsten fast kahlen Schädel. Und sein Gastgeber saß im Rollstuhl, wie Graubner nun auffiel.

Er trat näher und ergriff die knochige Hand, die sein Gegenüber ihm entgegenstreckte.

"Erstaunlich, daß Sie tatsächlich gekommen sind", sagte der Alte.

"Das finde ich auch", erwiderte Graubner, "aber die Andeutungen in Ihrem Brief haben ausgereicht, meine wissenschaftliche Neugier zu wecken."

"Das freut mich. Ich habe ausgiebige Erkundungen über Sie anstellen lassen, bevor ich mich entschlossen habe, Ihnen zu schreiben. Ich denke, ich weiß so gut wie alles über Sie. Deshalb nehme ich auch an, daß Sie im Moment vor allem Sehnsucht nach Bier haben."

Graubner war vorübergehend sprachlos und zuckte zusammen, als wie aus dem Nichts die Frau auftauchte, die in hereingelassen hatte und ihm ein Tablett mit mehreren Flaschen Bier entgegenhielt.

'Das gleiche Gebräu wie im Hotel', dachte er, 'aber immerhin kalt'.

"Meine Haushälterin Sunita", sagte der Mann im Rollstuhl. "Seit vielen Jahren bei mir und daher mittlerweile auch meiner Muttersprache mächtig."

Nachdem Graubner die halbe Flasche geleert und den anschließenden Schweißausbruch überstanden hatte, fand er seine Sprache wieder.

"Sie scheinen ja wirklich gut informiert zu sein. Und nachdem Sie so viel über mich wissen, würde es ein vertrauensvolles Verhältnis zwischen uns sehr befördern, wenn Sie mir jetzt auch etwas über Ihre Person verraten würden."

"Das hatte ich auch vor", sagte der Mann, "und zwar in aller Offenheit. Nach fast siebzig Jahren Versteckspiel habe ich keine Lust mehr auf all die Lügen. Mein Name ist Altmann. Dies ist mein wirklicher Name, nicht das Pseudonym, unter dem ich die letzten Jahrzehnte in diesem Drecksland und in dieser verdammten Villa verbracht habe. Die meiste Zeit alleine und in Angst, entdeckt zu werden."

'Hört sich an, als wollte er tatsächlich reinen Tisch machen', dachte Graubner.

"Können Sie sich denken, worauf dies hinausläuft?", fuhr Altmann fort, ohne eine Antwort abzuwarten.

"Ja, ich bin einer der letzten Nazi-Kriegsverbrecher, die sich in Südamerika verkrochen haben. Ich kam 1947 auf der 'Rattenlinie' hierher, mit Hilfe des Vatikan und der 'Odessa'. Und habe seitdem fast wie ein Gefangener in diesem Haus gelebt, auf einem mit Kameras, Alarmanlagen und anderen Vorrichtungen gesicherten Grundstück. Von diesen Anlagen funktioniert heute einiges nicht mehr. Mit den Jahrzehnten wird man nachlässiger. Und mittlerweile, in meinem Alter ist es mir egal, ob meine Identität doch noch gelüftet wird. Meine Tage sind gezählt."

Graubner brauchte einen Moment, um zu begreifen, was er gerade gehört hatte. Als er dann sprechen wollte, versagte seine Stimme. Er nahm einen Schluck Bier und räusperte sich.

"Mit Hilfe der 'Odessa'?", fragte er. "Die 'Organisation der ehemaligen SS-Angehörigen' ist ein Mythos.

"Ist sie nicht", sagte Altmann, "sie existiert in Teilen bis heute und sie hat seit Kriegsende unzähligen Nazis bei der Flucht geholfen, ihnen neue Identitäten beschafft, Schutz geboten und sie finanziell unterstützt. Wie glauben Sie, bin ich an diese Villa gekommen? Die 'Odessa' war eine mächtige und reiche Organisation. Heute ist sie das nicht mehr. Es gibt nicht mehr viele Nazis. Sie sterben aus."

Graubner fingerte nervös seine Zigaretten aus der feuchten Hemdtasche.

"Haben Sie was dagegen, daß ich rauche?", fragte er. Der alte Mann schüttelte den Kopf.

"Ihr verdammter Zigarettenrauch wird es nicht sein, der mich umbringt."

"Ich weiß ehrlich gesagt nicht so recht, was ich sagen soll zu dem, was Sie da erzählen", sagte Graubner, "aber nach Ihren ausführlichen Recherchen dürften Sie wissen, daß mir mittlerweile auch so einiges egal ist. Ihre NS-Vergangenheit interessiert mich eigentlich nur, sofern sie etwas mit dem zu tun hat, weswegen Sie mich hierhaben wollten. Ich habe kein Interesse daran, Sie irgendwelchen Behörden auszuliefern, damit Sie für das, was Sie möglicherweise verbrochen haben bestraft werden. Außerdem habe ich den Verdacht, daß siebzig Jahre angsterfüllten Lebens im Untergrund vielleicht schon Strafe genug sein könnten. Und Angst haben Sie doch immer noch. Trotz Ihrer Beteuerungen, es sei Ihnen inzwischen egal. Kann es sein, daß der Besitzer des Etablisements, in dem ich abgestiegen bin, ebenso wie der angebliche Taxifahrer zu der, sagen wir, Handvoll Leute gehören, denen Sie vertrauen können? Die für Geld den Mund halten. Haben Sie deshalb auf meine Unterbringung dort bestanden?"

Der Greis im Rollstuhl wirkte auf einmal noch zerbrechlicher. Sein Hände zitterten. Sein Gesicht war grau. Mühsam rollte er um den Schreibtisch herum und auf eine Sitzecke im hinteren Teil des Raumes zu.

"Vielleicht haben Sie recht, Graubner", sagte er mit leiser Stimme, "wichtig ist aber nur, daß ich vorerst auf Ihre Verschwiegenheit vertrauen kann."

"Das können Sie. Wie gesagt bin ich an dem interessiert, was Sie mir zeigen wollten."

"Dann kommen Sie und nehmen Sie hier Platz." Altmann deutete auf einen Sessel. "Ich erzähle Ihnen jetzt, worum es geht."

Graubner nahm eine weitere Flasche Bier vomTablett und folgte dann Altmanns Aufforderung.

"Ist Ihnen 'El Alamein' ein Begriff?", begann der alte Mann.

"El Alamein?", überlegte Graubner laut. "Soweit ich weiß eine Stadt in Ägypten und Schauplatz einer bedeutenden Schlacht des Zweiten Weltkriegs."

"Richtig, die zweite Schlacht von El Alamein leitete die endgültige Niederlage der Deutschen auf dem nordafrikanischen Kriegsschauplatz ein. Vom 23. Oktober bis zum 04. November lagen dort das deutsche Afrikakorps unter Generalfeldmarschall Rommel und die mit uns verbündeten, aber unfähigen italienischen Verbände mit der britischen 8. Armee unter Lieutenant-General Bernard Montgomery im Kampf. Ich erspare uns Einzelheiten. Jedenfalls waren wir schließlich dem Gegner nicht gewachsen und Rommel war zum Rückzug durch Libyen gezwungen. Am Ende mußten die deutschen Truppen nach mehreren weiteren Niederlagen im Mai 1943 in Tunesien kapitulieren. Eine enorme Schmach für uns."

Graubner hielt sich an sein Bier und die Zigaretten und verkniff sich eine Bemerkung dazu, daß der alte Nazi immer noch von "wir" sprach. In gewisser Weise hatte er irgendwie Mitleid mit diesem Greis.

"Ich war damals auch in El Alamein", fuhr Altmann fort, "mit zwanzig Jahren einer der Jüngsten im Rang eines SS- Sturmbannführers. Aber ich nahm nicht an der Schlacht teil."

'Meine Güte', dachte Graubner, 'der Mann ist vierundneunzig Jahre alt.'

"Sie nahmen nicht an der Schlacht teil?", sagte er.

"Nein, zusammen mit zwei Kameraden war ich im Auftrag des 'Deutschen Ahnenerbes' dort, mit besonderem Auftrag. Ich nehme an, Sie haben von der 'Forschungsgemeinschaft Deutsches Ahnenerbe e.V.' schon gehört. Das berührt ja in gewisser Weise Ihr Forschungsgebiet."

"Teilweise", erwiderte Graubner, "aber ich möchte meine Arbeit nicht mit dem unseligen Wirken dieser 'Forschungsgemeinschaft' verglichen sehen. Ich weiß, daß Ihr Reichsführer SS Himmler diese Einrichtung 1935 ins Leben rief, um in der Folge umfangreiche archäologische, anthropologische und geschichtliche Forschungen zu betreiben. Einige Expeditionen wurden im Namen des 'Ahnenerbes' durchgeführt, allerding kaum mit dem Ziel, ernsthafte wissenschaftliche Arbeit zu leisten, sondern vor allem, um Kulturgüter, Kunstwerke und religiös bedeutsame Gegenstände in den Besitz des Deutschen Reiches zu bringen und so auch auf diesen Gebieten die angebliche Vorrangstellung Ihres arischen Volkes zu untermauern. Himmler war besessen von okkulten Themen und geheimnisvollen, alten religiösen Überlieferungen. Sein 'Ahnenerbe' war unter anderem auch auf der Suche nach dem Heiligen Gral, der Bundeslade und Ähnlichem. Ich möchte nicht wissen, wie vielen Menschen diese Suche das Leben gekostet hat. Von den Menschenversuchen, die der 'Forschungsgemeinschaft' zur Last gelegt werden ganz zu schweigen."

"Ich widerspreche Ihnen nicht", sagte Altmann nach kurzer Pause, "nicht umsonst wurde ich als Angehöriger des 'Ahnenerbes' als Kriegsverbrecher eingestuft. Aber doch betrifft das Folgende spätestens jetzt, wo Sie hier sind, Ihr Forschungsgebiet. Sie sind Professor für Biblische Archäologie mit dem Schwerpunkt Christentum, richtig? Und ich denke, was ich Ihnen anzubieten habe, interessiert Sie nach wie vor sehr. Egal, woher es stammt. Sonst wären Sie schon gegangen."

Graubner schwieg.

Altmann atmete schwer, bevor er fortfuhr.

"Schon bevor die Schlacht von El Alamein begonnen hatte, waren meine Kameraden und ich dabei, uns in Zivil zum etwa 100 km entfernten Alexandria durchzuschlagen. Unser Auftrag war, etwas aus der dortigen koptischen St. Markus Kathedrale in unseren Besitz zu bringen. Dies in den Wirren der Kriegshandlungen zu tun, erschien unseren Auftraggebern offenbar einfacher, als in Friedenszeiten. Und um es kurz zu machen: Wir haben unseren Auftrag erfüllt. Wir erreichten Alexandria Ende Oktober 1942 zwangen den Patriarchen der koptischen Gemeinde, uns den Aufbewahrungsort dessen was wir suchten in den Katakomben der Kathedrale zu verraten, stahlen es und sorgten dafür, daß der Geistliche nicht über diese Vorgänge würde berichten können."

Altmann machte den Eindruck, als würde er gleich das Bewustsein verlieren und lockerte sich mit bebenden Händen den Hemdkragen. Offenbar traf ihn die Erinnerung an diese Greueltat gerade mit besonderer Wucht.

Dieser Schwächanfall gab Graubner die Gelegenheit zu rekapitulieren, was er über die St.Markus Kathedrale in Alexandria wusste.

Der Legende nach kam Markus, der Autor des gleichnamigen Evangeliums, in den 40er oder 50er Jahren des

1. Jahrhunderts nach Alexandria, gründete dort eine christliche Gemeinde und wurde schließlich erster Bischof der Stadt. Auch der Bau der Kathedrale, die seinen Namen trägt, geht der Überlieferung nach auf die Initiative des Evangelisten zurück. Im Jahr 68 n.Chr. soll Markus in Alexandria den Märtyrertod erlitten haben und unter seiner Kirche begraben worden sein.

828 n.Chr. stahlen die Venezianer den Leichnam und bestatteten ihn im eigens dafür errichteten Markusdom in Venedig.

Die heutige St. Markus Kathedrale von Alexandria stand, wie Graubner zu wissen glaubte, nach mehreren Zerstörungen und Wiederaufbauten immer noch auf den Grundmauern der von Markus gegründeten Kirche.

Natürlich wurde solchen altkirchlichen Überlieferungen in der Forschung kaum irgendein Geschichtswert beigemessen, wenn man seinen Ruf als seriöser Wissenschaftler nicht aufs Spiel setzten wollte.

Doch Graubner war da durchaus anderer Ansicht.

Ein Röcheln aus dem Rollstuhl ihm gegenüber unterbrach seine Überlegungen. Altmann stemmte sich auf den mageren Armen nach oben, um wieder bequemer zu sitzen. Scheinbar hatte er sich weitgehend erholt.

"Ein Flugzeug ohne Hoheitskennzeichen mit einer Besatzung aus Kollaborateuren flog uns schließlich von irgendwo außerhalb Alexandrias aus nach Europa zurück", sagte er mit rauer Stimme.

"Was haben Sie aus der Kathedrale geholt?", fragte Graubner. Altmanns Brief hatte Andeutungen enthalten, aber noch immer war nicht klar, um was genau es ging.

"Das werde ich Ihnen jetzt zeigen", antwortete der alte Mann und drückte einen Knopf an der Wand neben ihm. Fast augenblicklich erschien seine peruanische Haushälterin in der Tür.

"Warten Sie hier", sagte Altmann.

Graubner ging auf den knarrenden Dielen zu einem der großen Fenster, stieß den Laden weiter auf und warf einen Blick auf das verwilderte Grundstück, das die Villa umgab. Ein leiser Windhauch wehte ihm warme Luft ins Gesicht. Ihm war immer noch übel und mittlerweile leicht schwummrig vom Bier. Einen Augenblick lang fürchtete er, er müsse sich aus dem Fenster übergeben, doch es gelang ihm, diesen Impuls zu unterdrücken. 'Was tust du hier, Graubner?, fragte er sich zum wiederholten Mal. 'Ein abgehalfterter Wissenschaftler, der Deals mit einem greisen Nazi-Kriegsverbrecher macht? Unglaublich. Aber genau das bist du. Doch, genau das.' Graubner stieß ein heiseres, rasselndes Lachen aus und schüttelte den Kopf. Er starrte in den bleiern heißen Himmel Limas, bis er hinter sich das Quietschen der Gummireifen von Altmanns Rollstuhl hörte.

Er wandte sich um und sah einen Gegenstand in der Hand des alten Mannes, den er sofort als Kanope erkannte, einen jener kunstvoll verzierten und bemalten Miniatursarkophage, welche die alten Ägypter zur Bestattung der Eingeweide ihrer Toten verwendeten.

Das Exemplar, welches Altmann nun auf den Tisch legte, war ca. 40 cm lang und offenbar aus Holz.

"Sie haben mich doch nicht hierher geholt, um mir das zu zeigen.", sagte Graubner, "Die altägyptischen Kanopen waren aus Stein oder Ton. Das Ding hier ist nicht besonders alt."

"Dies ist nur das Behältnis, in dem das eigentliche Objekt im Laufe der Zeit unentdeckt über verschiedene Grenzen geschmuggelt wurde", sagte Altmann. "Öffnen Sie es."

Behutsam hob Graubner das Oberteil des kleinen Sarkophages ab und warf einen Blick ins Innere. Er spürte, daß sein Puls sich beschleunigte. In der Kanope lag eine Papyrusrolle mit Schriftzeichen auf dem sichtbaren oberen Teil.

"Das ist das, was wir aus der Kathedrale in Alexandria geholt haben", sagte Altmann, "und obwohl ich nicht viel Ahnung davon habe, denke ich, daß es sehr wertvoll sein muß. Himmler wollte es unbedingt haben. Als wir kurz vor Kriegsende die Schätze des 'Deutschen Ahnenerbes' in Kisten verpackten, um sie in Sicherheit zu bringen, habe ich es gestohlen und seither nicht mehr aus den Augen gelassen."

Graubner schluckte. "Warum ist der Papyrus so gut erhalten?, fragte er. "Das Klima, in dem er die letzten Jahrzehnte hier verbracht hat, ist nicht gerade dazu geeignet, solches Material zu erhalten."

"Ich bin vom Wert dieses Schriftstücks so überzeugt", erwiderte Altmann, "daß ich es die ganze lange Zeit über in einem Schutzbehälter in klimatisierter Umgebung aufbewahrt habe. Der Raum befindet sich im Keller."

Beeindruckt sah Graubner sein Gegenüber an.

"Darf ich mir die Rolle etwas genauer ansehen?", fragte er. Seine Benommenheit war verschwunden und einer gespannten Neugierde gewichen.

"Natürlich", sagte Altmann, "deshalb wollte ich Sie hierhaben."

Graubner drehte die Kanope so, daß die am oberen Ende der Rolle sichtbaren Schriftzeichen in seine Richtung zeigten.

"Dieser Papyrus ist definitiv sehr alt", sagte er, "soviel kann ich schon mal sagen. Darauf deutet auch der Stil hin, in dem er beschrieben ist."

"Unglaublich", murmelte er, "das ist Aramäisch."

Graubner versuchte die sichtbaren Zeilen zu lesen, doch ihm wurde schwarz vor Augen, als er auf den Namen stieß.

"Großer Gott", flüsterte er und unter dem Schweißfilm auf seinem Körper bildete sich eine Gänsehaut.

2

"Die Kirche interessiert nicht, ob Gott existiert", schrie Kardinal Maldini.

Das Einzige, was die Kirche interessiert, ist ihre eigene Existenz. Daß sich nichts ändert und ihre Autorität erhalten bleibt."

Die Worte hallten von den marmorverkleideten Wänden des großen Raumes wider.

Wie er diese von Idealismus umnachteten, niederen Ränge hasste, die im Vatikan immer wieder ihr Unwesen trieben.

Vor seinem schweren Mahagonischreibtisch stand eine Gruppe von fünf Männern in Priesterkleidung, unter ihnen ein junger, französischer Kaplan, Clément, glaubte Maldini sich zu erinnern, der ihm schon wiederholt unangenehm aufgefallen war. Durch lästige Fragen.

"Aber", meldete sich nun wieder dieser Clément zu Wort," es ist doch unsere Aufgabe vor Gott, den Menschen von der Wirklichkeit seiner Existenz zu künden und die Wahrheit der Botschaft Jesu weiterzugeben. Und wenn uns neue Erkenntnisse, diese Wahrheit betreffend, geschenkt werden, dürfen wir sie den Menschen nicht vorenthalten."

Maldini rückte das große Silberkreuz auf seiner Brust zurecht. Hatte dieser Kleingeist ihm nicht zugehört?

"Eigentlich sollte die Tatsache, daß Sie in einem Archiv des Vatikan arbeiten, von dem außerhalb dieser Mauern niemand etwas weiß, obwohl doch das Geheimarchiv offiziell geöffnet ist, Ihre Frage schon beantwortet haben.

Und was immer Sie jetzt in den unbekannten Gewölben des Vatikan gefunden haben wollen, wird die Wahrheit nicht ändern.

Die Kirche hat vor langer Zeit gut sortiert, was wahr zu sein hat und was nicht. Die Tatsache, daß sie seit zwei Jahrtausenden an dieser, ihrer Wahrheit festhält, egal was passiert, hat sie zur ältesten existierenden und noch funktionierenden Institution der Welt gemacht.

Und ich habe nicht vor, jetzt an dieser Strategie irgendetwas zu ändern."

Tatsächlich hatte der alternde Kardinal hier seit Jahrzehnten ein Amt inne, in dem seine Funktion genau darin bestand, als graue Eminenz und möglichst unbemerkt dafür zu sorgen, daß nichts ans Tageslicht kam, was der Lehre der Kirche allzusehr widersprach und Probleme aufwerfen würde, die nicht mehr durch schweigendes Aussitzen zu lösen wären.

Selbst der Papst wusste nicht immer, was Maldini tat und das gläubige Volk musste es erst recht nicht wissen.

Und nun stand dieser Clément samt Verstärkung vor ihm und meinte, etwas, das er bei seiner Arbeit in einem alten Archiv entdeckt hatte, sollte unter Mitwirkung außerkirchlicher Experten weiterverfolgt werden.

Maldini versuchte, sich zu beruhigen.

"Mein lieber Kaplan", sagte er und beugte sich dem jungen Mann über den Schreibtisch entgegen, "wir haben 'Q' im Keller. Ja, Sie haben richtig gehört. 'Q', die legendäre, verschollene Quelle des Matthäus- und des Lukasevangeliums.

Und wir haben große Teile des hebräischen Ur-Matthäus, von dem schon Papias von Hierapolis zu Beginn des 2. Jahrhunderts berichtet hat. Aber ihm hat keiner geglaubt. Auch der große Eusebius von Caesarea, der Papias im 4. Jahrhundert zitiert, hält ihn für größtenteils unglaubwürdig.

Doch Papias hatte recht.

Wissenschaftler auf der ganzen Welt würden sich die Finger lecken nach diesen Dokumenten, doch sie sind verschollen. In unseren Kellern.

Sie wollen wissen, was in 'Q' und dem ursprünglichen Matthäusevangelium steht?

Nun, wir haben die Texte übersetzt und entschieden, daß ihr Inhalt in Teilen der Wahrheit nicht zuträglich ist, weshalb er auch unbekannt bleiben wird."

Die fünf Männer standen mit offenen Mündern da und starrten Maldini ungläubig an.

Clément fand als Erster die Sprache wieder.

"Das kann doch nur ein Scherz sein", murmelte er heiser, obwohl er wusste, daß Maldini nicht für Scherze dieser Art bekannt war.

"Was?", fragte der Kardinal und fixierte Clément.

"Ein Scherz, oder?", sagte dieser. "Ich kann nicht glauben, was Sie da sagen, Eminenz."

"Sollten Sie aber", erwiderte Maldini, dessen Gesichtsfarbe sich schon wieder dem Kardinalpurpur seines Gewandes annäherte. "Sie werden schon bald merken, wie ernst ich meine, was ich sage. Mit dem, was Sie glauben entdeckt zu haben, wird nichts anderes geschehen, als mit den Dokumenten, von denen ich gerade gesprochen habe.

Verstehen Sie endlich." Der Kirchenmann wurde wieder lauter.

"Der Felsen, auf dem die Kirche gebaut ist, ist nicht Petrus, sondern die Verschwiegenheit seiner Nachfolger. Und wir besitzen weder die Schlüssel zum Himmelreich, noch die zur Wahrheit.

Die Kirche verkauft seit zwanzig Jahrhunderten teuer, was ihre Autorität stützt und erhält. Die Kirche umarmt die ganze Welt und die Welt gibt der Kirche Unterstützung, damit die Umarmung nicht aufhört. Wir verkaufen keine Ablässe mehr, aber die Leute bezahlen trotzdem dafür. Vorsichtshalber sozusagen.

Die Schlüssel von St. Peter sind nicht die zum Himmelreich, sondern die zur Kasse.

Finanzielle Mittel, Verschwiegenheit und Autorität garantieren der Kirche ihr Fortbestehen. Und sie hat noch Autorität.

Das Wirken des Vatikan, in Gestalt Johannes Pauls II., hat den eisernen Vorhang zu Fall gebracht.

Der Tag, an dem Franziskus Bogota besuchte, war der einzige Tag im Jahr, an dem in der Stadt kein Mord begangen wurde.

Das ist die Autorität der Kirche, völlig unabhängig davon, was die Wahrheit ist oder nicht."

Maldini keuchte. Ihm war heiß und sein Hals war

rauh.

"Verschwinden Sie", stieß er hervor, "tun Sie Ihre Arbeit und halten Sie den Mund. Es wird Ihnen sowieso niemand glauben."

Der Kardinal wartete, bis die Tür hinter den Männern ins Schloß gefallen war, dann ließ er sich in den Schreibtischsessel sinken und lehnte sich zurück.

Mit seinen fahrigen Händen hatte er Mühe, die Packung Diazepam aus der Hosentasche unter der Soutane zu ziehen. Er griff nach dem Glas Wasser auf seinem Schreibtisch und spülte eine der Tabletten hinunter.

In der vatikaneigenen Apotheke bekam man dieses Zeug jederzeit und in beliebigen Mengen. Offenbar war er nicht der Einzige hier, dem das alleinige Vertrauen auf Gottes schützende Fürsorge nicht ausreichte, um Ruhe und Frieden zu finden.

Den Blick ins Leere gerichtet, saß Maldini eine halbe Stunde lang reglos da, bis er spürte, wie die Wirkung einsetzte. Seine Muskeln entspannten sich, der Druck in seinem Kopf verschwand und eine warme Ruhe breitete sich aus.

Er beugte sich vor, stützte die Ellbogen auf den Tisch und fuhr sich mit den Händen durch das schüttere Haar.

Manchmal sehnte er sich nach dem Glauben, der ihn einst bewogen hatte, Priester zu werden. Doch er konnte ihn nicht mehr finden. Er dachte an die Zeit als junger Pfarrer einer kleinen Gemeinde in den Abruzzen, als er so gewesen war, wie die Männer, die er gerade niedergemacht hatte. Voller Enthusiasmus für die Sache Jesu, die Sache Gottes. Doch wo war all dies geblieben? Es war ein langer Weg gewesen und irgendwo auf diesem Weg hatte er seinen Glauben verloren.

Zuerst war er in die Dienste des Bischofs seiner Diözese berufen worden und dann, 1975, mit 30 Jahren und auf Empfehlung seiner Vorgesetzten hin, in den Vatikan gewechselt.

Vier Jahre später starb Johannes Paul I. nach nur 33 Tagen Pontifikat und Maldini hatte in der Überzeugung, daß dies seine Pflicht sei, entscheidend daran mitgewirkt, daß die genauen Umstände dieses mysteriösen Todes für die Öffentlichkeit ungeklärt geblieben waren.

Dies war der Beginn seiner Karriere als oberster Geheimniswächter des Vatikan gewesen. Offenbar hatte er seinen Job so gut gemacht, daß er nach kurzer Zeit zum Kardinal der Kurie ernannt worden war.

Und nun saß er hier, ein Kirchenfürst, den niemand kannte, weil er im Verborgenen wirkte, als Leiter einer inoffiziellen Kongregation, die im Laufe der vielen Jahre dafür gesorgt hatte, daß nichts Beweisbares die Festungsmauern des Kirchenstaates verließ, was die Katholische Kirche irgendwie in ernsthafte Schwierigkeiten bringen könnte.

Nicht im Fall des spurlos verschwundenen fünfzehnjährigen Mädchens Emanuela Orlandi, die mit ihren, vom Kirchenstaat angestellten Eltern im Vatikan lebte.

Nicht im Fall der Ermordung eines Schweizer Gardisten oder einer ganzen Reihe weiterer unangenehmer Vorfälle auf vatikanischem Staatsgebiet.

Und eben auch nicht, wenn alte Dokumente auftauchten, die Zweifel an der Lehre der Kirche wecken könnten.

Kardinal Maldini hob den Kopf aus den Händen und stieß ein kraftloses Stöhnen aus.

Er war vom Diener Gottes zum Diener der Kirche geworden und es kotzte ihn an.

Dies hier war ganz sicher nicht das, was Jesus gewollt hatte. Es war der Weg, den die Kirche gewählt hatte und den er, Maldini, nun schon so lange mitging, daß er keine Abzweigung mehr fand.

Der großgewachsene, hagere Mann erhob sich mühsam und schritt über die kostbaren Teppiche auf dem Marmorboden zu einer Tür im hinteren Teil des Raumes. Er trat in ein kleines Gemach und begann, sich seiner Kardinalsgewänder zu entledigen. Er tauschte sie gegen einen schlichten schwarzen Anzug und ein schwarzes Hemd ohne Priesterkragen. Nichts an seinem Äußeren verriet mehr den Kirchenmann.

Maldini ignorierte das Telefon, das gerade zu klingeln begann, verließ sein prunkvolles Büro und machte sich auf den Weg durch die langen Gänge des Vatikan.

Er mied die Porta Sant' Anna, den Hauptzugang zum Kirchenstaat, sondern trat durch den weniger auffälligen Arco delle Campane, das sogenannte Glockentor an der linken Fassadenseite des Petersdom ins Freie.

Der Petersplatz lag im grellen Sonnenlicht und Maldini kniff die Augen zusammen. Dann überquerte er ohne Eile den Platz in Richtung zur Via di Porta Angelica. Von dort bog er ab in das alte Viertel des Borgo, direkt vor den Toren des Vatikan. Das hieß, in den Teil des mittelalterlichen Quartiers, der noch übriggeblieben war, nachdem ab Mitte der 1930er Jahre eine riesige Schneise in den Bezirk geschlagen worden war, um Platz für den Bau der repräsentativen Via della Conciliazione zu schaffen, die sich heute vom Tiber bis zum Petersplatz erstreckte. Viel mittelalterliche Bausubstanz war zerstört worden, doch ein Teil des Borgo hatte überlebt.

Maldini ließ sich Zeit auf seinem Weg durch die kopfsteingepflasterten Gassen zwischen den herrschaftlichen Häusern alter Patrizierfamilien mit ihren verwitterten, ockergelben Fassaden. Er versuchte die frische Luft zu geniessen und sich für einen Moment zu fühlen, wie ein gewöhnlicher Bewohner der Stadt. Er betrachtete die Auslagen der kleinen Läden, spähte in die dunklen Räume winziger Restaurants und erreichte schließlich die schmale Via Sforza Pallavicini.

Dort, gegenüber der Kirche Santa Maria del Carmine, befand sich eine der zahlreichen vatikanischen Exklaven in Rom. Diese waren über das ganze Stadtgebiet verteilt und bestanden aus Palästen, Klöstern, Kirchen und anderen Immobilien, die dem Vatikan gehörten und in denen vatikanisches, nicht italienisches Recht galt.

Die Bewohner diese Hauses hier hatten allerdings keine Ahnung davon, daß sie, wenn sie zu Hause waren, nicht den italienischen Gesetzen unterlagen, denn das Gebäude gehörte zu den inoffiziellen vatikanischen Besitztümern in der ewigen Stadt.

'Manche Angelegenheiten mußten von Privatpersonen außerhalb des Vatikan behandelt werden', dachte der Kardinal und spätestens jetzt war er wieder der undurchschaubare Kirchenmann auf seiner unausweichlichen Mission.

In Zivil trat Maldini in den Hausflur, wo eine alte Frau gerade ihre Wohnung verlassen hatte und ihm nun mit ihrem Einkaufskorb entgegenschlurfte.

"Buongiorno, Signore DiLando", grüßte sie freundlich den altbekannten Mitbewohner.

"Buongiorno, Signora Natale", erwiderte der Kardinal.

3

Die Industriebrache lag irgendwo in den Außenbezirken Limas, dort wo sich die Stadt unaufhaltsam weiter ins Umland fraß. Die Hitzewelle der vergangenen Tage war immer noch nicht abgeklungen, doch jetzt in der Nacht wehte eine leichte Brise, die man hier wahrscheinlich als "frische Luft" bezeichnete.

Seine abgegriffene, lederne Aktentasche in der Hand stand Graubner in der Dunkelheit, schwitzend und seit Tagen unrasiert, die Schuhe halb eingesunken in einer Art Ölschlamm, der hier den größten Teil des Bodens bedeckte.

Im Schein vereinzelter Laternen, die ein schwaches orangefarbenes Licht verbreiteten, sah er verrottete Bretterbuden und Lagerhallen aus Backstein und Blech. Links neben ihm ragte ein Gebirge aus riesigen Kesseln und einem Gewirr kreuz und quer verlaufender Rohrleitungen in den Nachthimmel.

Graubner schätzte, daß er seit ungefähr einer halben Stunde hier neben dem uralten VW-Bus stand, mit dem der selbe merkwürdige Fahrer von neulich ihn und Altmann an diesen Ort gebracht hatte.

Sie waren ausgestiegen und mit erstaunlicher Kraft hatte der Fahrer Altmann in seinem Rollstuhl durch den Schlamm in die Dunkelheit und um die Ecke eines Gebäudes geschoben. Dort waren sie Graubners Blick entschwunden und seitdem nicht wieder aufgetaucht.

Irgendwie machte es ihn nervös, daß Altmann den

Metallkoffer auf den Knien liegen hatte, in dem, luftdicht verschlossen die Papyrusrolle lag. So richtig grenzenlos war sein Vertrauen in den Alt-Nazi noch nicht.

Seit vorgestern Abend hatte Graubner sich in seinem Loch von Hotelzimmer mit altem Fladenbrot und etwas, das er für Wurst hielt am Leben gehalten. Vor allem aber mit Zigaretten und Bier. Eineinhalb Nächte lang war er in den fleckigen Laken seines Bettes im Halbschlaf von wüsten Träumen geplagt worden, bis heute Nacht gegen 3.00 h der schmierige Hausbesitzer gegen seine Zimmertür gehämmert hatte. Unten in der Gasse hatte Altmann in dem VW-Bus auf ihn gewartet und zur Eile gedrängt.

Nach ihrem Treffen in der Villa des Ex-SS-Mannes hatte dieser ihn gebeten, in sein "Hotel" zurückzukehren, weil er alleine noch einige Vorbereitungen zu treffen hätte.

Zuvor hatte Graubner die wenigen sichtbaren Zeilen auf dem Papyrus grob übersetzt und seitdem gingen ihm die Worte nicht mehr aus dem Kopf.

"*Maryam, eine Gefährtin Jesu, an Johannes Markus, Bruder im Glauben. Gnade sei mit dir und Friede von Gott.*

Reichlich drei Jahre sind nun vergangen, seit unser Herr am Kreu...", stand dort und er konnte es kaum glauben.

Er hatte nicht gewagt, das Dokument zu berühren, geschweige denn, es aufzurollen. Bei Papyrus, der, wie er ernsthaft vermutete, an die zweitausend Jahre alt war und in dieser Zeit unter unbekannten Bedingungen aufbewahrt worden war, war dies keine gute Idee. Gut möglich, daß das Material ihm unter den Fingern in winzige Fragmente zerfallen wäre.

Eine solche Behandlung des Papyrus war nur mit professioneller Ausrüstung und in entsprechenden Arbeitsräumen möglich.

Natürlich hatte Altmann gewußt, daß er, Graubner, mit einem Lehr- und Forschungsauftrag am berühmten Trinity College der Universität Dublin betraut war und es war, wie sich herausstellte, von Anfang an der Plan des greisen Mannes gewesen, den Papyrus dorthin zu schaffen und dann an seiner Datierung und Entzifferung zu arbeiten.

Graubner hatte noch fragen wollen, wie Altmann sich das vorstellte, doch er verzichtet darauf. Er nahm an, daß sein neuer Geschäftspartner einen Plan hatte.

Doch jetzt, auf diesem heruntergekommenen, schlammigen Industriegelände kamen Graubner Zweifel.

Er versuchte, auf seiner Armbanduhr die Zeit abzulesen, konnte aber nur erahnen, daß es ungefähr 4.30 sein mußte. Am Himmel meinte er erste Anzeichen von Morgendämmerung zu erkennen.

Von irgendwo zwischen den Barracken her ertönte ein knirschendes Scheppern und dann hörte Graubner die brüchige Stimme Altmanns, der nach ihm rief.

Den Geräuschen folgend stapfte er durch die ölige Erde, bis er den Alten sah, der im Eingang einer Blechhalle auf ihn wartete und winkte.

Als Graubner dort angekommen war und in die Halle trat, erkannte er, daß es sich um eine ehemalige Produktionsanlage handelte, in der wer weiß was hergestellt worden war und die nun als Hangar diente. Zwischen verrosteten Überresten großer Maschinen stand ein einmotoriges Propellerflugzeug, auch nicht mehr das neueste Modell, wie Graubner schien. Und am anderen Ende der Halle hatte ihr Fahrer ein Schiebetor aufgeschoben, das nun den Blick in die Dunkelheit dahinter freigab.

"Sie haben doch nicht vor, mit diesem Ding das Land zu verlassen, oder?", sagte Graubner und nickte in Richtung des Flugzeugs.

"Dieses Ding ist eine Cessna 182 Skylane", erwiderte Altmann. "Viersitzig. Reisegeschwindigkeit 268 km/h, Reichweite rund 1700 km. Das peruanische Militär hat solche Maschinen heute noch in Gebrauch."

"Das beruhigt mich nicht besonders." Graubner hustete rauh. "Wie kommen Sie denn zu diesem Flieger?"

Der alte Mann schwieg einige Sekunden lang und schien in irgendeine Erinnerung versunken.

"Nachdem 1960 ein Mossad-Team Eichmann aus Argentinien entführt hatte", sagte er schließlich, "und dieser dann in Israel zum Tode verurteilt und hingerichtet worden war, herrschte Panik unter den geflohenen Nazi-Größen in Südamerika. Die Odessa ergriff eine ganze Reihe von Maßnahmen zu unserem Schutz. Mir wurde zum Beispiel diese Maschine zur Verfügung gestellt, falls eine schnelle Flucht erforderlich werden sollte. Ich habe sie nie benutzen müssen, aber sie wurde all die Jahre von der Organisation instand gehalten. Als die ursprünglichen Mitglieder der Odessa langsam ausstarben, haben zum Teil ihre Kinder oder Sympathisanten solche Aufgaben übernommen."

Graubner wunderte langsam nichts mehr. Diese geheimnissumwitterte Organisation schien tatsächlich bis heute ungeahnte Möglichkeiten zu haben.

"Und was haben Sie jetzt vor?", fragte er müde.

"Ich kann mir zwar nicht vorstellen, daß nach all den Jahrzehnten immer noch jemand nach mir sucht, aber sicher kann man nie sein, oder? Und ich will diese Mission hier zu Ende führen. In der Zeit, die mir noch bleibt. Deshalb werden wir sicherheitshalber über die grüne Grenze ausreisen."

"Was soll das heißen?", unterbrach Graubner, obwohl er schon ahnte, worauf dies hier hinauslaufen würde.

"Die Cessna kann bis zu 5500 m Flughöhe erreichen", sagte Altmann. "Das reicht, um die Anden zu überqueren. Unser namenloser Freund hier wird uns nach Manaus fliegen." Er deutete auf den wortkargen Fahrer, der etwas abseits stand und nun breit grinste.

"Von dort aus gibt es Möglichkeiten, in größeren Maschinen gefahrlos nach Europa zu gelangen."

Graubner wurde schwindlig beim Gedanken daran, von diesem Piloten und in dieser Blechdose über eine solche Strecke geflogen zu werden, doch er war zu erschöpft, um ernsthaften Protest einzulegen. Außerdem sah er sowieso keine wirkliche Alternative.

"Ich kann nur hoffen, Sie haben an Bier gedacht", brachte er hervor. "Ich brauche jetzt gleich einiges davon."

Nachdem sie alle im Flugzeug saßen, Altmann noch immer mit dem Metallkoffer im Schoß, und der unbeschreibliche Pilot den Motor gestartet hatte, rollte die Cessna aus dem großen Tor am Ende der Halle ins Freie.

Mittlerweile hatte die Morgendämmerung deutlich eingesetzt und im Zwielicht sah Graubner eine provisorische Startbahn aus Lochblechelementen, die einfach lose in den Boden gedrückt worden waren. Die Bahn endete irgendwo vor ihnen im Dunst und war deutlich zu kurz, wie Graubner fand.

Er beschloss, sich in sein Schicksal zu ergeben und zündete sich eine Zigarette an, als der Motor der Cessna zum Start aufheulte.

Kurz darauf hoben sie ab und gewannen langsam an Höhe.

'Immerhin', dachte Graubner und lachte irre, bis ihm die Luft wegblieb.

An diesem Morgen hing eine Decke aus Wolken und Dreck tief über Lima und so verschwanden die Lichter der Stadt bald aus dem Blick, während die Maschine weiter stieg und nach Osten einschwenkte, Richtung Anden.

Lange saßen die Männer schweigend im Flugzeug. Altmanns Gesicht wirkte eingefallen, wenn das in diesem knochigen Antlitz überhaupt noch möglich war. Er sah zerbrechlich aus und kauerte zusammengesunken in seinem Sitz. Graubner fragte sich, wie dieser vierundneunzigjährige Mann es überhaupt schaffte, das hier durchzustehen. Offenbar war er von einer bemerkenswerten Zähigkeit.

Nach einer dreiviertel Stunde und drei Dosen warmen Biers war Graubner dann wieder halbwegs in seinem Normalzustand, nachdem er vorhin auf diesem verrotteten Industriegelände Mühe hatte, nicht zusammenzubrechen.

"Warum Manaus?", fragte er.

Es dauerte eine Weile, bis die Worte zu Altmann durchdrangen.

"In Brasilien leben eine Menge Nachfahren von uns

Kriegsverbrechern und die Kinder von Helfershelfern. Zum Beispiel Angehörige der Familie Bossert, die damals, seit Ende der 1960er Jahre Josef Mengele in ihrem Anwesen in Caieiras nahe Sao Paulo Unterschlupf gewährte. Die Kinder dieser Bosserts haben arrangiert, daß wir von Manaus aus mit einer Linienmaschine nach Dublin werden fliegen können. Fragen Sie mich nicht nach Einzelheiten. Die kann ich Ihnen nicht verraten."

Graubner schluckte. "Mengele wurde nie gefasst, oder?", sagte er.

"Nein", erwiderte Altmann, "er ertrank 1979 in Brasilien bei einem Badeunfall im Meer. Kaum ein Nazi wurde intensiver gejagt als er, doch er war seinen Verfolgern immer einen Schritt voraus."

Einige Zeit lang herrschte wieder Schweigen und man hörte nur das Brummen des Flugzeugmotors, bis Graubner erneut das Wort ergriff.

"Sie haben sich entschieden, Ihr Versteck in Peru zu verlassen und sich der Gefahr auszusetzen, vielleicht doch noch von irgendjemandem erkannt und zur Rechenschaft gezogen zu werden. Warum tun Sie das?"

Altmann drehte den Kopf und schaute Graubner an.

"Wissen Sie Professor", sagte er, "es ist im Grunde ganz einfach. Ich habe die Schnauze restlos voll von den verlogenen Versteckspielen, vom Alleinsein mit einer Schuld, die mich nach und nach aufgefressen hat, bis kaum noch etwas übrig war von mir. Ich bin im Besitz diese Papyrus, von dessen enormer Bedeutung ich, wie gesagt, immer überzeugt war, obwohl ich nicht wusste, was er enthält. Nach Ihrer Übersetzung Vorgestern habe ich eine Ahnung. Und ich möchte, daß der Inhalt dieses Dokuments bekannt wird, weil er ganz offensichtlich der

Findung einer wichtigen Wahrheit dient, die schon seit langer Zeit verschwiegen wird. Mir scheint, dies könnte das einzig Sinnvolle werden, daß ich am Ende meines elenden Lebens getan haben werde."

Der alte Mann senkte den Kopf und atmete schwer.

"Was denken Sie Graubner? Was ist dieser Papyrus?"

"Na ja, es ist ziemlich offensichtlich, daß es sich um einen Brief handelt. Maryam ist eine Form des Namens Maria. Johannes Markus ein oft gebräuchlicher Name in der Zeit, aus der der Brief zu stammen vorgibt. Wenn sich herausstellen sollte, daß dieses Schriftstück tatsächlich aus der Zeit Jesu stammt, ist allein das schon eine Sensation, die hohe Wellen schlagen wird. Der älteste bisher bekannte Papyrus ist das Fragment einer Abschrift des Johannesevangeliums, das auf etwa 125 n. Chr. datiert wird. Falls nicht doch das winzige Fragment 7Q5 aus Qumran ein Teil des Markusevangeliums ist oder die Papyri mit Sätzen aus dem Matthäusevangelium, die sich im Magdalen College in Oxford befinden, doch aus der Zeit der Augenzeugen stammen, wie von einzelnen Forscherkollegen vermutet wird."

"Ich kann Ihnen nicht folgen", warf Altmann ein, "und ehrlich gesagt bin ich im Moment nicht in der Verfassung für so viele Details."

Graubner zündete mit dem Stummel der gerade gerauchten Zigarette die nächste an und warf einen Blick hinüber zu seinem Gesprächspartner. Altmann saß weiß und dünn in seinem Sitz und starrte auf seine Hände. 'Hoffentlich stirbt dieses Häufchen Elend nicht schon auf den ersten Metern dieser Unternehmung', dachte er und fuhr dann fort.

"Im Neuen Testament treten mehrere Frauen mit

Namen Maria auf, so daß schwer zu sagen ist, welche von ihnen womöglich diesen Brief geschrieben hat. Ein Johannes Markus war nach altkirchlicher Überlieferung der Dolmetschers von Petrus und der Verfasser des Markusevangeliums. Doch auch hier ist natürlich nicht klar, ob dieser in unserem Dokument gemeint ist. Das wäre reine Spekulation, bevor wir nicht den Rest des Briefes kennen. Immerhin deutet die Tatsache, daß das Schreiben in Aramäisch verfasst ist, auf ein hohes Alter hin, wenn es sich nicht um einen geschickt gemachten fiktiven Brief irgendeiner gnostischen Sekte des 2. oder 3. Jahrhunderts handelt. Doch das wird die Datierung zeigen.

Und noch etwas: Wenn er tatsächlich rund drei Jahre nach Jesu Kreuzigung geschrieben wurde, ist dies auch keine Abschrift. Es ist das Original."

Die Cessna sackte in ein Luftloch und Bier schwappte aus der Dose auf Graubners Hemd.

"Verdammt", sagte er und sah nach Altmann.

Dieser war durch den Stoß wieder halb zum Leben erwacht und beugte sich nach hinten im Versuch, die alten Glieder zu dehnen.

"Werden wir Schwierigkeiten bekommen in Dublin?", fragte er. "Ich meine an Ihrem Institut, wegen ihrer ruinierten Reputation."

"Werden wir nicht", antwortete Graubner. "Sie haben Recht, was meinen inzwischen sehr angeschlagenen Ruf in der wissenschaftlichen Welt angeht, doch andererseits habe ich mir bei verschiedenen Ausgrabungen in Israel so viel Ansehen erarbeitet, daß man sich am College gar nicht leisten kann, mir die Zusammenarbeit aufzukündigen. Wir werden keine Probleme haben, Zugang zu allen

Instituten der Universität zu bekommen, deren Ausrüstung wir für unser Vorhaben benötigen.

Und auch wenn ich, seit meine Frau mich verlassen hat, mehr und mehr dem Alkohol verfalle, hat es noch niemand geschafft, mir Unfähigkeit auf meinem Fachgebiet nachzuweisen. Nicht, daß es keiner versucht hätte, im Laufe der letzten Jahre.

Meine Frau sagte damals, sie könne nicht mehr mit einem Mann zusammenleben, der die meiste Zeit in irgendwelchen Erdlöchern säße und nach vergammelten Knochen oder Scherben suche."

"Weiber", sagte Altmann. Der greise Mann lachte pfeifend und kraftlos. "Versuchen Sie, es zu vergessen."

"Würde ich gerne", erwiderte Graubner, "aber irgendwie kann ich das nicht."

Für einen Moment herrschte Stille und die altbekannte, ungesunde Übelkeit stieg wieder in ihm auf.

"Was genau hat eigentlich Ihren Ruf ruiniert?", nahm sein Nebenmann das Gespräch wieder auf.

"Das wissen Sie nicht?", sagte Graubner und versuchte nicht zu würgen. "Trotz all Ihrer Nachforschungen über mich. Da waren Ihre Lakaien aber wenig gründlich.

Das Ganze ist eine längere Geschichte, für die ich weiter ausholen müsste. Ich werde Ihnen das später erzählen. Ich bin unfassbar müde."

Altmann nickte nur und schwieg.

Graubner blickte aus dem Fenster und sah, daß sie sich über den Anden befanden. Schneebedeckte Gipfel zogen unter ihnen vorbei.

Manaus war rund 2130 Kilometer entfernt und sie würden fast acht Stunden unterwegs sein, mit einer Zwischenlandung zum Tanken, wie Altmann angekündigt hatte.

Graubner trank den Rest Bier, der noch in der Dose war und lehnte sich zurück. Es dauerte nicht lange, bis er in einen unruhigen Schlaf fiel, gewiegt vom leichten Auf und Ab des Flugzeugs.

Nach einigen Stunden landeten sie in dem Drecksnest Eirunepé mitten im Amazonasbecken, umgeben von endlosem Regenwald, wo in brütender Hitze die Tanks der Cessna gefüllt wurden und wo es erstaunlicherweise auch möglich war, die Biervorräte aufzufüllen.

Nach glücklicherweise nur kurzem Aufenthalt brachte ihr stummer Pilot die Maschine wieder in die Luft und sie flogen über das undurchdringliche Blätterdach des Urwalds weiter Richtung Osten.

Hier und da durchzogen die glänzenden Bänder unbekannter Flüsse die Landschaft unter ihnen. Altmann döste die meiste Zeit vor sich hin und auch Graubner schlief bald wieder ein.

Als er das nächste Mal aufwachte, befanden sie sich bereits im Anflug auf Manaus, die Millionenstadt am Zusammenfluß von Rio Negro und Amazonas.

"Wir landen nicht auf dem Internationalen Flughafen", sagte Altmann, "sondern auf dem kleineren Aeroporto de Ponta Pelada süd-östlich der Innenstadt. Dort werden wir erwartet."

"Ich will gar nicht wissen, von wem", murmelte Graubner und wischte sich mit dem Hemdärmel übers Gesicht.

4

Der Junge jagte mit seinem rostigen Fahrrad durch die Nacht. Er hatte es vor Jahren irgendwo gestohlen und seitdem hatte sich sein Zustand eindeutig nicht verbessert.

Scheppernd und mit halbplatten Reifen lenkte er es durch die engen Gassen, auf dem schmutzigen Erdboden, der immer wieder von Rinnsalen unappetitlicher Flüssigkeiten durchzogen war. Geschickt wich er dem Müll aus, der überall herumlag und verringerte seine Geschwindigkeit auch dann nicht, wenn aus dem Dunkel Gestalten auftauchten und seinen Weg kreuzten.

Seit Tagen war der Strom in weiten Teilen dieses Armenviertels ausgefallen und auch sein Fahrrad hatte natürlich keinerlei Beleuchtung. Nur vereinzelt glühten noch schwache Lampen über den Wegen. Doch der Junge kannte diese Gassen in- und auswendig. Er war vor dreizehn Jahren hier zur Welt gekommen, hier aufgewachsen und lebte nach wie vor mit seiner Mutter in einer Behausung aus Backstein, Wellblech und Pappe oben am Hügel.

Von dort aus konnte man weit über das große Lima blicken und Nachts schwebten sie in ihrer Hütte über einem endlosen Lichtermeer.

Er ließ das Fahrrad den Weg hinuntersausen. Der Fahrtwind fuhr ihm durch das schwarze Haar und ließ sein schmutziges Hemd hinter ihm flattern. Beinahe wäre er doch gestürzt, als eine große Blechtonne in seinen Weg rollte, achtlos aus einem Eingang rechts von ihm getreten. Der Tonne folgte wildes Geschrei und der Junge trat in die Pedale, um noch mehr zu beschleunigen und schnell von hier zu verschwinden.

Schließlich erreichte er den Fuß des Hügels, wo die Wege aus Dreck befestigten Fahrbahnen wichen und wo nach einigen hundert Metern auch die Straßenlampen wieder funktionierten.

Seine Mutter war heute Nacht wieder einmal nicht zu Hause, wie so oft in den Jahren, seit sie eine Arbeit im Haus eines alten Mannes, in einem besseren Viertel Limas gefunden hatte. Der Mann benötigte die Hilfe seiner Mutter zu jeder Tageszeit, da er gebrechlich war und nicht mehr gehen konnte. Der Junge sah sie nur sehr unregelmäßig, mal am Tag, mal in der Nacht, je nachdem, wann der alte Mann sie für einige Stunden entbehren konnte.

Wenn seine Mutter zu Hause war, weinte sie oft, weil sie ihn, ihren Sohn, so selten sah und weil sie es trotz bezahlter Arbeit nicht geschafft hatte, diesen elenden Slum zu verlassen.

Das Geld, das der Mann ihr gab, reichte gerade, um sie beide und die weitläufige Verwandtschaft mit dem Nötigsten zu versorgen. Seine Mutter war die Einzige der Familie, die Arbeit hatte und der Anstand gebot es, auch für die Anderen zu sorgen.

Die Straßen, auf denen der Junge jetzt unterwegs war, wurden breiter und der Verkehr dichter. Tatsächlich ließ in dieser Stadt auch Nachts das Gewimmel kaum nach und er mußte jetzt aufpassen, um nicht unter irgendwelche Räder zu kommen.

Wenn möglich hielt er sich in den Schatten der Gebäude und bewegte sich durch Nebenstraßen. Leute wie er waren in der Innenstadt nicht gern gesehen. Man sah ihm seine Herkunft an und es bestand durchaus die Gefahr, vertrieben oder, schlimmer noch, verhaftet zu werden. Einen besonderen Grund dafür brauchte die Polizei hier nicht.

Er beschleunigte wieder, weil er keine Zeit verlieren wollte. Bald würde er die Altstadt erreicht haben, wo die großen Gebäude und Kirchen für die Touristen angestrahlt waren und wo sein Ziel lag. Und dort, so malte er sich aus, würde er vielleicht etwas zur Verbesserung ihrer Situation tun können.

Vor zwei Tagen war seine Mutter am späten Nachmittag gekommen, noch trauriger als sonst, und hatte ihm erzählt, daß der alte Mann weggehen und nicht wiederkommen würde. Daß sie dann keine Arbeit mehr haben würde, stürzte sie in Verzweiflung, denn sie wußte nicht, wie es weitergehen sollte, ohne das Geld des Mannes.

Und dann hatte sie ihm vom Besuch des deutschen Professors erzählt und von dem, was sie durch die Tür des Arbeitszimmers gehört hatte. Sie hatte nicht gelauscht, sondern, wie ihr aufgetragen worden war, auf weitere Anweisungen des alten Mannes gewartet.

Sie war sehr verwirrt gewesen zu hören, daß sie diesen offenbar all die Jahre unter einem falschen Namen gekannt hatte und daß er Angst hatte, jemand würde ihn finden.

Und dann hatte sie mit ihm diesen Gegenstand aus dem Keller geholt. Er mußte sehr wertvoll sein, weil er so vorsichtig behandelt wurde und sie hatte bis zu diesem Tag nicht einmal gewusst, daß er überhaupt existierte.

Die beiden Männer hatten sich dann länger über diesen Gegenstand unterhalten und, vor der Tür wartend, hatte Sunita sie von einem alten Papier reden hören, auf dem offenbar etwas über Jesus und eine Marjam stand, wenn sie richtig verstanden hatte. Und ihr Arbeitgeber hatte gesagt, er brauche die Hilfe des Professors, um herauszufinden, was dort noch weiter geschrieben stand.

Sie war schockiert gewesen zu hören, wie der alte Mann in den Besitz des Papiers gelangt war und daß er offensichtlich in seiner Vergangenheit einige schlimme Dinge getan hatte.

Der Junge hatte seiner Mutter in einer Mischung aus Schrecken und Faszination zugehört, vor allem aber hatte er Mitleid verspürt und ihr so gerne geholfen. Er hätte ihr so gerne etwas von den Sorgen genommen, die man regelrecht auf ihren Schultern lasten sah und die sie krank machten.

Und so hatte er bald einen Entschluß gefasst, den seine Mutter sicher nicht gut geheißen hätte. Sie war eine gläubige Frau, die immer auf die Gnade Gottes vertraute, egal, was auch geschah und sie hätte nie jemanden in irgendeiner Form verraten, selbst dann nicht, wenn dies nur gerecht gewesen wäre.

Aber der alte Mann hatte der Kirche etwas gestohlen, dachte der Junge.

Was, wenn er helfen würde, daß sie es wiederbekamen? Was, wenn sie ihn dafür belohnen würden? Wenn sie seiner Mutter und ihm helfen würden in ihrer elenden Lage. Seine Mutter hatte ihm doch immer erzählt, daß die Kirche auf der Seite der Armen und Ausgestoßenen stand.

Er hatte nicht viel darauf gegeben, weil nie jemand von dieser Kirche bei ihnen aufgetaucht war und irgendwie geholfen hätte. Aber vielleicht hatte seine Mutter ja doch recht.

Er unterbrach seine Gedankengänge, weil er dort angekommen war, wohin er ohne Wissen seiner Mutter aufgebrochen war. Vor ihm lag die prächtige und hell erleuchtete Plaza de Armas und an ihrem Rand die große Kathedrale mit der Doppelturmfassade, hinter der sich die Gebäude des Convento de San Francisco erhoben, des Franziskanerklosters von Lima.

Bemüht, nicht zu sehr aufzufallen, schlich er um die Mauern der Klosteranlage, bis er eine Tür fand, die vielleicht ein Eingang sein konnte. Neben der Tür hing ein Schild, dessen Aufschrift er nicht lesen konnte und es gab eine Klingel.

Zitternd vor Aufregung drückte der Junge den Klingelknopf und wartete. Nichts.

Er klingelte erneut und dachte, daß es bestimmt eine Weile dauern würde, bis jemand von irgendwo im Inneren des Klosters an die Tür gelangt war. Wieder wartete er, doch nichts geschah.

Doch als er sich gerade abwandte, um es vorne in der Kirche zu versuchen, wurde die Tür geöffnet und ein Mann in brauner Kutte spähte hinaus auf die Straße. Sein Blick fiel auf den Jungen.

"Was willst Du?", fragte er und musterte den Besucher von oben bis unten. "Um Almosen betteln?". Der Mann wirkte ungehalten.

"N...nein", brachte der Junge hervor und wußte auf einmal nicht mehr, was er sagen sollte.

"Was dann?", fragte der Mann in der Kutte ungeduldig.

"Ich möchte Ihnen etwas erzählen", antwortete sein erbärmlich wirkendes Gegenüber mit unsicherer Stimme. "Ich habe gedacht, daß es Sie vielleicht interessieren könnte."

Der Mönch sah immer noch eher genervt, als interessiert aus. "Und das muß jetzt mitten in der Nacht sein?", fragte er und der Junge erwartete, daß die Tür gleich wieder zugeschlagen werden würde und er umsonst gekommen war.

Doch der Mann überlegte einen Moment und bedeutete ihm dann, hereinzukommen.

Am Ende eines kurzen Ganges betraten sie ein spärlich eingerichtetes Zimmer. An der Stirnseite des Raumes hing ein übergroßes Kreuz, das der Junge irgendwie einschüchternd fand. Durch eines der Fenster konnte er einen, jetzt im Dunkeln liegenden Innenhof erkennen.

"Setz' Dich", sagte der Mönch und deutete auf einen Tisch mit hölzernen Stühlen. Er klang jetzt freundlicher. "Wie heißt Du, mein Junge?", fragte er.

"Ich heiße Juan", antwortete sein Gast und wiederholte hektisch noch einmal sein Anliegen. "Ich muß Ihnen unbedingt etwas erzählen. Ich glaube, das ist wirklich wichtig." Er war so furchtbar nervös.

"Das habe ich schon verstanden", erwiderte der Mann. "Ich bin Bruder Anselmo. Ich werde mir anhören, was Du zu sagen hast. Keine Angst."

Er hatte die Aufregung des Jungen bemerkt und versuchte nun, beruhigend auf ihn zu wirken. Soweit ihm das mit seiner schlechten Laune gelang. Doch was konnte der Junge dafür, daß er entnervt war von den ewig gleichen, floskelhaften Litaneien der Nachtandacht von vorhin. Er nahm gegenüber von Juan am Tisch Platz und forderte ihn auf, zu sprechen. "Ich bin ganz Ohr", sagte er.

Es dauerte einen Moment, bis Juan reden konnte,

weil er es kaum fassen konnte, daß es so leicht gewesen war, hier jemanden zu finden, der bereit war, ihm zuzuhören.

Doch dann sprudelte es aus ihm heraus und er erzählte alles, was er von seiner Mutter gehört hatte, wobei er sich bemühte, kein Detail auszulassen, das vielleicht wichtig sein konnte.

Je mehr er erzählte, desto mehr wich die Farbe aus dem ohnehin schon blassen Gesicht seines Gegenübers, bis der Mönch ihn am Ende mit offenem Mund anstarrte.

Bruder Anselmo hatte eine Geschichte erwartet, wie er sie schon zu Hunderten gehört hatte, meist erfunden und zum Schluß mit dem einzigen Ziel, ein paar Pesos zu ergattern.

Doch das hier konnte der Junge sich nicht ausgedacht haben.

Wie in Trance erhob er sich, fragte noch nach dem Wohnort Juans und schob ihn dann den Gang entlang und durch die Tür hinaus auf die Straße.

"Wir werden uns melden. Mach Dir keine Gedanken", murmelte Anselmo abwesend und nahm gar nicht wahr, daß der Junge noch etwas sagen wollte.

Die Tür fiel ins Schloss und Juan fühlte sich betrogen, weil er gar nicht dazu gekommen war, um Hilfe zu bitten, was doch sein eigentliches Anliegen gewesen war. Doch er traute sich nicht, noch einmal zu klingeln.

Bruder Anselmo wanderte im Kreuzgang auf und ab. Er hatte die Kapuze seiner Kutte über den Kopf gezogen und versuchte, einen klaren Gedanken zu fassen.

Es war unglaublich. Einfach unglaublich. Daß dieser Junge ausgerechnet auf ihn getroffen war, erschien ihm fast schon wie ein Wink des Schicksals. Oder Gottes. Wie man wollte.

Er war der Bibliothekar dieses Klosters und verbrachte den größten Teil seiner Zeit zwischen den rund 25.000 antiken Texten der Bibliothek, die einst zu den modernsten der Welt gehört hatte. Zu den Beständen gehörten auch viele wertvolle Handschriften, die Bruder Anselmo besonders begeisterten und er war seit jeher bestrebt gewesen, diesen noch weitere hinzuzufügen. Er war immer auf der Suche nach Manuskripten, die vielleicht vergessen in irgendwelchen Museumskellern verstaubten oder Teil von Privatsammlungen waren, von denen normalerweise niemand erfuhr.

Und als der Junge vorhin von einem alten "Papier" gesprochen hatte, das am Ende eines Krieges aus einer Kirche in Alexandria gestohlen worden war, hatte Anselmo sofort eine Ahnung gehabt, wovon hier die Rede war.

Seine Recherchen über alte Texte hatten ihn schon vor langer Zeit unter anderem auch auf diese Geschichte stoßen lassen.

Während nicht weit entfernt die Schlacht von Al Alamein tobte, hatten Unbekannte ein Schriftstück aus der St. Markus Kathedrale in Alexandria entwendet und anschließend den Patriarchen der Kirche umgebracht. Seine Leiche war in der Gruft des Gotteshauses neben dem aufgebrochenen Schrein gefunden worden, in dem das Manuskript aufbewahrt worden war. Über den Inhalt des gestohlenen Papyrus war nie etwas bekannt geworden. Darüber schwiegen sich die koptischen Herren der Kathedrale aus. Klar war nur, daß dieses Schriftstück seit Jahrhunderten im Besitz der alexandrinischen Kirche gewesen war, gehütet wie ein ungeheuer wertvoller

Schatz.

Trotz intensiver Bemühungen hatte man nach dem Raub nie wieder eine Spur des Dokuments gefunden und die Täter hatten keinerlei Hinweise auf ihre Identität hinterlassen. Den Kopten galt dieser Verlust bis heute als eine der größten Katastrophen in ihrer langen Geschichte.

Und nun tauchte hier im Kloster dieser Junge aus den Slums auf und erzählte Anselmo eine Geschichte, die darauf hinauslief, daß sich eben jenes Schriftstück seit Jahrzehnten im Besitz eines alten Mannes befand, der nur wenige Kilometer von hier lebte.

Bruder Anselmo wurde es heiß unter seiner Kapuze. Er riss sie sich vom Kopf und versuchte, etwas von dem Nachtwind abzubekommen, der leise durch den Kreuzgang wehte.

Der Mann wollte mit dem deutschen Professor das Land verlassen, hatte der Junge gesagt. Womöglich waren sie schon weg. Und mit ihnen der Papyrus.

Anselmo gingen Phantasien durch den Kopf, in denen er es war, der das Schriftstück wiederfand, es in Sicherheit brachte und eine Menge Lorbeeren dafür einstrich. Und es würde das Schmuckstück "seiner" Bibliothek sein.

Doch ihm war klar, daß er nicht die Möglichkeiten hatte, die Verfolgung dieser Männer aufzunehmen und in den Besitz des Dokuments zu gelangen.

Allerdings kannte er jemanden, der diese Möglichkeiten durchaus hatte und der auch sehr interessiert sein würde.

Und so hastete Bruder Anselmo in den frühen Morgenstunden durch die leeren Gänge des Klosters in die große Bibliothek. Dort begab er sich, vorbei an den hohen Bücherwänden, in sein kleines Büro, klappte den Laptop auf und begann, eine längere Nachricht zu schreiben.

5

Tief unter dem Damasushof des Vatikan bewegte sich Kardinal Maldini durch die uralten, gemauerten Gewölbe. Im Licht der Neonröhren an der Decke warfen die Mauervorsprünge harte Schatten, in denen sich wer weiß was verbergen mochte. Er hatte sich hier unten nie besonders wohl gefühlt, doch seine Tätigkeit verlangte, daß er sich immer wieder in diese Unterwelt begab. Denn hier lagen, verborgen vor aller Öffentlichkeit, die Teile des vatikanischen Geheimarchivs, welche auch nach der offiziellen Öffnung geheim bleiben sollten.

Die vatikanische Bibliothek und das Geheimarchiv bestanden aus rund 85 Regalkilometern mit einer unübersehbaren Zahl von Schriftstücken, riesige Bestände, von denen keineswegs alles inventarisiert, übersetzt und ausgewertet war.

Und so waren praktisch ständig vatikaneigene Wissenschaftler damit befasst, diese Auswertung vorzunehmen, unterstützt von Geistlichen, die außer Hilfsdiensten vor allem die Aufsicht ausübten und dafür sorgten, daß unliebsame Schriften, die immer wieder auftauchen konnten, hier unten in den Gewölben verschwanden, durch die Maldini jetzt schlich. In Räumen, ausgestattet mit modernster Technik, die Temperatur und Luftfeuchtigkeit regelte, lagerten dann diese brisanten Schriften vermutlich für alle Zeiten. Oder bis sich irgendwann vielleicht ein Kirchenoberhaupt entschied, die schonungslose Offenlegung durchzusetzen.

Vernichtet wurde hier nichts, denn diese Dokumente hatten einen unschätzbaren Wert und vor allem stellten sie Machtmittel dar, die man vielleicht eines Tages noch brauchen würde.

Jetzt war Maldini auf dem Weg zu diesem Clément, der ihm vor einigen Tagen von einem Fund berichtet hatte, der seiner Meinung nach von besonderer Bedeutung war.

Nach der Auseinandersetzung mit Clément und seinen Kollegen hatten Maldini Zweifel befallen, ob sein Wirken hier im Vatikan überhaupt noch das war, was er tun wollte. Die Vertuschung, die Verschleierung, all die Lügen.

In der letzten Nacht hatte Maldini keinen Schlaf gefunden und war durch seine vatikanischen Gemächer gewandert, gequält von den Fragen, die er sich seitdem immer und immer wieder stellte. Schließlich hatte es ihn in den leeren und halbdunklen Petersdom gezogen, dieses gewaltige Bauwerk über dem mutmaßlichen Grab Petri. In diese mächtige Kirche, in der man eine Vorstellung von der Größe Gottes und der Winzigkeit des Menschen bekam. Ungewollt war Maldini von Ehrfurcht ergriffen worden und hatte sich zum Altar unter dem hohen Baldachin von Bernini begeben. Dort, unter der gewaltigen Kuppel von St. Peter hatte er lange gebetet und Antworten auf seine Fragen erfleht. Doch danach hätte er nicht sagen können, ob ihm das geholfen hatte.

Später in seinen Privaträumen waren es reine Willenskraft und Valium gewesen, die die Zweifel schließlich zum Verschwinden gebracht hatten. Er hatte sie irgendwohin verbannt, wo sie ihn nicht weiter bei seiner Arbeit stören würden.

Maldini hatte jetzt eine Metalltür erreicht, die in das alte Mauerwerk eingelassen und mit einem elektronischen Zahlenschloß gesichert war. Er tippte die siebenstellige Nummer ein und öffnete die Tür.

Vor ihm lag ein großer moderner Raum mit einigen Nebenkammern, die Regale an den Wänden gefüllt mit alten Folianten. Spezielle Vitrinen enthielten lose Blätter alter Handschriften und inmitten all der Dokumente saß Clément an einem großen Arbeitstisch, vor sich eine Reihe Pergamente, die er mit der Lupe begutachtete.

"Der Friede des Herrn sei mit Dir", sagte Maldini.

"Und mit Deinem Geiste", antwortete Clément, irgendwie überrascht und beunruhigt zugleich vom Besuch des Kardinals.

"Wo ist das, was Sie gefunden haben wollen?", beendete Maldini die geistlichen Formalitäten und musterte den verunsicherten Kaplan mit stechendem Blick.

"Ich will mir das selbst ansehen".

Genervt vom Ton des Kardinals erhob sich Clément und verschwand in einem der Nebenräume. Kurz darauf tauchte er mit einer alten Pappmappe in den Händen wieder auf.

"Es geht um Papias", sagte er und legte die Mappe auf den Arbeitstisch. Als er sie aufklappte, sah Maldini, daß sie mehrere lose Pergamentblätter enthielt, beschrieben in lateinischer Sprache.

"Das hier", sagte Clément, "haben wir im Geheimarchiv zwischen Mappen mit anderen Schriftstücken gefunden, alle offenbar nicht nach Themen oder Entstehungszeiten geordnet. Deshalb kann ich nicht sagen, aus welcher Zeit es stammt. Auch zu Verfasser oder Entstehungsort finden sich keine Hinweise. Da könnten uns nur weitere Nachforschungen und vielleicht Vergleiche mit ähnlichen Texten weiterbringen. Doch selbst dann dürfte es schwierig sein zu klären, woher diese Blätter ursprünglich stammen. Was allerdings klar zu sein scheint, ist, daß es sich um Teile einer Abschrift der Werke Papias' handelt und zwar um solche Teile, die, wie ich Ihnen neulich schon dargelegt habe, bisher nicht bekannt waren."

Maldini unterbrach den jungen Kaplan. "Sie haben die Pergamente übersetzt, sagten Sie. Ich würde diese Übersetzung gerne sehen. Wir ersparen Ihnen damit, daß Sie mir alles nacherzählen müssen."

Der Kardinal hoffte, damit einem überflüssigen Vortrag über Papias vorgebeugt zu haben.

"Sicher", sagte Clément, "Einen Moment." Er wandte sich einem Schrank mit vielen Schubladen voller Papieren zu und begann, nach der Übersetzung des Textes zu suchen.

Maldini fragte sich, was Papias, in der ersten Hälfte des 2. Jahrhunderts Bischof von Hierapolis in Kleinasien, überliefert haben könnte, das Clément so aus der Ruhe gebracht hatte.

Das einzige bekannte Werk Papias', die "Auslegung von Herrenworten", hatte aus fünf Bänden bestanden und war von ihm um 130/140 n.Chr. verfasst worden. Es war verloren, nur einige Zitate daraus in den Schriften anderer Kirchenväter, vor allem bei Eusebius von Caesarea und Irenäus von Lyon, waren erhalten geblieben. Aus diesen sogenannten "Papias-Fragmenten" ging hervor, daß Papias seine Kenntnisse durch Befragung von Apostelschülern, Herrenjüngern und anderen Traditionsträgern gesammelt hatte.

Auf der Basis dieser Befragungen hatte Papias dann auch Angaben zur Entstehung der Evangelien gemacht. Die Aussagen des Bischofs über das Matthäusevangelium hatten zur lange Zeit weit verbreiteten Annahme geführt, es existiere ein hebräisches Original, eine Vorstellung, der heute praktisch niemand mehr zustimmte. Zu Unrecht, wie Maldini wusste.

Auch daß Markus als Dolmetscher von Petrus dessen Berichte genau aufgezeichnet habe, wurde vielfach übernommen, galt aber in der Forschung heute ebenfalls als unzuverlässig.

Schon früh waren die Urteile über Papias gespalten gewesen. Eusebius nannte ihn einen Mann "von geringem Geist", der allegorische Redeweise nicht als solche begreifen konnte.

Dagegen beschrieb ihn Irenäus anerkennend als "Hörer des Johannes, Zeitgenossen Polykarps von Smyrna, Mann der frühen Zeit."

Manchmal war Maldini selbst überrascht, wie viel ihm oft zu allen möglichen Einzelheiten der Kirchengeschichte aus dem Stehgreif einfiel.

Er zuckte zusammen, als Clément plötzlich wieder neben ihm stand und einen Papierblock auf den Tisch fallen ließ.

"Meine Übersetzung", sagte der Kaplan und schlug die erste von mehreren handbeschriebenen Seiten auf.

Maldini zog einen Stuhl an den Tisch, setzte sich und begann, die Worte zu überfliegen. Was er las war nichts, dem er besondere Bedeutung beigemessen hätte, doch es war ziemlich eindeutig der Stil von Papias. Offenbar hatte ein Teil seiner verlorengeglaubten Werke in dieser Abschrift hier doch die Zeiten überdauert. Dies war etwas, was selbst er, Maldini, nicht gewusst hatte.

Vertieft in den Text las der Kardinal eine ganze Weile weiter, bis er auf einen Abschnitt stieß, bei dem es sich offensichtlich um jenen handelte, aus dem einst Eusebius in seiner "Kirchengeschichte" zitiert hatte.

Markus schrieb als Dolmetscher des Petrus alles genau nieder, was dieser von Worten und Taten des Herrn mitteilte. Er tat dies jedoch nicht in geordneter Reihenfolge, denn er war weder ein Hörer noch ein Begleiter des Herrn gewesen. Wohl aber begleitete er später, wie gesagt, Petrus, der seine Lehre anwandte, wie es die Umstände gerade verlangten, nicht so, als ob er eine Zusammenstellung der Aussprüche des Herrn geben wollte. So machte Markus keinen Fehler, wenn er in dieser Weise manche Dinge niederschrieb, wie Petrus sie erwähnt hatte; denn Markus achtete sorgfältig darauf, daß er ja nichts auslie",,, was er gehört hatte und nicht irgendwelche falschen Angaben einbezog.

So weit war das ja bekannt und Maldini konnte aus dem Gedächtnis sagen, daß es genau dem entsprach, was der gute alte Eusebius von Caesarea wiedergegeben hatte.

Doch in diesem Dokument hier waren damit die Aussagen über Markus nicht beendet. Papias hatte noch mehr über den Autor des ersten Evangeliums in Erfahrung gebracht und mit zunehmender Aufregung las Maldini die folgenden Zeilen, die Dinge beschrieben, von denen er noch nie etwas in den Schriften der Kirchenväter gelesen hatte.

Als er fertig war, bemerkte er, daß ihm der Schweiß

ausgebrochen war und ein leichtes Zittern seinen Körper erfasst hatte.

Entweder hatte Eusebius das hier nicht zitiert, weil er es für Blödsinn gehalten hatte oder weil er schon damals der Meinung gewesen war, daß es der Kirche ganz und gar nicht gelegen gekommen wäre, wenn diese Überlieferung allgemeine Bekanntheit erlangt hätte. Und auch heute würde es die Katholische Kirche in einige Erklärungsnöte bringen.

Gerüchte und mehr oder weniger gut begründete Vermutungen über die Entwicklungen im Urchristentum hatte es schon immer gegeben, doch vor ihm lag nun ein schriftlicher Beleg, die Abschrift der Aussage eines Bischofs der Anfangszeit, Papias eben, und dies würde sich nicht so leicht wegdiskutieren lassen.

Wie ihm Komplikationen dieser Art zuwider waren, dachte Maldini und verspürte schon wieder das Bedürfnis, etwas von dem Diazepam in seiner Hosentasche nachzuwerfen. Doch er wollte sich vor Clément keine Blöße geben.

"Und Sie sind der Meinung, daß dies hier nicht unbekannt in unseren Gewölben liegen bleiben sollte", sagte er nach einer Weile und wandte sich dem Kaplan zu.

Clément überlegte einen Moment. "Ich denke", sagte er schließlich,"daß wir es ernst nehmen sollten. Es ist eine Überlieferung, die offenbar schon seit frühester Zeit unterdrückt wurde, obwohl sie doch ganz wesentlich das Leben und die Lehre Jesu betrifft, des Mannes, aufgrund dessen Existenz wir überhaupt hier als Mitglieder der Kirche stehen.

Ich kenne Ihre Einstellung, Eminenz. Die haben Sie ja neulich überdeutlich mitgeteilt. Aber Sie wissen, daß ich anderer Meinung bin. Auch wenn die Kirche in ihrer heutigen Form für Milliarden von Menschen und in vielen Angelegenheiten der Welt eine unverzichtbar wichtige Rolle spielt, kann sie dennoch nicht wichtiger sein, als die Wahrheit, zu deren Verkündigung sie einst gegründet wurde.

Wenn Markus, nach Papias' Bericht, etwas überliefert hat, das auf Jesus selbst zurückgeht... Ich meine, wer sind wir, daß wir das einfach für irrelevant erklären und verschweigen dürften?

Wie gesagt, wir müssen es ernst nehmen, ob uns das in den Kram passt oder nicht. Es geht nicht um das Wohl der Kirche, sondern um das, was Jesus oder Gott wollte.

Das gilt übrigens auch für die anderen Dokumente, von denen Sie sprachen und die irgendwo hier unten weggeschlossen sind. Matthäus und Q und so weiter. Sie wissen schon. Ich glaube nicht, daß wir das Recht haben, sie auf diese Art und Weise einfach verschwinden zu lassen.

Um was ich Sie bitten möchte ist, daß wir diesen Text hier auf seine Zuverlässigkeit prüfen und falls er sich als authentisch erweist, auch ernsthaft über nötige Konsequenzen nachdenken.

Ich weiß, wenn Sie anordnen, daß dies hier, so wie es ist, wieder ins Regal wandert und nicht mehr erwähnt wird, dann wird das auch so geschehen. Aber vielleicht könnten wir diesmal anders verfahren."

Maldini brummte der Schädel und er hatte nicht die Kraft, diesen Kaplan für seine verdammten Vorschläge ein weiteres Mal zusammenzufalten. Vielleicht wollte er es aber auch gar nicht. Er wußte es nicht.

"Meinetwegen", sagte er mit heiserer Stimme, "versuchen Sie, die Verlässlichkeit dieses Textes zu prüfen. Und wenn Sie zu irgendwelchen Ergebnissen gelangt sind, lassen Sie mich das sofort wissen."

"Und nur mich", fügte er nach einer Pause noch hinzu.

Müde ging Maldini zur Tür und streckte die Hand nach dem Türöffner aus. Doch dann hielt er inne und wandte sich noch einmal zu Clément um.

"Warum sind Sie eigentlich Priester geworden?", fragte er und sah den jungen Kaplan an.

Clément war überrascht von der Frage. Er blickte auf die Pergamente vor sich auf dem Tisch und überlegte eine Weile.

"Ich war damals zwölf", begann er schließlich, "und es war ein heißer Sommer in diesem Jahr. Wir hatten Ferien und mein damals bester Freund und ich verbrachten die meiste Zeit draußen in den Feldern und Wiesen rund um das Dorf bei Orléans, in dem wir lebten. In Deutschland wurde das "Sommermärchen" der Fußball-WM gefeiert, doch wir waren keine großen Fußballfans. Statt vor dem Fernseher zu sitzen und die Spiele zu verfolgen, fuhren wir fast jeden Tag mit unseren Fahrrädern ziellos durch die Landschaft und genossen die Sonne oder das Wasser an den kleinen Bächen in unserer Gegend. Wir kauften Eis und Süssigkeiten und legten uns in den Schatten irgendwelcher Bäume, um die Wolken zu betrachten. Wir fuhren die schmalen Feldwege entlang, bis diese irgendwo endeten und hielten dabei immer Ausschau nach kleinen Schätzen, die womöglich hier und da zu finden waren. Ein paar Cent, die jemand verloren hatte, wertvoll aussehende Steine, manchmal sogar einen Ring oder ein billiges Armkettchen oder den Aussenspiegel eins Traktors. Solche Sachen eben.

Von uns aus hätte das damals ewig so weitergehen können. Die Freundschaft, die langen Tage ohne Eile oder besondere Sorgen. Rumfahren und sich überraschen lassen, von dem, was einem begegnete."

Clément machte eine Pause und massierte sich die Stirn, als würde ihn die Erinnerung irgendwie anstrengen.

"Und dann", fuhr er fort, "lag ich am Abend einer dieser Sommertage in meinem Bett, die Fenster waren geöffnet, weil die Nacht so warm war und ich lauschte den Geräuschen, die von draußen hereindrangen.

Und während ich still dort lag und mich schon auf den nächsten Tag freute, überkam mich so etwas wie eine Erkenntnis. Ich weiß nicht, wie ich es sonst beschreiben soll. Eine glasklare Erkenntnis, das alles, so wie es war, genau richtig war. Und daß das deshalb so war, weil es einen Gott gab, der das alles so sein ließ. Dieses plötzliche und vollkommene Verstehen war eindeutiger und ungetrübter als alles, was ich je zuvor oder danach empfunden habe und ich hatte nicht den geringsten Zweifel. Mir war auf einmal eine absolute Gewissheit gegeben darüber, daß wir zwar meistens nicht verstehen, warum die Dinge so passieren, wie sie es tun, besonders solche, die schlimm sind und schwer zu ertragen, daß aber am Ende alles einen Sinn ergeben wird, weil Gott dafür sorgt. Egal, wie wenig es zwischendurch danach aussehen mag. Und zwar nicht nur bei mir und in meinem Leben oder dem meiner Eltern und Freunde, sondern irgendwie insgesamt, bei Allem.

Verstehen Sie mich richtig. Ich hatte keine Erscheinung oder so was, wie Paulus vor Damaskus. Ich konnte später nicht mal sagen, ob ich zu diesem Zeitpunkt noch wach war oder schon geschlafen habe. Vielleicht hatte ich einfach geträumt.

Aber als ich am nächsten Morgen aufwachte, hatte sich etwas verändert. Nicht, daß mir das damals bewusst gewesen wäre, aber in der Rückschau ist mir klar geworden, daß sich eine unerschütterliche Erkenntnis der Existenz Gottes tief in mir festgesetzt hatte.

Unsere Tage gingen weiter wie bisher. Wir unternahmen unsere Erkundungsfahrten und genossen den Sommer. Irgendwann fing die Schule wieder an und bald hatte ich dieses Erlebnis auch vergessen.

Doch als es Jahre später um die Frage ging, welchen Beruf ich ergreifen wollte, ist es mir wieder eingefallen. Und auch wenn die Erinnerung an das Erlebnis selbst verblasst war, fand ich in mir die Überzeugung wieder, die es hinterlassen hatte.

So brauchte ich nicht lange zu überlegen. Es war klar, daß ich in den Dienst Gottes treten wollte."

"Haben Sie seitdem jemals Zweifel gehabt an Ihrem Glauben?", fragte Maldini leise.

"Es ist mehr als etwas, das ich glaube", antwortete Clément, "es ist eine Gewissheit. Und nein, nichts hat in all den Jahren diese Gewissheit verrücken können."

Der alte Kardinal schwieg und nickte nur langsam. Dann wandte er sich um, öffnete die Tür und verschwand in den Gängen, durch die er gekommen war.

6

Über der Irischen See begann die Boing 747-400 der Aer Lingus mit dem Landeanflug auf Dublin Airport.

Auf der Bordtoilette im hinteren Teil des Flugzeugs

erbrach Graubner einen Strahl übler Flüssigkeit in die Kloschüssel. Er hatte das Fasten Seat Belt-Zeichen ignoriert und war unter den vorwurfsvollen Blicken der Flugbegleiterinnen hier in die Kabine gestürzt. Die Übelkeit hatte sich nicht mehr länger unterdrücken lassen.

Er wischte sich mit dem Handrücken die Tränen ab, die ihm in die Augen geschossen waren und versuchte, sich wieder zu fangen. 'Vielleicht solltest Du doch ab und zu feste Nahrung zu Dir nehmen, Graubner', dachte er.

Die letzten Tage in Südamerika hatten ihn ausgelaugt und wenn er in Lima schon in keiner guten Verfassung gewesen war, dann hatte ihm Manaus fast den Rest gegeben.

Ihr wortloser Pilot, Altmanns Mann für alle Fälle, hatte die Cessna sicher gelandet und auf einer abgelegenen Parkposition waren sie von zwei weißen Männern abgeholt worden. Diese hatten sie abseits aller offiziellen Wege und Kontrollen durch das Flughafengelände geleitet und schließlich in eine wartende Limousine gesetzt, die sie durch das Chaos der Stadt zu einem Hotel im Zentrum gebracht hatte. Graubner war einfach nur sprachlos gewesen darüber, was diese elenden Nazis oder ihre Brut immer noch zu tun imstande waren. Zumindest hier hatten sie offensichtlich immer noch Einfluss und ungeahnte Möglichkeiten. Auch finanzielle, wie es aussah.

Das Hotel war eines der besseren Sorte und wäre sogar klimatisiert gewesen, wenn die Anlage funktioniert hätte. So aber hatten sie zwei Tage in unerträglicher Hitze und kaum zu atmender Luft verbracht, bis der für sie arrangierte Flug nach Europa abging.

Graubner hatte geschwitzt, wie noch nie zuvor und in der Schwüle hatten sie natürlich auch kaum Schlaf gefunden. Und obwohl er den Flüssigkeitsverlust beständig mit dem brasilianischen Gesöff aufgefüllt hatte, das sie in Manaus als Bier verkauften, hatte Graubner das Gefühl, mehrere Kilo allein an Wasser verloren zu haben.

Ihm war immer noch schleierhaft, wie Altmann all das überstand. Sein neuer Nazi-Freund saß meistens stoisch in seinem Rollstuhl oder lag reglos auf dem Hotelbett, so daß Graubner ihn ein zwei Mal schon für tot gehalten hatte. Doch wenn er dann wieder zum Leben erwachte, sah Graubner in dem ausgemergelten Gesicht des Alten nach wie vor die eiserne Entschlossenheit, durchzuhalten und sein Vorhaben zu Ende zu bringen.

Graubner verließ die Toilette und kehrte auf unsicheren Beinen zu ihren Plätzen zurück.

"Geht's Ihnen besser?", fragte Altmann und das peruanische Unikum neben ihm bleckte wieder die Zähne und nickte. 'Ich drehe hier noch durch', dachte Graubner und fand die ganze Situation surreal.

"Weiß ich nicht", sagte er, "Vielleicht, wenn wir es unbehelligt aus dem Flughafen raus geschafft haben."

Er ließ sich neben dem alten Mann in den Sitz fallen und warf einen Blick aus dem Kabinenfenster. Sie flogen schon tief und mussten jeden Moment landen. Graubner sah Landschaft und einzelne Gebäude vorüberziehen, verschwommen im Grau irischen Nieselregens. Und dann setzte die große Maschine inmitten wirbelnder Wasserschleier auf, wurde langsamer und rollte schließlich auf ihre Position am Terminal 1.

Neben ihm tastete Altmann nach den Papieren in seiner Jackentasche. Ein perfekt gefälschter Pass wies ihn als irischen Staatsbürger aus, der zudem todkrank war und von einer speziellen Behandlung durch brasilianische

Spezialisten zurückkehrte, wie ebenso falsche Atteste belegten. Alles beschafft vom Nazi -Netzwerk Odessa in Südamerika. Sollte sich bei der Einreise nach Irland jemand näher für den Greis und seinen Betreuer interessieren, würden diese Dokumente sie hoffentlich vor intensiverer Überprüfung bewahren. Wer wollte schon einen sterbenden alten Mann, der seine Habseligkeiten in einem kleinen Metallkoffer auf seinem Schoß mit sich führte, bei der Rückkehr in seine Heimat unnötig behindern.

Doch wie sich zeigte, hielt es niemand für nötig, ihre Identitäten zu hinterfragen. Die Beamten warfen nur einen kurzen Blick in ihre Pässe und am Zoll wurden sie durchgewunken, ohne daß jemand nach dem Inhalt ihres spärlichen Gepäcks fragte.

"Vielleicht wartet zweiundsiebzig Jahre nach Kriegsende doch nicht mehr an jedem Flughafen der Welt jemand darauf, daß Sie auftauchen", sagte Graubner, als sie aus dem Terminal traten. Er zündete sich eine Zigarette an und nach dem ersten langen Zug wurde ihm schwindlig. "Auch die Nazi-Jäger sterben langsam aus, oder?"

"Darauf will ich mich nicht verlassen", antwortete Altmann kurz und deutete auf die Reihe wartender Taxis auf der anderen Strassenseite. "Nehmen wir eins von diesen?", fragte er.

Sie fuhren durch die nördlichen Vororte Dublins und Altmann, der auf dem Rücksitz neben Graubner saß, starrte durch die Regenschlieren aus dem Seitenfenster.

"Februar ist wohl nicht die beste Reisezeit für Dublin", sagte er und wandte sich seinem Nebenmann zu.

Graubner war blass und müde. Er strich sich über den grau melierten Vollbart, der ihm inzwischen gewachsen war. "Mir ist jedes Wetter recht", sagte er, "solange es anders ist, als in Südamerika."

"Erzählen Sie mir, warum Ihr Ruf als Wissenschaftler so gelitten hat in den letzten Jahren", sagte Altmann. "Ich habe mich natürlich auch über Ihre Arbeit informiert, aber diesen Punkt habe ich nicht recht verstanden. Mich jedenfalls hat beeindruckt, wie hartnäckig Sie Ihre Theorien weiterverfolgt haben, ohne sich von der Kritik aus Fachkreisen irritieren zu lassen."

Graubner schwieg einen Moment und beobachtete das Hin und Her der Scheibenwischer.

"Die Kritik und vor allem die Häme haben mich durchaus irritiert", erwiderte er schließlich. "Doch ich bin überzeugt, auf der richtigen Spur zu sein.

Haben Sie schon mal was von Clemens von Alexandrien gehört?"

Graubner wartete keine Antwort ab.

"Clemens war in der zweiten Hälfte des 2.Jahrhunderts Leiter der Katechetenschule im ägyptischen Alexandria. Seine Schriften haben nachhaltig das theologische Denken in der christlichen Kirche beeinflusst. Er gilt damit als einer der frühen Kirchenlehrer, die maßgeblich den Boden bereitet haben für die weiteren Entwicklungen im katholischen Christentum.

Im Sommer 1958 nun fand Morton Smith, Professor für antike Geschichte und damit in gewisser Weise ein Kollege von mir, im Kloster Mar Saba, süd-östlich von Jerusalem, die fragmentarische Abschrift eines sonst nicht bekannten Briefes dieses Clemens von Alexandrien. Sie befand sich auf den letzten, unbeschriebenen Seiten einer Ausgabe der Werke des Ignatius von Antiochien aus dem Jahr 1646.

Smith fotografierte den Text, unternahm aber blöderweise nichts zur Sicherstellung des Originals. Dieses war bis heute niemandem mehr zugänglich und gilt mittlerweile als verschollen. Natürlich trug das fehlende Original später nicht gerade zur Glaubwürdigkeit des Entdeckers bei. Immerhin machten eingehende sprachliche Untersuchungen anhand der Fotografien es wahrscheinlich, daß es sich um einen echten Brief Clemens' handeln könnte."

Graubner blickte zu Altmann hinüber und sah, daß dieser die Augen geschlossen hatte.

"Ich hoffe, Sie sind noch wach", sagte er, "und ich rede hier nicht im Selbstgespräch vor mich hin".

"Allerdings bin ich wach, Graubner", erwiderte Altmann, "ich versuche, mich zu konzentrieren."

Vom Vordersitz ließ ihr peruanischer Tausendsassa ein blechernes Lachen hören und Graubner stöhnte.

"Also gut", fuhr er fort. "Um es kurz zu machen, der Brief berichtet von einer zweiten Fassung des Markusevangeliums, aus welcher Clemens auch zitiert. Dieses 'Geheime Markusevangelium' befinde sich in einem Kirchenarchiv in Alexandria und enthalte Aussagen, die es laut Clemens angeraten erscheinen lassen, die Existenz diese Evangeliums notfalls sogar durch Falscheid zu bestreiten. Denn 'Nicht alles Wahre muß allen Menschen gesagt werden', wie Clemens sich ausdrückt.

Dies scheint übrigens auch heute noch das Motto der Katholischen Kirche zu sein, wenn Sie mich fragen.

Morton Smith hat aufgrund der Zitate aus dem 'Geheimen Markusevangelium' weitreichende Schlüsse bezüglich des historischen Jesus gezogen, den er für einen vom Geist besessenen Magier hält. Diese Einschätzung teile ich ausdrücklich nicht. Worin ich Smith allerding zustimme, und hier beginnen meine Probleme mit der übrigen Fachwelt, ist, daß es sich bei diesem Evangelium um die aramäische Urfassung des Markusevangeliums gehandelt hat und daß dieses um 170 n. Chr., das ist die vermutete Abfassungszeit des Clemensbriefes, in Alexandria noch existiert hat. Allerdings schon damals weggeschlossen und den Gläubigen vorenthalten."

"Und Sie sind vermutlich einer der wenigen, die dies für möglich halten", meldete sich Altmann zu Wort, "auch wenn ich als Laie in irgendwelchen theologischen Angelegenheiten nicht verstehe, warum das ihre wissenschaftliche Reputation in Frage stellen sollte."

"Es kommt mir manchmal so vor, als wäre ich der Einzige, der das ernsthaft in Erwägung zieht", sagte Graubner. "Und es widerspricht dem wissenschaftlichen Konstrukt, das sich seit vielen Jahren bezüglich der Entstehung der Evangelien des Neuen Testaments in der Forschung verfestigt hat und dem kaum jemand zu widersprechen wagt, wenn er weiterhin als Wissenschaftler ernstgenommen werden will. Das ist das Problem."

"Und", fügte er nach einer Pause hinzu, "man fürchtet die unabsehbaren Konsequenzen, die es nach sich ziehen würde, sollte ein Beleg dafür gefunden werden, daß eine ursprüngliche Jesusüberlieferung von der frühen Kirche unterdrückt wurde, zugunsten einer in ihrem Sinne verfälschten."

"Denken Sie, daß es solche Belege gibt?", fragte Altmann, der jetzt ernsthaft interessiert schien.

"Ja", sagte Graubner. "Wenn es so ist, daß bestimmte

Überlieferungen unterdrückt wurden, dann gibt es auch Belege dafür. Die Frage ist nur, wo sie zu finden sind. Man muß davon ausgehen, daß einige frühe Schriften verlorengegangen sind. Einige dürften sogar gezielt vernichtet worden sein. Doch sicher ist es niemandem gelungen, alle schriftlichen Hinterlassenschaften der vielen christlichen Strömungen der Anfangszeit verschwinden zu lassen. Vieles ist einfach noch nicht gefunden worden und schlummert irgendwo im Wüstensand. Leider spielt hier der Zufall immer eine große Rolle.

Und ich bin mir ziemlich sicher, daß die Katholische Kirche einiges in ihrem Besitz hat, das sie in geheimen Archiven hütet. So, wie das schon zu Zeiten Clemens' von Alexandrien der Fall war. Die Kirche hat Angst, verstehen Sie? Angst, irgendetwas könnte ihre Legitimation in Frage stellen und an ihrer Unantastbarkeit rütteln."

Altmann neben ihm gab zustimmende Brummlaute von sich und schaute wieder aus dem Autofenster.

"Unsere Papyrusrolle", sagte er schließlich, "Glauben Sie, sie könnte etwas Erhellendes zu Ihren Thesen beitragen?"

Graubner sah seinen greisen Begleiter an. "Ich klammere mich an jeden Strohhalm, den man mir hinhält. Daß Sie in Ihrem Brief geschrieben haben, sie seien im Besitz einer sehr alten Papyrusrolle aus der Koptischen St. Markus Kathedrale in Alexandria, hat mich hoffen lassen, dies könnte eine Spur sein, die zu verfolgen sich lohnen würde. Wenn die Christen in Ägypten seit langer Zeit etwas wie ihren Augapfel hüten, in einer Kirche, die ja von Markus selbst gegründet worden sein soll, dann liegt die Vermutung nahe, daß dies etwas mit diesem Markus zu tun haben könnte. Mit dem Verfasser der

Evangelien, von denen ich grade gesprochen habe.

So völlig daneben habe ich damit vielleicht auch nicht gelegen, wenn ich an die ersten Worte auf dem Papyrus denke, die wir lesen konnten. Aber sicher können wir uns erst sein, wenn wir das ganze Dokument entziffert haben."

"Mhm, mhm", machte Altmann wieder. "Und dazu sind wir ja hergekommen."

Der Vortrag hatte Graubner mehr erschöpft, als normal war, aber wen sollte das nach den letzten Tagen wundern. Er sah, daß sie mittlerweile den River Liffey überquert hatten und sich in der Innenstadt von Dublin befanden. Die irische Hauptstadt war seit einigen Jahren sein zuhause, nachdem er damals Heidelberg verlassen hatte, um dem Ruf des Trinity College zu folgen. Und um den Erinnerungen zu entfliehen, die sich mit Deutschland und seiner Frau verbanden. Letzteres hatte natürlich nicht funktioniert und auch das verdammte Bier schien neuerdings den Schmerz nur zu verstärken.

Es regnete immer noch, als das Taxi die belebte Westmoreland Street hinabfuhr und an der Ecke zur College Street schließlich anhielt. Sie waren angekommen. Links von ihnen erhoben sich die mächtigen, grauen Gebäude aus dem 18. und 19. Jahrhundert, die die historischen Innenhöfe des Trinity College umgaben, Irlands ältester Universität.

Graubner stieg aus und wartete rauchend, bis der Taxifahrer und der merkwürdige Peruaner Altmann aus dem Wagen und in den Rollstuhl gehievt hatten. Dann begaben sie sich auf den Weg durch das große Tor auf den Campus, vorbei am berühmten Glockenturm und hinüber zu den Gebäuden, in denen Graubners Professoren-Apartement lag. Altmann hatte den Metallkoffer mit der Rolle halb unter die Jacke geschoben, um ihn vor Nässe zu schützen und saß mit leerem Blick im Rollstuhl, während ihm der Regen übers Gesicht lief.

7

Im obersten Stock des Hauses in der Via di Porta Castello saß Kardinal Maldini am Fenster und beobachtete die Dampfschlieren, die von der brodelnden Kaffeemaschine aufstiegen.

Er hatte die hölzernen Läden und die Fensterflügel geöffnet, um Licht und Luft in den Raum zu lassen und genoss nun einen Moment der Ruhe, von der ihm sonst so wenig vergönnt war.

Die Februarsonne in Rom wärmte schon und unten auf dem Bürgersteig vor der kleinen Trattoria saßen an diesem frühen Nachmittag die ersten Gäste bereits an den Tischen im Freien.

Die Kaffeetasse in der Hand rückte Maldini den Stuhl in die Sonnenstrahlen, die schräg ins Zimmer fielen, lehnte sich zurück und schloss die Augen. Für eine Weile gelang es ihm, sich nur auf die Geräusche zu konzentrieren, die an sein Ohr drangen. Er hörte die Stimmen der Leute auf der Strasse, zwei Vespas rollten knatternd über das Kopfsteinpflaster und von irgendwoher ertönten die Rufe spielender Kinder. In einer der Wohnungen unter ihm hörte jemand Musik, eine Melodie, die ihm bekannt vorkam, ohne daß er jedoch hätte sagen können, woher. In den Rhythmus mischte sich das Ticken der Uhr an der

Wand hinter ihm und das machte ihm wieder bewusst, daß er nicht zum Vergnügen hier war. Die Zeit verging und er hatte noch eine Menge zu tun, hier in seinem kleinen Außenposten im Borgo.

Maldini verspürte den mächtigen Wunsch, einfach für immer hier sitzen zu bleiben, doch schließlich erhob er sich und ging die wenigen Schritte hinüber zu seinem Schreibtisch, auf dem sich rund um einen Computerbildschirm verschiedene Stapel Papiere und Bücher auftürmten.

Er war einige Tage nicht hier gewesen, weil ihn andere Verpflichtungen in der Kongregation, der er vorsaß, in Anspruch genommen hatten und so hatte er erst vorhin die Mail endeckt, die ihm aus Lima zugegangen war. Aus dem dortigen Franziskanerkloster, um genau zu sein.

Was er gelesen hatte, war zunächst nichts gewesen, das die Aufregung erklärt hätte, in der sich der Absender offenbar befand. Diesem Bruder Anselmo schien es in erster Linie darum zu gehen, seiner Klosterbibliothek ein weiteres antikes Schriftstück hinzuzufügen und den Ruhm des Entdeckers für sich einzuheimsen. Ein Wunsch, der Maldini nicht im Geringsten interessierte.

Doch als er dann die näheren Ausführungen über die Herkunft der Schriftrolle überflogen hatte und danach einige eigene Nachforschungen in seinem Computerarchiv angestellt hatte, war dem Kardinal doch die mögliche Brisanz dieser Angelegenheit bewusst geworden. Möglicherweise war dies hier wichtiger, als die Entdeckung der unbekannten Papias-Texte, denn diese befanden sich im Vatikan und somit unter seiner Kontrolle, während hier offenbar zwei Privatpersonen im Besitz eines Papyrus aus der Zeit des frühesten Christentums waren und, wie Maldini nun fürchtete, beabsichtigten, diesen irgendwann zu veröffentlichen. Denn einer der beiden war Wissenschaftler und Fachmann auf dem Gebiet, um welches es hier ging.

Franziskanerbruder Anselmo hatte zwei Namen genannt, die er von dem Jungen in Lima erfahren hatte und es war nicht schwer gewesen, die beiden zu identifizieren. Maldini nahm einen Zettel vom Schreibtisch und überflog die Notizen: Reinhard Graubner, Professor für Biblische Archäologie am Trinity College in Dublin. Alleinstehend, Anfang Sechzig und in den letzten Jahren in Verruf geraten, als Vertreter absurder Ideen zur Entwicklung des frühen Christentums.

Wenn so jemand nach Südamerika reiste, um einen Papyrus in Augenschein zu nehmen, der womöglich sein Forschungsgebiet betraf, dann hatte er sicher nicht vor, dies auf Dauer für sich zu behalten.

Und die Katholische Kirche hatte kein Interesse daran, daß solche Schriftstücke, deren Inhalt sie nicht kannte, veröffentlicht wurden.

Was Maldini über den zweiten Mann in Erfahrung gebracht hatte, hatte ihn zunächst mit ungläubigem Staunen erfüllt. Gab es wirklich noch alte Nazis, die bis heute überlebt hatten?

Doch letztendlich war er an diesem ehemaligen SS-Angehörigen höchstens in seiner Eigenschaft als Gewährsmann für die Herkunft der Papyrusrolle interessiert.

Offenbar hatten die beiden Männer Lima verlassen und es war nicht schwer zu erraten gewesen, wohin sie unterwegs waren. Maldini hatte einige Anrufe getätigt, die seine Vermutungen bestätigt hatten.

Müde lehnte sich der alte Kardinal zurück und blickte über die Mischung aus bejahrten Möbeln und moderner Technik, die ihn umgab. Es blieb ihm keine andere Wahl, als auf die Nachrichten aus Lima zu reagieren, auch wenn es ihm bei Weitem lieber gewesen wäre, nicht schon wieder als Behüter der Interessen seiner Kirche tätig werden zu müssen.

Er erhob sich, ging über die knarrenden Dielen hinüber zur Kaffeemaschine, um sich nachzuschenken und griff dann nach dem abhörsicheren Telefon. Er wählte eine Nummer in Lima und wartete darauf, daß am anderen Ende abgehoben wurde. Maldini nahm wieder am Schreibtisch Platz und begann schon ungeduldig zu werden, als sich eine leise Stimme meldete: "Kloster San Franzisco, Lima".

Kurz angebunden stellte sich Maldini als Kurienkardinal des Vatikan vor. "Ich muß den Vorsteher Ihres Klosters sprechen, dringend", sagte er.

"Wissen Sie wie spät es ist?", fragte sein Gesprächspartner mit vorwurfsvollem Unterton.

"Nein", bellte der Kardinal, "und es interessiert mich auch nicht. Bringen Sie mir sofort Ihren Vorsteher ans Telefon."

Irgendetwas im Tonfall des Mannes aus dem Vatikan ließ den einfachen Mönch ahnen, daß es Ärger geben würde, wenn er der Aufforderung nicht nachkam. "Einen Moment", sagte er devot, "Ich versuche zu verbinden."

Wieder wartete Maldini und lauschte dem Knacken in der Leitung bis sich ein Bruder Lorenzo meldete und sich als Abt des Klosters zu erkennen gab. Seine Stimme klang verschlafen, denn der Anruf hatte ihn im Bett erreicht. "Wie kann ich Ihnen dienen, Herr Kardinal", fragte er und atmete schwer ins Telefon.

Ohne Umschweife begann Maldini ihm einen Vortrag zu halten über die Aktivitäten seines Mitbruders Anselmo, verbunden mit der deutlichen Anweisung, diesen in seine Schranken zu weisen und davon abzuhalten, sich in Angelegenheiten einzumischen, die ihn nichts angingen. Und wenn er, Maldini, entschieden hatte, daß diese Schriftrolle Anselmo und übrigens auch jeden anderen im Kloster nichts anging, dann war das auch so.

"Sorgen Sie dafür, daß niemand auch nur irgendetwas in dieser Sache unternimmt", schloss Maldini in scharfem Ton.

Bruder Lorenzo setzte zu einer Erwiderung an. "Eminenz, ich kann meinen Mitbrüdern nicht...", sagte er, doch der Kardinal schnitt ihm das Wort ab. "Wenn Sie nicht den Rest Ihres Ordenslebens in einer verdreckten Missionsstation im Kongo verbringen wollen, tun Sie genau das, was ich Ihnen gesagt habe. Haben Sie das verstanden?"

Maldini legte auf, ohne eine Antwort abzuwarten. Sein Mitgefühl für den, wahrscheinlich schon älteren Abt hielt sich in Grenzen. Wenn es um das Wohl der Kirche ging, konnte auf die Befindlichkeiten Einzelner keine Rücksicht genommen werden.

Der Kirchenmann stand auf und dehnte sich. Sein Rücken schmerzte. Er schloss das Fenster, schaltete die Kaffeemaschine aus und verließ das Zimmer, nachdem er noch einen Blick über seine Unterlagen geworfen hatte.

Niemand begegnete ihm im Treppenhaus, was ihm sehr recht war, denn er hatte keine Lust, irgendwelche belanglosen Nettigkeiten auszutauschen.

Den Weg zurück in den Vatikan legte er entlang des

Passetto zurück, des ehemaligen, geheimen Fluchtwegs der Päpste, der vom Kirchenstaat zur Engelsburg hier durchs Viertel verlief und diesmal hatte er keinen Blick für den morbiden Charme des alten Borgo.

Später an diesem Tag verliessen zwei Männer in schwarzen Anzügen die Gebäude rechts des Petersdoms und machten sich auf den Weg durch die vatikanischen Gärten. Der ältere von ihnen trug einen schwarzen Aktenkoffer, weiteres Gepäck würde ihnen auf anderem Wege folgen.

Ihr Ziel war der Heliport in der äußersten Westecke der Vatikanstadt, wo bereits ein Hubschrauber auf sie wartete. Nachdem sie den Gouverneurspalast und das Äthiopische Colleg passiert hatten, sah der Pilot sie kommen und startete die Motoren. Langsam begannen die Rotorblätter sich zu drehen, während die beiden Männer zur Plattform hinaufstiegen.

Der Pilot wartete, bis sie auf den Sitzen im hinteren Teil des Helikopters Platz genommen, sich angeschnallt und die Kopfhörer aufgesetzt hatten, dann brachte er die Motoren auf volle Leistung und bereitete den Start vor. Wenige Minuten später hob die Maschine ab, stieg senkrecht nach oben und senkte dann die Schnauze, um in langsamem Flug das Gelände des Kirchenstaats zu verlassen.

Tief flogen sie über den Gianicolo und vor den Fenstern auf der linken Seite breitete sich im weichen Licht des Spätnachmittags das Panorama des römischen Häusermeers aus. Doch die beiden Passagiere beachteten die Aussicht nicht, sondern blickten starr nach vorne, versunken in Gedanken, während in ihren Kopfhörern der

Funkverkehr des Piloten knisterte.

Auf Höhe der Tiberinsel überflogen sie den Fluss und erreichten bald die Ränder der Innenstadt. Von dort aus folgte die Maschine dem Lauf der Via Appia Antica bis nach kurzer Zeit ihr Ziel in Sicht kam, der Flughafen Ciampino im Südosten Roms, eigentlich in erster Linie Militärflughafen, doch auch vom Papst und anderen hohen vatikanischen Würdenträgern für ihre Reisen genutzt.

Ihr Pilot landete den Hubschrauber sicher und , sich unter den Rotorblättern duckend, eilten die beiden Männer hinüber zu einem bereitstehenden Lear-Jet, der sie an ihren endgültigen Zielort bringen würde.

Kaum hatten sie im komfortablen Inneren Platz genommen, setzte sich der Flieger Richtung Rollbahn in Bewegung und wartete dort auf die Starterlaubnis. Dann heulten die Turbinen auf und die Beschleunigung drückte die beiden Passagiere in die Sitze. Sie hoben ab und ließen bald die Ewige Stadt hinter sich, um einer Verpflichtung nachzukommen, der sie sich nicht entziehen konnten.

8

Es war ein grauer Vormittag in Dublin, als Graubner aus einem komaähnlichen Schlaf erwachte und keine Ahnung hatte, wo er sich befand. Er schlug die Decke zurück und stellte fest, daß er voll bekleidet war und zwar mit Klamotten, die er eindeutig schon mehrere Tage getragen hatte. Neben ihm auf dem Nachttisch standen zwei Bierflaschen, eine davon noch halb voll, daneben ein Aschenbecher mit einem halben Dutzend Kippen. Graubner fuhr sich mit beiden Händen übers Gesicht und sein Blick wanderte wieder zu den Flaschen. 'Guinness', dachte er, 'gutes, altes Guinness'.

Langsam kehrte die Erinnerung zurück und ein Anflug von Panik überkam ihn, als er an die letzten Tage dachte, die ihm jetzt vorkamen wie ein mieser Alptraum.

Er erhob sich aus dem zerwühlten Bett, blieb mit dem Fuß an der Teppichkante hängen und wäre fast gestürzt. Es gelang ihm gerade noch, sich auf der Kommode rechts abzustützen, wobei er jedoch einen Stapel Aktenordner umriss, der jetzt polternd zu Boden fiel. Fluchend und unsicher ging Graubner hinüber zum Fenster, die Augen zusammenkneifend, weil ihm das Tageslicht so grell vorkam. Direkt vor seinem Apartment mähte jemand den Rasen. Das war das Geräusch, das ihn geweckt hatte und Graubner überlegte einen Moment, ob er ein paar Beschimpfungen hinausrufen sollte. Doch das würde vor den Studenten, die kreuz und quer auf dem Campus unterwegs waren, keinen guten Eindruck machen. Und ein penibel gepflegter Rasen war ja schließlich mit das Wichtigste an so einer elitären Bildungseinrichtung.

Er wandte sich ab und schlurfte zur Sitzecke, wo er sich zwischen den hohen Bücherregalen auf das Sofa fallen ließ und sich eine Zigarette ansteckte. Jetzt bemerkte er auch wieder die Übelkeit, die ihn seit einiger Zeit praktisch ständig begleitete und ihm manchmal wie ein Vorbote einer ernsteren Erkrankung erschien. Doch Graubner war keiner, der sich lange mit solchen Gedanken aufhielt. Immerhin hatte er sich heute Morgen noch nicht übergeben müssen.

Die Klingel an seiner Apartment-Tür summte, begleitet von einem energischen Klopfen, so als würde dort jemand schon länger versuchen, sich Gehör zu verschaffen.

Widerwillig stand Graubner auf und öffnete die Tür. Vor ihm stand ein pickeliger, rothaariger Student mit einer dicken Mappe unterm Arm und starrte ihn an, als hätte er eine Erscheinung.

"Was gibt's?", fragte Graubner unfreundlich, weil ihn Leute nervten, die sich grundlos so aufdringlich anmeldeten.

Der junge Mann brauchte einen Moment. "Ich, äh", sagte er schließlich,"ich wollte eigentlich zu Professor Graubner. Wir haben einen Termin zur Besprechung meiner Seminararbeit hier." Er hob die Mappe und musterte weiter die Gestalt, die ihm geöffnet hatte. Das eingefallene, graue Gesicht, überwuchert von einem dichten Vollbart und die Haare, die wild vom Kopf abstanden sowie auch das zerknitterte, aus der Hose hängende Hemd machten ihm keinen besonders vertrauenerweckenden Eindruck.

"Ich *bin* Professor Graubner, verdammt noch mal.", hörte er sein Gegenüber sagen und sein Gesichtsausdruck wurde noch dümmlicher. "Oh", sagte er.

Graubner konnte sich nicht erinnern, den Studenten schon einmal gesehen zu haben und dieser kannte ihn entweder auch nicht oder konnte ihn schlicht nicht wiedererkennen. 'Wie Maria Magdalena den auferstandenen Jesus', dachte er zusammenhanglos.

Sah er tatsächlich dermaßen mitgenommen aus?

"Ich bin krank", sagte er, "Vielleicht haben Sie mitbekommen, daß ich auf Forschungsreise war. Ich muß mir dabei irgendwas eingefangen haben. Tut mir leid, daß Sie umsonst hergekommen sind. Unseren Termin werden wir verschieben müssen." Graubner wollte sich abwenden, doch dann fügte er noch hinzu: "Sagen Sie Ihren Kommilitonen auch Bescheid, ja?"

Der verunsicherte junge Mann nickte stumm, doch Graubner bezweifelte, daß er sich auf ihn verlassen konnte. Er würde seine Fachbereichsleitung informieren müssen.

Unmutig schlug er die Tür zu und steuerte den winzigen Kühlschrank in der Küchennische der Wohnung an. Mit fahrigen Händen öffnete er eine Flasche kaltes Guinness, nahm einen langen Schluck und griff dann zum Telefon.

Im eleganten Buswell's Hotel in der Molesworth Street, nicht sehr weit entfernt vom Trinity College fuhr Altmann nervös auf und ab durch das holzgetäfelte Doppelzimmer, während sein peruanischer Begleiter reglos am Fenster stand und den Verkehr unten auf der Strasse beobachtete.

Die "Organisation" hatte die teuere Unterkunft schon gebucht und bezahlt, lange bevor Altmann und Graubner in Dublin eingetroffen waren und so war es ihnen erspart geblieben, zusammen im Apartment des Professors hausen zu müssen.

Nachdem sie gestern im College angekommen waren, hatten sie sich nur kurz dort aufgehalten, um zu klären, wie die empfindliche Papyrusrolle am besten zu lagern war, bis sie beginnen konnten, an ihr zu arbeiten. Graubner hatte ihn schließlich überzeugt, daß die klimatisierten Forschungslabors der Universität dafür die idealen Bedingungen boten. Außerdem würde sie nicht weiter auffallen unter den anderen Papyri, an denen er gerade forschte, selbst wenn sich jemand in den Räumen, die eigentlich nur ihm zur Verfügung standen, aufhalten sollte.

Am Ende hatte Altmann zugestimmt, sich vorübergehend von dem Dokument zu trennen, welches für ihn so große Bedeutung hatte. Doch die Überwindung war ihm anzumerken gewesen.

Jetzt, nach einer unruhigen Nacht und nachdem Graubner fast eine Stunde nach dem vereinbarten Zeitpunkt immer noch nicht hier aufgetaucht war, überfielen den alten Mann zunehmend Zweifel an der Verlässlichkeit seines neuen Partners. So lange kannte er diesen abgehalfterten Professor schließlich noch nicht. Was, wenn Graubner sich doch entschieden hatte, ihn zu verraten und hier gleich die Polizei erscheinen würde, um ihn festzunehmen? Die Chance, einen der letzten Nazi-Kriegsverbrecher zu fassen, würden sie sich nicht entgehen lassen. Graubner hatte recht gehabt. Er hatte immer noch Angst und er vermutete, daß diese ihn auch in seinen letzten Lebensjahren nicht verlassen würde. Trotz aller Entschlossenheit, sich nicht mehr zu verstecken.

Der Peruaner am Fenster formulierte einige unverständliche Laute, denen Altmann erstaunlicherweise entnehmen konnte, daß Graubner endlich angekommen war. Und die Erleichterung darüber ließ den alten Mann rasselnd tief durchatmen.

Unten auf der Strasse hatte Graubner seinen alten und an mehreren Stellen verbeulten weißen Toyota schief in einer Parklücke abgestellt und eilte nun hinüber zum Hotel. Das Buswell's Hotel erstreckte sich über fünf georgianische Stadthäuser, die einen beeindruckenden Anblick boten, der noch gesteigert wurde, als Graubner die grandiose säulengeschmückte Eingangshalle betrat. Dies war eindeutig eine Absteige für bessere Leute und er konnte sich zum wiederholten Male nur darüber wundern, was diese Nazis sich immer noch leisten konnten.

Er meldete sich an der Rezeption an und nahm dann einen der Fahrstühle in die zweite Etage. Er wusste, daß er zu spät dran war und am Ende des Flures sah er schon Altmanns Faktotum in der offenen Zimmertür stehen und grinsend nicken.

Drinnen saß Altmann in seinem Rollstuhl, einen strafenden Blick in den trüben Augen und wartete offensichtlich auf eine Erklärung.

"Unser Plan hat sich geändert", begann Graubner, "ich habe gestern Abend noch darüber nachgedacht, wie wir es am besten anstellen, diesen alten, brüchigen Papyrus zu entrollen, ohne größere Beschädigungen zu verursachen. Und mir ist eingefallen, daß dies vor ungefähr zwei Jahren einigen Kollegen aus Köln mit einem altägyptischen Papyrus gelungen ist, noch wesentlich älter, als unserer. 3.500 Jahre alt, um genau zu sein. Sie hatten sich für eine Vorgehensweise entschieden, die ich gerne auch bei unserem Dokument anwenden möchte. Allerdings sind dafür spezielle Räumlichkeiten erforderlich, die das Trinity College in dieser Form nicht bietet. Darum habe ich entschieden, daß wir die Möglichkeiten nutzen werden, die eine andere Institution hier in Dublin bietet."

Altmann schien etwas überfahren von diesem Vortrag und sah Graubner nur schweigend an.

"Und Sie haben es nicht für nötig gehalten, mich in

diese Entscheidung miteinzubeziehen?", sagte er schließlich und griff mit der knochigen Hand nach einem Glas Wasser.

"Ich bin der Fachmann", erwiderte Graubner, "Oder haben Sie einen brauchbaren Plan, wie wir den Text auf der Rolle lesbar machen können?"

Altmann ignorierte die Frage und nahm einen Schluck Wasser. "Was ist das für eine Institution, von der Sie da sprechen?", fragte er. "Ist sie vertrauenswürdig?"

"Allerdings", sagte Graubner, "Ich spreche von der Chester Beatty Library. Ist die Ihnen ein Begriff?"

Der greise Mann im Rollstuhl dachte einen Moment nach. "Ich glaube, ich habe davon gelesen. In einem der vielen Bücher in Lima. Aber wirklich bekannt ist mir diese Einrichtung nicht."

"Gut", sagte Graubner, "deshalb fahren wir jetzt dort hin. Sie sollen sich selbst ein Bild machen."

Die drei Männer in dem alten Toyota waren die verkehrsreiche Kildane Street hinabgefahren, waren am St.Stephen's Green rechts abgebogen und jetzt lenkte Graubner den Wagen durch die schmaleren Strassen der Innenstadt. Er hatte das Fenster halb heruntergekurbelt und entzündete eine Zigarette, ohne zu fragen, ob das jemanden störte.

Im Laufe der Jahre, die er nun schon in Dublin verbracht hatte, war ihm die Stadt irgendwie ans Herz gewachsen. Auch wenn sich seit der Zeit des "dirty old Dublin" um die Wende vom 19. zum 20. Jahrhundert einiges geändert hatte, hatte sich die irische Hauptstadt doch ihren speziellen Charme bewahrt. Der Wirtschaftsboom der 1990er Jahre, angefacht durch Milliarden an EU-

Fördergeldern hatte zum Bau von glitzernden Banken-
palästen und Bürohäusern aus Stahl und Glas, sowie zur
Sanierung einst schwer heruntergekommener Viertel
geführt. Doch das Wasser des Liffey war dreckig wie eh
und je und um die dunkelroten georgianischen Back-
steinfassaden wehten noch immer die Abgasschwaden
der Doppeldeckerbusse und der Malzgeruch der Guinness Brauerei.

Irgendwie, dachte Graubner, passte er in diese Stadt.

Er blickte zu Altmann, der auf dem Beifahrersitz saß.
"Die Chester Beatty Library", sagte er, "ist eines der
wichtigsten Zentren in der Welt für das Studium früher
christlicher Texte. Sie besitzt zum Beispiel die, als P46
bekannte, älteste Kopie der Sammlung von Briefen des
Apostels Paulus. Außerdem eine Reihe bedeutender früher Handschriften des Neuen Testaments. Dokumente,
die uns als Vergleichsmaterial für unseren Papyrus dienen können. Vor allem aber verfügt sie in ihren Unterge-
schossen über hervorragend ausgestattete Räumlichkeiten zur professionellen Behandlung alter Schriftstücke.
Seit neuestem auch ausgestattet mit der Technik, die ich
einsetzen möchte. Ein Mitarbeiter dort, den ich schon
lange gut kenne, hat mir zugesichert, daß wir die Ausrüstung werden nutzen können."

Altmann hatte aufmerksam zugehört und schien nicht
mehr so skeptisch zu sein, wie vorhin im Hotel noch.
"Was ist das für ein Verfahren, das Sie anwenden wollen?, fragte er. "Können Sie das halbwegs verständlich
und kurz beschreiben?"

"Soweit ich weiß", sagte Graubner, "ist diese Vorgehensweise in Köln erst zum zweiten Mal überhaupt zum
Entrollen von Papyrus gewählt worden. Im Grunde geht

es darum, das im Laufe von Jahrhunderten oder Jahrtausenden völlig ausgetrocknete und dadurch sehr brüchig gewordene Material soweit zu befeuchten, daß es wieder eine gewisse Elastizität erhält. Dazu kommt eine Art beweglicher Feuchtekammer zum Einsatz, in welcher der Papyrus über mehrere Tage hin vorsichtig bedampft wird, um langsam die Feuchtigkeit zu steigern. Schließlich wird er bei einer Luftfeuchtigkeit von 97% und einer Temperatur von 28° C stückchenweise entrollt. Dies kann sich über mehrere Stunden hinziehen. In Köln hat das sehr gut funktioniert. Zum Schluß wird der entrollte Papyrus luftdicht zwischen zwei UV-undurchlässige Glasscheiben platziert." Graubner schnippte eine Kippe aus dem Fenster.

"So ist dann ein Untersuchen von Vorder- und Rückseite möglich, ohne das empfindliche Material zu berühren."

Altmann drehte langsam den Kopf, so als müsse er aufpassen, daß in seinem dürren Hals nichts kaputtging.

"Das hört sich ja soweit ganz gut an", sagte er. "Ich hoffe, Sie kriegen das auch genau so hin."

Graubner nickte nur und schaute nach vorne durch die Windschutzscheibe.

"Wir sind übrigens gleich da", sagte er und deutete mit dem Kopf in Fahrtrichtung.

Am Ende der Ship Street, die sie gerade hinauffuhren, erhob sich Dublin Castle, Reste einer mittelalterlichen Burg mitten im Stadtzentrum, in deren modernisiertem, georgianischen Clock Tower Gebäude die Chester Beatty Library untergebracht war.

9

"Glauben sie eigentlich an Gott oder daran , daß Jesus seine Inkarnation auf Erden war?"

Sie waren in Graubners altem Toyota zum Phoenix Park gefahren, der großen grünen Lunge Dublins im Westen der Stadt. In der Nähe des Park Gate in der North Circular Road hatte der Professor den Wagen im Parkverbot abgestellt und sie waren eine Weile durch den People's Garden, einen viktorianischen Blumengarten flaniert, bevor sie an der Chesterfield Avenue auf einer der Parkbänke Platz genommen und schweigend das Treiben der Jogger, Radfahrer und Spaziergänger um sie herum beobachtet hatten. Der Tag war trocken, zeitweise erschien sogar die Sonne zwischen den Wolken und sie hatten beschlossen, dies auszunutzen und sich im Freien etwas von der Anspannung abzulenken, die sie ständig begleitete, seit sich die Papyrusrolle in der Feuchtekammer der Chester Beatty Library befand.

Vor einigen Tagen hatten Graubner und sein befreundeter Kollege alle notwendigen Vorbereitungen für das Ausrollen des Schriftstücks getroffen und es in der Kammer platziert, wo es seitdem von einem feinen Wassernebel aus mehreren Düsen langsam angefeuchtet wurde. Und Morgen nun würde Graubner darangehen, das Dokument zu entrollen. Die Neugier darauf, was er vorfinden würde, hatte ihn von Tag zu Tag nervöser werden lassen und das Warten in seinem Apartment oder in Altmanns Hotelzimmer hatten nicht gerade zur Beruhigung beigetragen.

Altmann war nervös, weil er nicht davon überzeugt war, daß man Graubners Freund und Kollegen trauen konnte. Trotz mehrerer Kontrollbesuche in der Library, bei denen Graubner sich davon überzeugt hatte, daß die Rolle noch unbeschadet in der Feuchtekammer lag, hielt es Altmann immer noch für möglich, daß jemand, der die Bedeutung des Dokuments erkannte, sich damit aus dem Staub machte, um wissenschaftliche Lorbeeren für sich alleine zu ergattern. Daran konnten auch Graubners gegenteilige Beteuerungen nichts ändern.

Jetzt hier auf der Parkbank hörten die Gedanken vorübergehend auf, sich zu überschlagen, während Graubner das Fußballspiel einiger junger Männer auf der Wiese links vor ihnen verfolgte. Die Rufe der Spieler hallten durch die kühle Luft und lullten ihn ein, sodaß er Altmanns Frage gar nicht gehört hatte.

"Graubner", sagte der alte Mann lauter, "sind Sie noch anwesend?"

Der Professor wandte den Kopf und sah Altmann an, der mit einer Decke über den Beinen neben ihm im Rollstuhl saß. "Was?", sagte er.

Altmann wiederholte die eingangs gestellte Frage und Graubner blickte wieder hinüber zu den Fußballspielern. "Wie kommen Sie denn jetzt darauf?", fragte er. "Spielt das irgendeine Rolle?"

"Ob das eine Rolle spielt weiß ich nicht", erwiderte der alte Mann. "Ich habe mich nur gerade gefragt, ob Ihr Beruf eigentlich dazu beiträgt, zum Glauben zu finden oder vielleicht eher Zweifel nährt."

Graubner ließ sich Zeit mit einer Antwort, öffnete die Dose Bier, die er vorhin am Kiosk gekauft hatte und zündete sich eine Zigarette an.

"Ob man an Gott oder an seine Menschwerdung in Jesus glaubt, muß nicht unbedingt etwas miteinander zu tun haben," sagte er schließlich, als er nicht mehr husten musste. "Natürlich, wenn es keinen Gott gibt, war Jesus auch nicht seine fleischgewordene Inkarnation. Aber wenn Jesus nicht der Messias, also nicht göttlich war, berührt das die Frage nach der Existenz Gottes ja nicht.

Die Wissenschaft, auch mein Fachgebiet, die biblische Archäologie, kann keine Beweise liefern, weder für das eine noch für das andere. Wir werden nichts ausgraben, das die Existenz Gottes beweist und auch nichts, das Jesu Auferstehung, die ihn ja letztlich erst als göttlich erwies, belegen könnte. Was sollte das auch sein? Ich glaube, es war Heinrich Böll, der einmal die Frage stellte, ob man den auferstandenen Jesus hätte fotografieren können. Was hinter dieser Frage steht ist klar. War dieser auferstandene Jesus eine reale, materielle Person oder eine subjektive Vision der Jünger, ein Bild, das nur in ihren Köpfen existierte? Aber angenommen, jemand hätte den Auferstandenen fotografieren oder gar ein Video davon drehen können, wie er aus dem Grab kommt. Was wäre wohl unsere erste Reaktion auf diese Aufnahmen?"

"Wir würden   ihre Authentizität anzweifen", sagte Altmann.

"Natürlich würden wir das", fuhr Graubner fort. "Wir würden sagen, diese Bilder sind gestellt, das ist nicht Jesus, diese Aufnahmen wurden vor seinem Tod gemacht, das sind Fotomontagen und so weiter und so fort. Wenn man etwas nicht glauben will oder kann, sind die Einwände, die man findet endlos.

Selbst Fotografien des auferstandenen Jesus würden also nichts beweisen."

"Und was denken Sie?", fragte Altmann. "Was ist damals passiert?"

Graubner fand, die Frage klang ein bißchen wie die eines unsicheren Schulkindes, das Angst davor hatte, was es erfahren würde.

"Die Forschung zum Leben Jesu, auch die Archäologie hat gezeigt, daß die Schriften des Neuen Testaments trotz ihres Charakters als religiöse Verkündigungsschriften durchaus auch als historische Dokumente betrachtet werden können, die von realen Geschehnissen berichten.

Wenn ich davon ausgehe, daß ihre Angaben im Wesentlichen verlässlich sind, dann läßt das Verhalten der Jünger nach Jesu Tod am Kreuz zumindest darauf schließen, daß etwas wirklich Außergewöhnliches passiert sein muß. Jesu Anhänger waren nach seiner Verhaftung geflohen, weil sie Angst hatten, auch festgenommen und bestraft zu werden. Nach seiner Hinrichtung waren sie all ihrer Hoffnungen beraubt, die sie mit Jesus verbunden hatten. Enttäuscht und resigniert kehrten einige von ihnen zu ihrer alten Arbeit zurück. Die Frage ist nun: Was hat sie dazu bewogen, sich nur kurze Zeit später wieder zu versammeln und zu beginnen, die Botschaft von Jesu Auferstehung zu verbreiten, allen damit verbundenen Gefahren zum Trotz? Verstehen Sie, Altmann, sie waren in der Folgezeit bereit, für diese Botschaft in den Tod zu gehen. Sie müssen vollkommen überzeugt gewesen sein. Was hat sie zu dieser Überzeugung kommen lassen? Ein selbst inszenierter Betrug? Vage Vermutungen? Subjektive Visionen, die dann alle hätten haben müssen? Kann ich mir nicht vorstellen. Ein leeres Grab alleine? Dafür hätte es auch andere Erklärungen geben können."

Graubner fischte eine weitere Zigarette aus der Packung und leerte die Dose Bier.

"Glaubt man der Darstellung der neutestamentlichen

Texte über das Jüngerverhalten und bessere Überlieferungen haben wir nun mal nicht, muß sich nach Jesu Tod etwas wirklich Außergewöhnliches und nachhaltig Beeindruckendes ereignet haben. So viel kann man, denke ich, mit ziemlicher Sicherheit sagen."

In Gedanken versunken blickte Altmann über die weiten Rasenflächen des Parks, bis die Sonne wieder durch die Wolken brach und ihn zum Blinzeln brachte.

"Ich verstehe", sagte er kaum hörbar. "Aber was genau sich ereignete, bleibt trotzdem offen, oder?"

"Ja", sagte Graubner und erhob sich. "Lassen sie uns noch ein Stückchen gehen. Ich brauche ein bißchen Bewegung."

Altmann winkte seinem peruanischen Helfer, der die ganze Zeit hinter ihnen auf dem Rasen merkwürdige Übungen gemacht hatte, als würde ihm die Bewegung, die er durch das ständige Schieben von Altmanns Rollstuhl hatte, nicht genügen. Dann wandte er sich wieder Graubner zu.

"Wie Sie neulich sagten, vermuten Sie ja, daß es durchaus noch andere Schriften gab oder gibt, als diejenigen, die uns bis jetzt bekannt sind. Glauben Sie denn, daß diese Texte etwas wesentlich anderes über Jesus, besonders auch über seine "Auferstehung" berichten?"

"Das weiß ich nicht", erwiderte Graubner, "aber es muß Gründe gegeben haben dafür, daß diese Schriften, wie zum Beispiel das Geheime Markusevangelium, von dem ich sprach, von der frühen Kirche aus dem Verkehr gezogen oder sogar ganz vernichtet wurden. Im Moment kann man nur aus den vorhandenen Quellen die Schlüsse ziehen, die ich vorhin ausgeführt habe."

Sie schlugen den Weg zum Parkausgang ein, vorbei

am Wellington Monument, einem fast 70 Meter hohen Obelisken, dem zweithöchsten der Welt, nach dem in Washington.

Graubner lief schweigend neben Altmanns Rollstuhl her und fühlte sich auf einmal wieder elend und kraftlos. 'Ich kann, verdammt noch mal, jetzt nicht schlapp machen', dachte er und versuchte, weniger gebeugt zu gehen. Zu wichtig war ihm die bevorstehende Arbeit an dem Papyrus.

"Die Philosophen sagen, 'Einen Gott den es gibt, gibt es nicht' oder auch 'Wenn es sich beweisen läßt, ist es nicht Gott'. Würden Sie dem zustimmen, Graubner? Das es nicht möglich ist, Gott empirisch zu beweisen? Das Gott nicht Gott wäre, wenn er zu einer bestimmten Zeit, an einem bestimmten Ort für uns beobachtbar, sozusagen vermessbar, in Daten statistisch erhebbar wäre?

Graubner war überrascht von Altmanns Vorstoß und auch von den Gedankengängen des Alten, die er ihm gar nicht zugetraut hätte.

"Ja, ich denke, das dem so ist", sagte er. "Wenn Gott der Schöpfer des Universums, der Schöpfer von Raum und Zeit ist, dann existiert er notwendigerweise außerhalb dieser Kategorien. Und damit außerhalb der uns bekannten Wirklichkeit, außerhalb des für uns Wahrnehmbaren und Erkennbaren, also des empirisch Erfassbaren. Das ist sozusagen elementarer Bestandteil der Definition von Gott. Wäre Gottes Natur die gleiche wie die aller anderen wahrnehmbaren Dinge, wäre er nicht Gott, sondern einfach Bestandteil der Schöpfung. Deshalb läßt sich die Existenz Gottes wissenschaftlich weder beweisen noch widerlegen."

"Und deshalb", führte Altmann die Überlegungen fort,

"deshalb machen auch alle zunehmenden naturwissenschaftlichen Erkenntnisse, die wir erlangen, Gott nicht überflüssig. Die weit verbreitete Annahme, je mehr wir über Naturgesetze und deren Zusammenwirken, je mehr wir über Ursachen und Wirkungen der Vorgänge in unserer Welt und im Universum lernen und verstehen, desto weniger sei Gott zur Erklärung dieser Phänomene nötig, ist schlicht falsch. Wenn Gott der Schöpfer des Universums ist, dann ist er auch der Schöpfer der in ihm wirkenden Naturgesetze, von denen wir nach und nach einige entdecken und verstehen. Davon wird die Frage nach der Existenz Gottes überhaupt nicht berührt. Seine Existenz ist völlig unabhängig vom jeweilig aktuellen naturwissenschaftlichen Erkenntnisstand auf der Erde.

Sagt Ihnen der Begriff 'Kryptoatheismus' etwas? Das ist das faktische Ergebnis, wenn sich die Theologie infolge zunehmender naturwissenschaftlicher Erkenntnis, stetig in die Bereiche des jeweils verbleibenden Unerklärbaren zurückzieht, verbunden mit einer Strategie, mit der versucht wird, den Gottesbegriff gegen alle Einwände zu immunisieren.

Auf diese Weise wird der Gottesbegriff schließlich so vollständig entleert, daß er mit keiner möglichen Tatsache mehr kollidieren kann. So wird Gott mit jeder neuen naturwissenschaftlichen Erklärung entbehrlicher und stirbt den Tod von tausend Einschränkungen. Und dies völlig zu Unrecht, wie gesagt."

Graubner war sprachlos und der Zug an seiner Zigarette geriet ihm in den falschen Hals. Die Folge war ein erneuter Hustenanfall, der in ein wüstes Würgen überging.

"Altmann", brachte er schließlich heraus, "Sie erstaunen mich absolut. Ich hätte nicht gedacht, daß Sie sich mit solchen Dingen befassen."

Der alte Mann lachte leise. "Ich habe, wie gesagt, viel gelesen in den letzten Jahrzehnten. Wenn Sie sich meine Bücher in Lima angesehen haben, werden Sie einige philosophische Werke gefunden haben."

"Ich habe sie mir nicht angesehen", sagte Graubner. "Ich war damals zu verwirrt darüber, auf was ich mich mit Ihnen eingelassen hatte, um mich für Ihre Bücher zu interessieren. Woher kommt Ihr Interesse an diesen Themen?"

"Na ja", sagte Altmann, der jetzt wieder besonders blass und fleischlos aussah, "Sie wissen von dem dunklen Kapitel in meinem Leben, einer Zeit, in der ich Dinge getan habe, für die ich vor Gericht hart bestraft werden würde. Mit zunehmendem Alter ist bei mir zu der Angst vor weltlicher Verfolgung noch die Furcht dazugekommen, womöglich nach meinem Tod von Gott zur Rechenschaft gezogen zu werden. Wenn es diesen Gott gibt, werde ich vor ihm nicht fliehen können. Und so habe ich mich lange mit der Frage befasst, wie dieser Gott sein könnte. In der vagen Hoffnung, er könnte mir vielleicht vergeben."

Gaubner entzündete eine weitere Zigarette. "Wissen Sie was", sagte er dann. "Genausowenig wie wir in der Lage sind, Gott in unseren menschlichen Kategorien zu erfassen, genausowenig können wir uns vorstellen, wie groß möglicherweise seine Gnade und seine Fähigkeit zur Vergebung sind.

Und darf ich noch etwas hinzufügen zu dem, was Sie vorhin über naturwissenschaftliche Erkenntnisse gesagt haben? Zum Einen ist unser Wissen über unsere Welt und das Universum verschwindend gering im Vergleich zu dem, was wir alles nicht wissen und zum Anderen werden wir die Antworten auf die wirklich interessanten Fragen in diesem Leben sowieso nicht finden. Notwendigerweise. Denn sie liegen außerhalb wissenschaftlicher Erkenntnismöglichkeit, außerhalb der uns bekannten dreidimensionalen Welt. Was war vor dem Urknall? Aus absolutem Nichts entsteht von selbst auch nichts. Was liegt hinter dem Rand des sich ausdehnenden Universums? Wohinein dehnt es sich aus? Wir haben keine Ahnung.

Letztenendes läuft alles auf die Frage hinaus: Warum gibt es überhaupt etwas und nicht nichts?

Denken Sie darüber nicht zu lange nach, Altmann. Das kostet einen früher oder später den Verstand. Weil es dessen Fassungsvermögen so weit übersteigt."

Graubner schnickte seinen Zigarettenstummel auf die Wiese. "Liegt hier irgendwo noch ein Kiosk auf unserem Weg?", sagte er mehr zu sich selbst. "Ich würde mich jetzt gerne wieder mehr konkreten Dingen zuwenden und könnte noch ein, zwei Bier gebrauchen."

10

Fizzpatrick O'Connor war eine Institution am Trinity College. Manche Stimmen behaupteten, er säße schon seit den Hochzeiten des IRA-Terrors in seinem kleinen Büro, was natürlich nicht sein konnte, da er dann schon weit über Hundert hätte sein müssen. Trotzdem hielt sich das Gerücht hartnäckig und die meisten konnten sich auch nicht erinnern, jemals jemand anderen in der

Pförtnerloge gesehen zu haben.

O'Connor war waschechter Ire und ein eher kleiner, untersetzter Mann, aber ausgestattet mit einem beeindruckenden Organ, das mehrmals am Tag über den Campus hallte, wenn er Studenten hinterherrief, für die er wichtige Unterlagen bereitliegen hatte.

Sein Büro diente als eine Art Informationszentrum des College und befand sich im rechten Flügel der Eingangsgebäude, an der Ecke zur Old Library. Ausgestattet mit einem großen Fenster und einer Theke zum Innenhof hin, wirkte es ein bisschen wie ein Kiosk, doch O'Connor verkaufte hier nichts.

In hölzernen Schubfächern, die alle Wände des Raums einnahmen befanden sich unzählige Blätter Papier, gebunden oder lose, Informationsmaterial für die Studenten, welches diese sich jederzeit hier abholen konnten. Vorlesungsverzeichnisse, Prüfungstermine, Sprechzeiten der Professoren, Belegungspläne der Seminarräume oder Labors, Adresslisten, Antragsformulare. Wenn es etwas zu verteilen gab, landete es in O'Connors Büro.

Vor allem aber war er selber eine unerschöpfliche Quelle für, vorwiegend auch inoffizielle Informationen über den Collegebetrieb. Durch sein Fenster sah O'Connor jeden, der den Campus betrat oder verließ und auch vom Treiben auf dem großen Innenhof blieb ihm kaum etwas verborgen. Er kannte alle rund 8000 Studenten zumindest vom Sehen, denn jeder von ihnen hatte schon Unterlagen bei ihm abgeholt oder nach der einen oder anderen Insiderinformation gefragt. Und auch die Professoren und Dozenten schätzten ihn als Partner für Smalltalks über alle möglichen Themen. Fast alle statteten ihm in seinem kleinen Büro hin und wieder kurze

Besuche ab und nicht nur, wenn sie etwas abzugeben hatten.

Tasächlich gehörte es zu O'Connors offiziellen Aufgaben, den Betrieb vor seinem Fenster im Auge zu behalten und zu kontrollieren, wer kam und ging, besonders wenn es sich um unbekannte Personen handelte. Dies war Teil des breitgefächerten Sicherheitskonzepts des Trinity College und deshalb nahm O'Connor es auch besonders ernst. In all den Jahren war es nicht vorgekommen, daß sich jemand unbemerkt und unbefugt an ihm vorbeigeschlichen hatte. Nicht in dem Bereich, den er überblicken konnte.

Heute Morgen jedoch hatte er einen üblen Streit mit seiner Frau gehabt, was ihn nachhaltig verunsichert hatte, weil das in dieser Form praktisch noch nie vorgekommen war.

Und diese Verunsicherung führte dazu, daß O'Connor an diesem Tag gleich mehrere Fehler machte.

Gegen Mittag sah er zwei Männer aus Richtung der verkehrsreichen College Street den Campus betreten, sich suchend umsehend und offensichtlich nicht vertraut mit dem Universitätsgelände.

O'Connor hatte sich Kaffee gemacht, sein Lunchpaket ausgepackt und gerade begonnen, eines seiner geliebten Käsebrote zu verzehren. Jetzt schob er das Fenster auf und winkte kauend so lange, bis die beiden Fremden auf ihn aufmerksam wurden. Sie kamen auf sein Büro zu und blieben an der Theke vor dem Fenster stehen. O'Connor sah sich zwei seriös wirkenden Besuchern gegenüber, von denen der eine deutlich älter war, als sein Begleiter, der einen schwarzen Aktenkoffer bei sich trug.

"Kann ich Ihnen behilflich sein?", fragte O'Connor und versuchte für den Moment die Gedanken an die morgendliche Auseinandersetzung mit seiner Frau zu verdrängen.

"Möglicherweise", antwortete der ältere, hochgewachsene Mann in einem Englisch, daß ihn eindeutig als Ausländer entlarvte. "Wir möchten gerne Herrn Professor Graubner sprechen. Reinhard Graubner."

O'Connor wußte nicht, daß Graubner heute in den Phoenix Park gefahren war und dort in eben diesem Moment mit seinen neuen Freunden auf der Bank saß.

Als Info für die Studenten hatte er vom Fachbereich lediglich die Mitteilung erhalten, daß der Professor erkrankt sei und seine Lehrveranstaltungen bis auf Weiteres nicht stattfanden.

Als er dies jetzt den beiden Besuchern mitteilte, entging ihm der kurze Ausdruck von wütendem Ärger im Gesicht des Älteren, ein Ausdruck, den er an anderen Tagen wahrscheinlich nicht übersehen hätte und der ihn sicher mißtrauisch gemacht hätte.

Doch O'Connor kramte schon in einem Stapel Papiere auf der Ablage rechts von ihm, bis er die Liste mit den Durchwahlen zu den Professoren-Apartments gefunden hatte.

"Ich kann aber mal versuchen, ihn telefonisch zu erreichen", sagte er und wählte die Nummer. Doch auch nach längerem Warten meldete sich niemand am anderen Ende der Leitung.

Kaum hatte O'Connor aufgelegt, klingelte das Telefon und der eingehende Anruf beeinträchtigte erneut seine Aufmerksamkeit. Das Display zeigte es an: Seine Frau.

"Einen Moment", sagte er in Richtung der beiden

Männer und hob ab. Er wandte sich etwas dem hinteren Teil des Raumes zu, damit sein Gespräch draußen nicht so deutlich zu hören war und hielt das Telefon einen Moment lang wortlos ans Ohr. "Nein", sagte er dann, "eben nicht. Ich weiß gar nicht, wie Du... Was?" Eine Pause entstand. "Das ist eine böswillige Unterstellung, die..." Wieder wurde er unterbrochen. "Wenn Du mich ausreden lassen würdest, könnte..." Mit jedem Satz, in dem seine Frau ihm ins Wort fiel, wurde O'Connor ungehaltener. "Ich habe nicht vor, mir das weiter anzuhören", sagte er schließlich, "und auch gerade überhaupt keine Zeit für Privatgespräche. Wir sehen uns heute Abend."

Entnervt legte er auf und wollte sich wieder den Männern vor seinem Büro zuwenden, doch diese waren verschwunden. O'Connor lehnte sich aus dem Fenster, in der Hoffnung, noch zu sehen, wohin sie sich gewandt hatten, konnte aber keine Spur mehr von ihnen entdekken. "Verdammt", entfuhr es ihm. So lange war er doch gar nicht abgelenkt gewesen. Und jetzt fiel ihm auch auf, daß er noch nicht einmal nach den Namen der Besucher gefragt hatte. "Verdammt", wiederholte er. Wenn das mal keinen Ärger gab.

Graubner hatte Altmann und seinen Begleiter im Buswell's Hotel abgesetzt und war dann zurück zum College gefahren. Er dachte noch immer über ihre Unterhaltung im Phoenix Park nach und darüber, wie sehr Altmann ihn mit seinen Überlegungen beeindruckt hatte. In diesem Mann schlummerte offenbar viel mehr als nur tumbes Nazitum. Daß der SS-Mann von früher nicht ganz verschwunden war, merkte man zwar auch deutlich, wenn Altmann von seinen ehemaligen Kameraden sprach wie von einem Verein, dem er nach wie vor angehörte, doch immerhin hatte er Graubner gegenüber nie die üblichen Rechtfertigungsversuche unternommen, die man in anderen Fällen immer hörte. 'Wir haben nichts gewusst. Wir haben doch nur Befehle ausgeführt' und dergleichen mehr. Auch dies beeindruckte Graubner irgendwie.

Er betrat das Collegegelände durch einen Hintereingang und schlug den direkten Weg zu seinem Apartment ein. Die Spätnachmittage in der Universität waren deutlich ruhiger, als der Rest des Tages. Jetzt fanden nur noch einzelne Seminare statt und unter die wenigen Studenten hatte sich der eine oder andere Dubliner gemischt, um auf dem Parliament Square zu Füßen des Glockenturms das ungewöhnlich schöne Wetter zu geniessen.

Graubner erreichte die Tür zu seinem Apartment und maß der Tatsache, daß sein Schlüssel heute irgendwie schlechter ins Schloss zu passen schien als sonst, zunächst noch keine besondere Bedeutung bei. Das konnte auch daran liegen, daß er einigermaßen angetrunken war.

Doch als er die Tür einen Spalt weit geöffnet hatte und sein Blick auf einen Ausschnitt des Fußbodens fiel, der übersät war mit Bleistiften, Kugelschreibern und anderen Schreibutensilien, wurde ihm schnell klar, daß hier jemand eingedrungen war. Jemand, der es verstand Schlösser zu knacken, ohne sichtbare Spuren zu hinterlassen. Plötzlich fiel ihm ein, daß der Besucher ja womöglich noch da sein konnte und er zog hastig die Tür wieder zu. Einige Minuten lang stand er im Flur und fuhr sich nervös durch den wilden Bart. Dann, nachdem er eine ganze Weile keinerlei Geräusch aus dem Apartment gehört hatte, beschloss er, da jetzt reinzugehen.

Der Anblick, der sich ihm bot, ließ ihn mit offenem Mund stehen bleiben.

'Wie im Fernsehen', dachte er blödsinnigerweise als Erstes. Das Apartment war unglaublich gründlich durchsucht worden. Wer immer hier am Werk gewesen war hatte praktisch nichts unangetastet gelassen. Sämtliche Schubladen und Schränke waren komplett geleert, der Inhalt auf dem Fußboden verteilt. Sein Bett war auseinandergenommen und kein einziges Buch stand mehr in den Regalen. Die Bücher lagen kreuz und quer und verknickt über die Sitzecke verstreut, ein Anblick, der Graubner fast am meisten schmerzte. Er bemerkte, daß der Kühlschrank offen stand und sogar die Teppiche zurückgeschlagen oder weggezerrt waren, um keinen Fleck der Wohnung unkontrolliert zu lassen.

'Was, zum Teufel, suchte man unter Teppichen?', dachte Graubner und setzte sich auf die leere Schreibtischplatte, weil seine Beine begonnen hatten zu zittern.

Nachdem er sich halbwegs beruhigt hatte, stieg er über das Chaos am Boden und fischte eine Flasche Bier aus dem Gerümpel vor dem Kühlschrank. Wenigstens die Flaschen hatte der Irre, der hier gewütet hatte, nicht geöffnet. Graubner steckte sich eine Zigarette an, lehnte sich an die Spüle und versuchte zu überlegen, nach was jemand bei ihm suchen könnte. Doch ihm fiel nichts ein. Er besaß nichts von materiellem Wert, nichts was Grund genug wäre, seine Wohnung derart umfassend auf den Kopf zu stellen. Und doch hatte der unbekannte Besucher unbedingt etwas finden wollen. Das war nicht zu übersehen.

Graubner setzte die Flasche für einen weiteren

Schluck an den Mund, als ihm der Gedanke kam, der doch eigentlich schon die ganze Zeit auf der Hand gelegen hatte: Der Papyrus.

Das Bier schwappte ihm über die Lippen und in den Bart. Was wenn jemand von dem verdammten Papyrus wußte? Je länger er darüber nachdachte, desto klarer erschien ihm, daß es hier nur um dieses Dokument gehen konnte. Doch woher sollte jemand davon erfahren haben? Graubner hatte keine Ahnung, aber die bloße Möglichkeit, daß Unbekannte ihnen bereits auf den Fersen sein könnten, beunruhigte ihn zutiefst. Denn dann waren sie schon sehr dicht hinter ihnen.

Das Einzige, das Graubners Anflug von Panik etwas dämpfte war die Tatsache, daß man offensichtlich nicht wusste, wo sich das Gesuchte gerade befand. Dies war wohl ihr einziger verbliebener Trumpf, falls es tatsächlich darum ging, daß jemand den Papyrus in seinen Besitz bringen wollte.

Graubner schwitzte plötzlich und fingerte in seiner Jackentasche nach dem Handy. Er würde Altmann über das hier informieren müssen. Und zwar gleich.

Doch zuvor würde er noch kurz Fizz anrufen, den Herrscher über das Informationszentrum vorne am Eingang zum Campus, Fizz, dem normalerweise so gut wie nichts entging und mit dem er seit längerem schon gut befreundet war.

Er erreichte Fizzpatrick O'Connor während der Vorbereitungen zum Feierabend und als er ihn fragte, ob ihm heute irgendwas besonderes aufgefallen wäre, erinnerte sich O'Connor sofort an die beiden Männer, die nach Graubner gefragt hatten.

"Sie haben sich nach mir erkundigt?", fragte Graubner

nach. "Und Sie kennen die beiden nicht?"

"Nein", erwiderte O'Connor, "und nachdem ich kurz abgelenkt war, waren sie auch schon wieder verschwunden."

"Abgelenkt?", sagte Graubner in einem schärferen Tonfall, als er eigentlich wollte."Aber Sie haben ihre Namen, oder?"

Er hörte die Zerknirschung in O'Connors Stimme, als dieser antwortete: "Die habe ich nicht, Professor. Sie haben sich nicht vorgestellt und ich habe vergessen zu fragen, bevor sie wieder weg waren."

"Das ist doch hoffentlich nicht wahr". Graubner versuchte sich zu beherrschen. "Fizz, Sie wissen doch sonst alles. Werden Sie nachlässig, oder was?"

"Es tut mir leid", hörte er O'Connor kleinlaut sagen. "Das war heute nicht mein Tag."

"Ausgerechnet", sagte Graubner und legte auf. Er würde sich Morgen bei Fizz für seinen Ton entschuldigen.

Ratlos und fahl stand der heruntergekommene Professor in seinem verwüsteten Apartment und verspürte den dringenden Wunsch, sich restlos zu betrinken. Doch er würde den Teufel tun.

Er mußte Morgen diesen Papyrus entrollen und dafür war es nötig, daß er halbwegs zurechnungsfähig war.

"Was ist das hier bloß alles für eine Scheiße", murmelte er heiser und wählte Altmanns Nummer.

11

In der Nacht war Nebel vom Meer her den Liffey hinauf in die Stadt gekrochen und hatte sich über die georgianischen Häuser und die Kirchtürme gelegt, sodaß Graubner, als er um 3 Uhr morgens aus den Schatten des Hintereingangs trat, kaum hundert Meter weit sehen konnte. Normalerweise nicht sein Lieblingswetter, doch heute war er dankbar für die eingeschränkte Sicht.

Da er sowieso kaum hatte schlafen können, vor Allem aber, weil er hoffte, nicht gesehen zu werden, hatte er sich entschieden, mitten in der Nacht zur Chester Beatty Library aufzubrechen. Nach dem Einbruch in sein Apartment Gestern hielt er es durchaus für möglich, daß jemand den Eingang des College beobachtete, um ihm zu folgen, wenn er das Gelände verließ. Aber um diese Uhrzeit würde ihn hoffentlich niemand erwarten. Trotzdem ließ er sicherheitshalber auch sein Auto stehen.

Graubner schlug den Kragen seiner Jacke hoch und schlich sich an der Rückseite der Bank of Ireland entlang Richtung Tempel Bar, dem alten Viertel zwischen Dame Street und Liffey. Er kam sich vor wie ein Dieb, als er durch die schmalen, kopfsteingepflasterten Gassen huschte, die jetzt nur schwach vom gelben Licht der Straßenlaternen erleuchtet wurden.

Zwischen den nebelverhangenen Fassaden kamen ihm hin und wieder vereinzelte Nachtschwärmer entgegen, doch keiner schien ihn weiter zu beachten. Graubner war nervös und zündete sich eine Zigarette nach der anderen an, die widerlichen Hustenanfälle ignorierend. Immer wieder sah er sich um, in der Befürchtung, hinter sich zwei Männer in Anzügen zu entdecken, die ihm nachschlichen.

Bevor er aufgebrochen war hatte er zwei Bier trinken müssen, um seine Hände ruhig zu bekommen und die Aufregung zu dämpfen, die die vor ihm liegende Aufgabe und neuerdings auch die Angst vor Verfolgung verursachten.

Nach etwa einer halben Stunde sah er die mächtigen Mauern von Dublin Castle vor sich und hatte bald darauf den Eingang zur Chester Beatty Library erreicht. Der Kollege, der ihm bei den ganzen Vorbereitungen behilflich gewesen war, hatte ihm einen beeindruckenden Satz Schlüssel überlassen, sodaß er nicht auf irgendwelche Öffnungszeiten würde warten müssen.

Das Erste, worauf sein Blick fiel nachdem er die Eingangshalle betreten hatte, war der Getränkeautomat im hinteren Teil des Raumes, aus dem sich normalerweise Touristen mit Erfrischungen versorgten. Graubner zog drei Dosen Bier und machte sich dann auf den Weg ins Untergeschoss, wo der Papyrus in der Feuchtekammer heute seine Geheimnisse enthüllen sollte.

In dem Raum herrschten Bedingungen wie in Lima, als Graubner das Dokument zum ersten Mal gesehen hatte. Er hatte weiße Stoffhandschuhe angezogen und den Papyrus auf einer der beiden UV-undurchlässigen Glasscheiben platziert. Schweiß lief ihm den Nacken hinab in den Hemdkragen und mit einem kleinen Tuch mußte er ständig sein Gesicht trockenwischen, damit nichts auf das empfindliche Material vor ihm tropfte.

Eigentlich war das hier eine Aufgabe für mehrere Leute, doch er wollte vorerst nicht, daß jemand außer ihm etwas über den Inhalt dieses Schriftstücks erfuhr. Und so hatte er sich entschieden, alleine zu arbeiten. Übernächtigt und leicht betäubt vom Alkohol fragte er sich jetzt, ob dies eine gute Entscheidung gewesen war.

Graubner versuchte, sich zu beruhigen und begann,

die Rolle millimeterweise zu öffnen. Der Papyrus fühlte sich gut an, relativ geschmeidig und auf den ersten Zentimetern gelang das Entrollen, ohne daß nennenswerte Risse in dem morschen Material entstanden oder Teile abbröckelten.

Graubner machte eine Pause, um eine Dose Bier zu öffnen und eine Zigarette zu rauchen. Er glaubte nicht, daß das hier drinnen erlaubt war, aber dies war ihm im Moment völlig egal, zum Henker. Ein Brechreiz zwang ihn, sich an die Wand zu lehnen und langsam ein und auszuatmen, bis die Übelkeit verschwand. Hier jetzt alles vollzukotzen war ganz sicher keine gute Idee.

Er trat an den Arbeitstisch und setzte das Entrollen fort, wobei er sich zwingen musste, sich auf die Tätigkeit zu konzentrieren und jetzt noch nicht auf die aramäischen Buchstaben zu achten, die nach und nach freigelegt wurden. Den Text würde er sich später vornehmen, auch wenn er noch so neugierig war. Immerhin sah er aber schon, daß die Schrift unglaublich gut erhalten war. Kaum zu glauben bei dem Alter, das dieses Dokument haben musste.

Nach dreieinhalb Stunden war der Papyrus vollständig entrollt und praktisch unbeschädigt. Hier und da waren kleinere Fragmente abgefallen, jedoch nur im Bereich des unbeschriebenen Randes. Dies war ein besseres Ergebnis, als Graubner zu hoffen gewagt hatte und erst jetzt, als sie von ihm abfiel, merkte er, wie groß seine Anspannung gewesen war.

Er musste hier raus. Raus aus diesem Tropenklima der Feuchtekammer und frische Luft schnappen. Auf steifen Beinen begab er sich nach oben und trat vor die Tür. Da er mitten in der Nacht begonnen hatte war es immer noch früh am Morgen und auf den nebligen Strassen Dublins setzte gerade erst der Berufsverkehr ein. Und hier im Gebäude schien außer ihm auch noch niemand zu arbeiten.

Graubner atmete tief ein, die kühle Luft tat gut und klärte irgendwie das Gedankengewaber in seinem Kopf.

Er würde jetzt die zweite Glasscheibe auf dem Papyrus platzieren und dann versuchen den Text zu übersetzen. Danach wollte er Altmann in seinem Hotel aufsuchen und mit ihm zusammen überlegen, wie sie weiter vorgehen sollten. Der alte Mann war Gestern sehr beunruhigt gewesen, als Graubner ihm von dem Einbruch berichtet hatte und schnell einverstanden mit dem Vorschlag, einfach im Hotel zu bleiben. Graubner fragte sich, um was Altmann sich wohl mehr Sorgen machte. Um den Papyrus oder um seine persönliche Sicherheit.

Mit zittriger Schrift notierte er, was ihm die uralten Buchstaben nach und nach enthüllten. Graubner hatte die Befeuchtungsanlagen abgeschaltet, was das Raumklima deutlich verbessert hatte, doch jetzt trieb ihm der Inhalt des antiken Schriftstücks den Schweiß auf die Stirn.

Er konnte kaum glauben, was er da las. Er hatte ja auf so etwas gehofft, doch jetzt, wo es vor ihm lag, nahm es ihm den Atem. Dies hier würde ein Beben auslösen, wenn es der Fachwelt bekannt wurde und die Katholische Kirche würde es in ernsthafte Erklärungsnöte und in eine Glaubwürdigkeitskrise ungeahnten Ausmaßes bringen. Graubner fröstelte, obwohl die Temperatur in der Kammer immer noch hoch war. Er faltete den Zettel mit der vorläufigen Übersetzung zusammen und schob ihn in die Innentasche seiner Jacke, die über einem Stuhl in der Ecke hing. Außerdem verstaute er dort ein kleines Filmdöschen, das er in seinem Apartment noch gefunden hatte und das nun ein wenige Zentimeter großes Stück Papyrus vom unteren Rand der Rolle enthielt. Diese Probe würde er zur Radiocarbondatierung einschicken. Denn nur wenn dieses Dokument tatsächlich auch aus der Zeit stammte, die in den ersten Sätzen genannt war, hatte es auch die Bedeutung, die Graubner sich gerade ausgemalt hatte. Sollte es nicht aus der Zeit Jesu stammen, würde man es weitgehend vergessen können.

Doch irgendwie ließ alles an diesem Schriftstück Graubner glauben, daß es genau das war, was es vorgab zu sein.

Der Rezeptionist am Empfang musterte die merkwürdige Gestalt, die die Hotelhalle betrat von oben bis unten und überlegte kurz, ob er den Sicherheitsdienst rufen sollte. Doch dann erkannte er in dem zerzausten Mann den Besucher, der in den letzten Tagen schon mehrmals einen Hotelgast im zweiten Stock aufgesucht hatte. Deshalb schritt er nicht ein, als Graubner grußlos an ihm vorbei direkt auf die Aufzüge zusteuerte.

In seinem Zimmer lag Altmann auf dem Bett und hob sich kaum von den weißen Laken ab. Er sah erschreckend dünn und blutleer aus, sodaß Graubner sich fragte, ob es überhaupt eine gute Idee gewesen war, den alten Mann per Telefon über den Einbruch in das Apartment zu informieren. Vielleicht hatte dies angstmachende Erinnerungen geweckt an Zeiten, in denen ihm Nazi-Jäger dicht auf den Fersen gewesen waren. Graubner wußte es nicht und wollte nicht fragen.

Altmanns Schatten saß auf einem Stuhl in der Ecke und kritzelte irgendetwas auf ein Blatt Papier, das auf seinen Beinen lag. Er trug die selbe Baseballkappe, die er schon in Lima aufhatte und Graubner vermutete, daß er sie seidem auch nicht abgesetzt hatte, denn er hatte diesen Typen noch nie ohne gesehen, wie ihm gerade klar wurde.

"Es hat alles geklappt", sagte er zu Altmann gewandt. "Besser, als ich gedacht hatte. Und ich denke, der Papyrus ist für den Moment sicher dort, wo er ist."

Schließlich war ihm von Seiten der Chester Beatty Library zugesichert worden, daß das Schriftstück unangetastet bleiben würde, solange er daran arbeiten wollte. Sein Ruf als verdienter Professor des Trinity College schien dort doch noch Gewicht zu haben.

Altmann wandte den Kopf und starrte Graubner aus trüben Augen an.

"Was steht auf dem Papyrus?, sagte er mit dünner Stimme. Ist es das, was Sie erhofft hatten? Ist es von Bedeutung?"

"Allerdings", erwiderte Graubner. "Wir müssen das Ergebnis der Altersbestimmung abwarten, aber ich bin ziemlich sicher, daß wir es mit einem originalen Brief aus der Zeit Jesu zu tun haben. Und ganz abgesehen vom Inhalt, wäre schon allein das eine Sensation. Wollen Sie meine Übersetzung hören?"

"Natürlich will ich sie hören, Graubner. Was ist das für eine blöde Frage?" Der Alte schien langsam wieder zum Leben zu erwachen.

Graubner holte den Zettel aus der Jackentasche und reichte ihn Altmann.

Marjam, eine Gefährtin Jesu, an Johannes Markus, Bruder im Glauben. Gnade sei mit dir und Friede von Gott.

Reichlich drei Jahre sind nun vergangen, seit unser Herr am Kreuz starb. Und du schreibst, daß unter deinen Brüdern Zweifel beginnen zu keimen. Zweifel darüber, was geschah, nachdem wir Sein Grab leer gefunden hatten. Du sagst, einige von euch seien sich nicht mehr sicher, was sie gesehen haben in den Tagen danach.

Ausgerechnet an mich wendest du dich, mich, die ihr, Seine zuerst ungläubigen Jünger, gemieden und mit euren Vorwürfen vertrieben habt.

Ihr wart geflohen und habt euch versteckt, bis ich euch Seine Nachricht brachte, daß Er auferweckt war von den Toten. Doch ihr habt mir nicht geglaubt und wolltet euch selbst überzeugen.

Nachdem unser Herr von uns gegangen war, haben wir uns in Jerusalem versammelt. Erinnerst du dich?

Petrus und Johannes haben gestritten darüber, wer im Himmelreich der Größte sein werde. So als hätten sie nichts verstanden von dem, was Er uns lehrte.

Vor allem aber stritten sie um Seine Nachfolge und darüber, wer hier auf Erden die Führung Seiner Jünger übernehmen sollte. Und für sie waren wir Frauen da von Anfang an unwürdig und ausgeschlossen.

Männer verzerren alle Geschichten, mein Bruder, stellen sich immer selber in den Vordergrund und reden mehr über sich selber, als über die Sache, wenn sie nicht, was noch schlimmer ist, von etwas anderem reden, auf das sie hinauswollen. Von etwas, das gar nichts mehr zu tun hat mit dem, um das es ursprünglich ging.

Unser Herr verbrachte den größten Teil...

Altmann zuckte zusammen und fast entfiel der Zettel seinen zittrigen Händen. Das laute Klopfen an der Zimmertür klang bedrohlich und auch, als sie nicht darauf reagierten verstummte es nicht, sondern wiederholte sich, noch energischer diesmal.

12

Der Mann, der an jenem nebligen Morgen in der St. Mary's Pro-Cathedral auf einer der hinteren Bänke saß, versuchte zu beten, doch ihm gingen die Worte nicht aus dem Kopf.

Markus hatte aber zuvor schon einen Bericht niedergeschrieben über das Leben des Herrn, wie es ihm berichtet worden war von den Frauen, die mit dem Herrn waren von Anfang an bis zum Ende.

Diese waren weggegangen aus Jerusalem, jedoch besuchte Markus die Maria aus Magdala und die anderen und weilte eine Zeit lang bei ihnen. Denn er wollte erfahren, was sie erlebt hatten mit dem Herrn. Später aber nannte Petrus diesen Bericht falsch und lehrte Markus, auf ihn, Petrus, und die rechten Worte und Taten des Herrn zu hören.

Man vernimmt, daß das, was Markus zuerst schrieb in Alexandrien bewahrt, dort aber niemandem gezeigt werde, um die wahre Lehre nicht zu verfälschen.

Auch ich konnte darüber nicht mehr in Erfahrung bringen.

Es war kalt in der fünfschiffigen Säulenhalle der Kirche und von irgendwo her zog ein beständiger kühler Lufthauch durch das Gemäuer. Der Mann spürte ihn leicht oben an den Haaren seines Hinterkopfes.

Durch die hohen Kirchenfenster fiel jetzt das erste blasse Licht des frühen Morgens und warf helle Flecken auf den Steinboden des Gotteshauses, das ansonsten noch im Dunkeln lag.

Selbst im erz-katholischen Irland waren die Kirchen so früh am Tag eigentlich noch nicht geöffnet, doch der Mann war in einer Position, die ihm jederzeit und überall Zugang in die Häuser Gottes verschaffte. Und so war auch der Priester im benachbarten Pfarrhaus bereit gewesen, im zu öffnen, als er vorhin, noch in der Nacht dort geklingelt hatte.

'Maria aus Magdala', dachte der Mann und ließ seinen Blick durch das Zwielicht des Kirchenraums wandern. Sie und die anderen Frauen wurden zu Beginn der Apostelgeschichte noch einmal unter den Personen erwähnt, die sich nach Jesu Tod und Auferstehung in Jerusalem versammelt hatten, nicht namentlich, doch mit dem Ausdruck 'die Frauen' konnte eigentlich niemand anders gemeint sein, denn auch in den Evangelien zuvor wurde die Gruppe der Frauen, die Jesus nachfolgten mit Maria an der Spitze immer auf diese Weise zusammengefasst. Doch dies war ihre letzte Erwähnung. Danach verschwand Maria aus Magdala, ebenso wie die anderen Frauen spurlos aus den Texten.

Ganz und gar unverständlich angesichts der Bedeutung, die diese Frau unter den Anhängern Jesu gehabt haben musste.

Aus den Evangelien des Neuen Testaments ging eindeutig hervor, daß sie Jesu sehr nahe stand. Und im Gegensatz zu den männlichen Jüngern blieb sie, zusammen mit den anderen Frauen, auch nach seiner Verhaftung und Verurteilung in Jerusalem, sah seinen Tod am Kreuz und wo er schließlich begraben wurde. Die Frauen um Maria fanden am Sonntag Morgen das leere Grab, als sie kamen, um zu tun, was sich keiner der Männer traute, nämlich dem Verstorbenen die letzten Ehren der Salbung zuteil werden zu lassen. Vor allem anderen aber erschien Jesus als Auferstandener zuerst Maria aus Magdala.

Sie war die erste Auferstehungszeugin. Sie brachte im Auftrag des Auferstandenen den geflohenen Jüngern die Nachricht von seiner Auferweckung. Und vermutlich war auch sie es, die die desillusionierten, verzweifelten und mutlosen Männer dazu brachte, sich wieder in Jerusalem zu versammeln und die Botschaft von Jesu Auferstehung zu verkündigen.

Dies alles gab ihr eine Bedeutung, größer als die aller anderen Jünger und Jüngerinnen, größer vor allem auch, als die des zweifelnden Petrus. Und doch war es am Ende Petrus, der sich, zusammen mit Johannes und Jakobus, dem Bruder Jesu, an die Spitze der Urgemeinde setzte, während von den Frauen keine Rede mehr war.

Der Mann auf der hölzernen Kirchenbank sah nach vorne zu dem Gekreuzigten an der Wand hinter dem Altar. "War es das, was Du wolltest?", fragte er leise, doch er erhielt keine Antwort.

Wozu auch? Er kannte die Antwort bereits.

Mit einem leichten Stöhnen setzte sich der großgewachsene Mann gerade hin und holte den Umschlag, der ihm beim Verlassen des Hotels an der Rezeption übergeben worden war, aus der Jackentasche.

'Mr. DiLando' hatte jemand mit akkurater Schrift darauf vermerkt und das Kuvert sorgfältig verschlossen. Es handelte sich um ein Telegramm, welches in der Nacht angekommen war und nur aus zwei Worten bestand: Buswell's Hotel.

Herausfinden zu lassen, wo jemand abgestiegen war, gehörte zu den leichteren Übungen in seinem Geschäft, denn die Arme seines Arbeitgebers reichten weit, sehr weit. Und ja, er bediente sich gerne solch anachronistischer Kommunikationswege wie dem Verschicken von Telegrammen, einerseits, weil es ihn an die vermeintlich guten alten Zeiten erinnerte, andererseits aber auch, weil er sich vorstellte, daß jemand, der Interesse daran hätte, seine Schritte zu verfolgen, im digitalen Zeitalter kaum auf die Idee kommen würde, nach Nachrichten dieser Art zu suchen.

Der alte Kardinal fuhr zusammen, als eine Hand sich behutsam auf seine Schulter legte. Ruckartig drehte er den Kopf und ein stechender Schmerz schoß ihm von der Schulter direkt ins Gehirn.

"Clément, verda...", setzte er an, als er die Gestalt hinter sich erkannte, unterdrückte dann aber den Fluch. Vielleicht musste das hier in der Kirche nicht sein. "Was fällt Ihnen ein, sich so saublöd anzuschleichen? Wollen Sie mich umbringen?"

"Entschuldigung", sagte der Kaplan, "das war nicht meine Absicht. Ich sollte Sie hier um diese Zeit treffen."

"Das weiß ich", erwiderte Maldini patzig und stemmte sich hoch, während er prüfend seinen Kopf nach rechts und links drehte. Doch der Schmerz von eben war verschwunden.

"Lassen sie uns gehen", sagte er.

Die beiden Männer traten hinaus auf die Marlborough Street, die aus dem Norden der Innenstadt hinunterführte zur Liffey und wo die Gebäude schon immer grauer und schäbiger gewesen waren, als in den reichen Vierteln südlich des Flusses. An der nächsten Strassenekke konnten sie durch die Earl Street einen Blick auf 'The Spire' werfen, die 120 Meter hohe Stahlnadel auf der O'Connell Street, die seit 2003 den Platz der alten, 1966 von der IRA gesprengten Nelson Säule einnahm. Die Spitze des Monuments verschwand an diesem Morgen im Nebel, doch die Männer hatten im Moment sowieso kein Interesse an den Sehenswürdigkeiten der Stadt.

Maldini hatte sich entschieden zu Fuß zu gehen, denn er brauchte frische Luft und Ablenkung. Dies hier fraß mehr an seiner Substanz, als er gedacht hatte und er spürte sein Alter deutlicher als je zuvor.

"Sie denken, diese Papias-Abschrift ist authentisch und glaubwürdig?", wandte er sich an Clément.

"Ja", erwiderte der Kaplan. "Ich hatte zwar nur wenig Zeit für Nachforschungen, doch das Dokument scheint ursprünglich im ältesten Teil des Vatikanischen Archivs aufbewahrt worden zu sein und zwar unter anderen Schriften aus dem 2. und 3. Jahrhundert, an deren Echtheit kein Zweifel besteht. Ich denke, wir müssen davon ausgehen, daß dieser Text korrekt wiedergibt, was Papias ursprünglich geschrieben hat."

"Das glaube ich auch", sagte Maldini. "Und das bedeutet, das wir die erste kleine, aber sehr bedeutsame Nachricht über den Lebensweg der Maria von Magdala nach Jesu Kreuzigung haben. Etwas, worüber bisher absolut nichts bekannt war. Abgesehen von historisch ziemlich wertlosen Legenden.

Sie hat Jerusalem verlassen und der Verfasser des

Markusevangeliums hielt es später für wichtig, sie zu besuchen und über ihre Erfahrungen mit Jesus zu befragen. Lange bevor er Petrus als Zeugen für die Ereignisse in Anspruch nahm. Das ist absolut bemerkenswert, oder?"

"Allerdings", erwiderte Clément. "Das heißt doch, daß er Maria für die wichtigere Gewährsperson hielt. Kommt Ihnen da auch das sogenannte 'Geheime Markusevangelium' in den Sinn?"

"Natürlich tut es das". Der alte Kardinal blieb stehen und lehnte sich an eine Strassenlaterne, um kurz auszuruhen.

"Offensichtlich lag Morton Smith nicht so falsch mit seiner Theorie über eine erste, aber unterdrückte Version des Markusevangeliums. Unsere Kirche kann sich glücklich schätzen, daß dieses Evangelium noch nirgendwo aufgetaucht ist. Ich vermute, sein Inhalt wäre wenig erfreulich."

Sie setzten sich wieder in Bewegung und gingen schweigend nebeneinander her, bis sie am Eden Quay den Fluss erreichten. Hier bogen sie rechts ab, um über die O'Connell Bridge ans südliche Ufer zu gelangen. Der Nebel, der über Dublin hing, begann sich langsam etwas zu lichten und bald würden sie am Buswell's Hotel angekommen sein.

Wie sie dort, wo der alte Kriegsverbrecher abgestiegen war, genau vorgehen würden, wußte Maldini noch nicht, klar war aber, daß sie, wie auch immer, den Aufenthaltsort dieses Graubner in Erfahrung bringen mussten. Und nachdem sie gestern im College keinen Erfolg gehabt hatten, war nun das Hotel ihr nächster Ansatzpunkt.

Neben ihm räusperte sich Clément.

"Warum sind wir denn jetzt so dringend hinter diesem Papyrus aus Alexandria her", fragte er vorsichtig. "Inwiefern stellt der denn eine Gefahr dar? Für die Wahrheit der Kirche, meine ich."

"Haben Sie das immer noch nicht verstanden?", sagte Maldini gereizt, weil ihm der kritische Tonfall des Kaplans durchaus nicht entgangen war. "Ein unterdrücktes Markus-Evangelium, vielleicht sogar das erste überhaupt, welches in Alexandria unter Verschluss gehalten wurde und ein Papyrus, den koptische Christen seit Jahrhunderten gehütet haben wie ihre Augäpfel. In der St. Markus Kathedrale in Alexandria, deren ursprünglicher Bau vom Evangelisten Markus selbst gegründet worden sein soll. Fallen Ihnen da keine möglichen Zusammenhänge auf? Ich denke, daß der Papyrus, den wir hier suchen, etwas mit Markus zu tun hat. Vielleicht sogar mit seinem ersten Evangelium. Mir hat all das zu viel... sagen wir 'Enthüllungspotential', als daß ich es einfach unkontrolliert laufen lassen könnte."

Maldini sah Clément an, auf dessen Stirn eine steile Falte seine Skepsis signalisierte. Der Kardinal wartete auf eine Erwiderung, doch sein Begleiter schwieg und hielt den Blick stur nach vorne gerichtet.

Einige hundert Meter weiter aber ergriff der französische Kaplan doch noch einmal das Wort: "Warum haben Sie eigentlich ausgerechnet mich mit auf diese Mission genommen?", fragte er, ohne Maldini anzusehen.

Es dauerte eine Weile, bis der Kardinal antwortete. "Was Sie mir neulich im Archiv erzählt haben über die Gründe, die Sie haben Priester werden lassen. Das hat mich noch eine ganze Weile beschäftigt und es hat mich beeindruckt. Das ist schon lange nicht mehr vorgekommen. Deshalb wollte ich Sie hier dabei haben."

Sie bogen in die Molesworth Street ein, als Maldini noch hinzufügte: "Es fällt mir schwer, das zuzugeben, Clément, aber ich habe das Gefühl, ich könnte von Ihnen noch etwas lernen."

13

Das Klopfen verstummte gerade in dem Moment, als Graubner sich entschlossen hatte zu öffnen und die Hand nach der Klinke ausstreckte. Er zögerte kurz, doch dann riss er, heftiger, als er eigentlich vorgehabt hatte, die Tür auf.

Vor ihm stand eine massige ältere Frau in weißem Kittel und deutete mit dem Stiel eines Wischmobs auf seinen Bauch. In einem verärgerten, schrillen Tonfall sagte sie etwas, das Graubner spontan mit "Warum du nicht offen Tür?" übersetzte. "Ich Arbeit jetzt." Dann wandte sie sich ab und begann dem unteren Fach eines Rollwagens verschiedene Putzmittel zu entnehmen.

Graubner starrte auf ihr furchterregendes Hinterteil und als die Anspannung langsam von ihm abfiel, brach er in ein unkontrollierbares, irres Gelächter aus, das gar nicht mehr aufhören wollte.

Er bekam sich erst wieder in den Griff, als die Frau versuchte, sich an ihm vorbei ins Zimmer zu quetschen und ihn dabei ohne Rücksicht auf Verluste gegen den Türrahmen presste.

"Sie können hier jetzt nicht putzen, verdammt noch mal", sagte er in der Hoffnung, verstanden zu werden und begann, die Frau zurück in den Flur zu schieben. "Sehen Sie das nicht? Kommen Sie wieder, wenn wir nicht da sind."

Warum, zum Henker, beschäftigte dieses teure Hotel keine anständigen Angestellten?

Graubner unterbrach den unartikulierten Wortschwall, der jetzt auf ihn niederging , indem er die Tür zuschlug und sich zu Altmann umwandte.

"Haben Sie irgendwas zu trinken hier?", sagte er und würgte trocken.

Altmann deutete stumm auf die Minibar. "Sie sollten nicht so viel saufen", sagte er dann, doch Graubner ignorierte die Bemerkung und nahm zwei Flaschen Piccolo aus dem winzigen Kühlschrank, in dem es leider kein Bier gab.

"Widerlich", murmelte er, nachdem er die erste Flasche geleert hatte und schraubte die zweite auf.

"Wir müssen hier weg, Altmann". Graubner setzte sich an den niedrigen Tisch in der Mitte des Zimmers. "Unsere Nerven machen das nicht mehr lange mit. Und wer auch immer mein Apartment durchsucht hat, findet früher oder später auch heraus, wo Sie sich aufhalten. Die können ja, wie wir gemerkt haben, sehr gut eins und eins zusammenzählen."

Er schaute zu Altmann. Die Aufregung von eben schien den alten Mann nicht nur erschreckt, sondern auch wiederbelebt zu haben. Er saß jetzt auf der Bettkante und sah zum Fenster hinaus.

"Wo wollen Sie denn hin?", fragte er nach einer Weile und wandte sich Graubner zu. "Ich wüßte keinen Ort, an dem wir untertauchen könnten, der von entschlossenen Leuten nicht auch gefunden werden könnte. Wir sind ja hier nicht in Südamerika, wo man sich zur Not auch mal in den menschenleeren Dschungel zurückziehen kann."

Graubner setzte die leere Piccolo-Flasche ab und hätte sich noch eine dritte genommen, wenn denn eine da gewesen wäre.

"In den Dschungel nicht", sagte er, "aber in die Dublin Mountains."

"Was?", sagte Altmann.

"Die Dublin Mountains. Wir gehen in die Dublin Mountains."

"Sind Sie schon betrunken, Graubner?" Altmann sah den verwahrlosten Wissenschaftler an, als hätte dieser den Verstand verloren. "Sie wollen in die Berge?"

"Die Dublin Mountains sind ein bergiges Gebiet ungefähr dreizehn Kilometer südlich der Stadt", sagte Graubner. "Ein beliebtes Ausflugsziel der Dubliner, mit Wanderwegen und so. Aber es gibt auch abgelegene Winkel. Und in so einer Ecke habe ich mir vor gut einem Jahr eine bessere Hütte zugelegt. Vielleicht trifft es der Begriff 'kleines Cottage' besser. Mein Professorengehalt vom Trinity College hat es mir erlaubt, dieses Häuschen zu kaufen. Ich wollte einen Platz zum Alleinsein, verstehen Sie? Ungetrübt von jeder menschlichen Gesellschaft. Es ist nicht grade in hervorragendem Zustand, aber es gibt Strom und Wasser. Und vor allem glaube ich nicht, daß uns dort so schnell jemand findet."

Graubner erhob sich und ging hinüber zum Fenster. Er öffnete es einen Spalt, zündete sich eine Zigarette an und beobachtete den Verkehr auf der Molesworth Street. "Was halten Sie davon, Altmann?", fragte er.

Der alte Mann winkte seinen Peruaner zu sich und ließ sich in den Rollstuhl heben. Dann rollte er an

Graubners Seite, die Übersetzung des Papyrustextes auf dem Schoß. "Vielleicht haben Sie recht", sagte er und reichte Graubner das Blatt Papier. "Und was soll jemandem wie mir schon eine weitere Flucht ausmachen? Noch bin ich dazu ja in der Lage." Seine Stimme wurde brüchig und Graubner verspürte wieder so etwas wie Mitleid mit dem alten Mann. "Wann wollen wir los?"

"Heute", sagte Graubner. "Ich werde mein Auto holen und kurz in die Wege leiten, daß das hier ins Labor kommt." Er zog das Filmdöschen mit der Papyrusprobe aus der Jackentasche. "Dann komme ich Sie abholen."

Als Graubner durch die Hintertür in den Raum stürmte, war Fizzpatrick O'Connor gerade dabei, einen Haufen Papiere, der ihm heute morgen hereingereicht worden war, in die Fächer zu sortieren. Er hatte extrem schlechte Laune wegen des Streits mit seiner Frau, der gestern Nacht noch eskaliert war und vor allem wegen des Einbruchs in Graubners Apartment, für den er sich irgendwie die Schuld gab.

O'Connor fuhr herum und sah den unerwarteten Besucher mit aufgerissenen Augen an. "Professor Graubner", sagte er ungläubig, "wie sehen Sie denn aus? Alles in Ordnung mit Ihnen?"

"Weiß ich nicht", sagte Graubner und rang nach Atem, weil er den größten Teil des Weges vom Hotel hierher gerannt war. Jetzt hatte er das Gefühl, daß er gleich zusammenbrechen und verenden würde. Keuchend lehnte er sich an die Wand. "Stellen Sie jetzt keine überflüssigen Fragen, Fizz", sagte er. Ich habe nicht so viel Zeit, fürchte ich. Kann ich Sie um ein, zwei Gefallen bitten?"

Graubner hatte lange überlegt, an wen er sich wenden könnte, um in dieser Sache Hilfe zu bekommen und am Ende war ihm niemand anderes eingefallen, als der gute alte Fizz.

Im Laufe der Jahre hatte O'Connor schon öfter Dinge für ihn übernommen, wenn er selbst keine Zeit gehabt hatte oder wenn etwas schneller gehen mußte, als auf offiziellen Wegen. Wahrscheinlich kannte keiner das College und die Abläufe im akademischen Betrieb besser, als der kleine, unverwüstliche Ire. Und Graubner hatte sich immer darauf verlassen können, daß das, worum er gebeten hatte, zuverlässig erledigt wurde. Wenn man mit Fizz befreundet war, konnte man immer auf ihn zählen. Auch auf seine Verschwiegenheit.

Und darum erzählte Graubner ihm nun in groben Zügen, worin er seit seiner Reise nach Peru verwickelt war und von seiner aktuellen Arbeit an dem Papyrus. Er ließ nichts Wesentliches aus und nachdem er geendet hatte, stand O'Connor einen Moment lang mit offenem Mund da, unfähig etwas zu sagen.

"Das ist ja kaum zu glauben", murmelte er schließlich, mehr zu sich selbst. Dann musterte er Graubner, der wie ein Gespenst vor ihm stand. "Sind Sie sicher, Professor, daß Sie da auf dem richtigen Weg sind?"

"Ich habe keine Ahnung, Fizz", erwiderte Graubner, "aber ich kann jetzt nicht mehr umkehren. Ich will diese Geschichte zu Ende bringen." Er fischte die Filmdose aus der Tasche und hielt sie O'Connor hin. "Das hier muß zur Altersbestimmung. Ich habe mich für das C-14 Labor der Universität Oxford entschieden. Die haben dort zwar 1988 die Datierung des Turiner Grabtuchs versaut, aber seither hat sich ja einiges zum Besseren verändert. Und wahrscheinlich geht es dort am schnellsten. Ich möchte Sie bitten, dafür zu sorgen, daß meine Probe hier sicher in Oxford ankommt. Vergleichsproben gibt es nicht. Ich habe keine Zeit gehabt, welche aufzutreiben."

"Ok", sagte O'Connor, "und was ist die zweite Sache?"

"Der Papyrus". Graubner wischte sich den Schweiß von der Stirn. "Würden Sie sich darum kümmern, daß er aus der Feuchtekammer genommen und sicher in der Chester Beatty Library aufbewahrt wird. Ich glaube, wer auch immer hinter ihm her ist, weiß nicht, daß er sich dort befindet. Ich werde meinen Freund dort noch anrufen und Sie ankündigen."

"Das krieg ich hin. Kein Problem, Professor", sagte O'Connor. "Und so lange Sie weg sind, verbreite ich hier weiter die Geschichte von Ihrer Erkrankung."

"Danke, Fizz", sagte Graubner. "Und entschuldigen Sie bitte, daß ich Sie Gestern so angemacht habe. Das war eher Ausdruck meiner eigenen Überforderung."

O'Connor nickte. "Sie müssen sich nicht entschuldigen. Und übrigens, das hätte ich jetzt fast vergessen, verdammt. Unsere Befragungen hier haben ergeben, daß doch jemand etwas gesehen hat gestern Nachmittag. Einer der Studenten hat beobachtet, wie ein einzelner Mann ihr Apartment verlassen hat. Hat gedacht, er wäre bei Ihnen zu Besuch gewesen. Der Beschreibung nach war das eindeutig keiner der beiden Männer, die hier bei mir aufgetaucht sind. Was aber nichts an den Vorwürfen ändert, die ich mir mache."

Graubner spürte, wie sich Hitze von seinem Bauch aus über den ganzen Körper ausbreitete. "Keiner der beiden Männer?", wiederholte er und rieb sich die Schläfen. "Das bedeutet, daß sich hier noch irgendeine üble Ge-

stalt rumtreibt, die hinter uns her ist. Woher, zum Geier
wissen diese Leute..."

Er beendete den Satz nicht und suchte in seinen Taschen nach den Zigaretten. "Ein Grund mehr, hier so
schnell wie möglich zu verschwinden. Fizz, entschuldigen
Sie, daß ich mich nicht länger aufhalten kann. Mir ist
schlecht."

"Passen Sie auf sich auf, Professor", sagte O'Connor.
"Sie melden sich bei mir?"

"Ja", sagte Graubner und verschwand durch die Hintertür.

Durch die abgelegendsten Ecken des Collegegeländes
schlich sich Graubner in die Seitenstrasse, in der er seinen Wagen abgestellt hatte, schaute sich prüfend um
und ließ sich dann in den Fahrersitz fallen. Er zündete
sich eine Zigarette an und ließ den Blick noch einmal die
Strasse auf und ab wandern. Hoffentlich hatte ihn niemand beobachtet. 'Ist aber auch schon egal', dachte er.
Er brauchte das Auto, so oder so.

Am frühen Vormittag verließ Graubners weißer Toyota beim Vorort Sandyford das Stadtgebiet Dublins und
über schmale Landstrassen lenkte der Professor den
Wagen in Richtung der Hügelkette, die sich am Horizont
vor ihnen abzeichnete. Der Nebel hatte sich fast vollständig aufgelöst und vielleicht würden sie heute sogar
noch die Sonne sehen. Auf dem Beifahrersitz saß der
Peruaner mit der Baseballkappe und wandt immer wieder den Kopf, um Graubner grundlos anzugrinsen. Dieser
ignorierte das und versuchte nur, nicht den Verstand zu
verlieren und sich so gut wie möglich auf die Strasse zu

konzentrieren.

Altmann hinten im Wagen sah schweigend aus dem Fenster und Graubner fragte sich, ob es die Landschaft war, die er sah oder ob vor seinem inneren Auge andere Bilder aus der Vergangenheit vorbeizogen.

Als sie die ersten Ausläufer der Dublin Mountains erreichten, betraten Maldini und Clément das Buswell's Hotel in der Molesworth Street. Der Rezeptionist verdrehte die Augen bei der Frage nach der Zimmernummer eines gewissen Altmann und dachte wieder an die Tirade von Beschwerden, mit der ihm vorhin eine ihrer Putzfrauen den letzten Nerv geraubt hatte. Lustlos gab er die Auskunft, daß der Gesuchte vor circa einer Stunde, zusammen mit irgendwelchen anderen Leuten ausgecheckt hatte, mit unbekanntem Ziel.

Maldini kramte das Valium aus seiner Hosentasche und verlangte nach einem Glas Wasser. Sollte es der Teufel holen, wenn Clément das jetzt mitbekam.

14

Er hatte La Paz verlassen, eine Woche nachdem Altmann Richtung Europa aufgebrochen war. Die Nachricht hatte sich schnell bis zu ihm herumgesprochen, doch er war einige Tage lang noch unentschlossen gewesen, bevor er sich entschieden hatte, dem alten Mann zu folgen.

La Paz, die mit 3600 - 4000 Metern über dem Meeresspiegel höchstgelegene Millionenstadt der Erde, Regierungssitz und faktische Hauptstadt Boliviens, war für viele Jahrzehnte seine Heimat gewesen, nachdem er

1960 mit seinem Vater hier eingetroffen war, der in diesem Jahr Hals über Kopf ihren Wohnsitz in Peru verlassen hatte. Im Volkswagen seines Vaters waren sie damals über die elenden, staubigen Strassen des Landes gerast, bis sie die bolivianische Grenze erreicht hatten und mit neuen Pässen, die genauso falsch waren wie die vorherigen, in Perus Nachbarland einreisten. Sie hatten alles zurückgelassen, auch seine peruanische Mutter, die ihn 1950 zur Welt gebracht hatte und die er nun nie mehr wiedersehen sollte.

Sein Vater galt seit Ende des Zweiten Weltkrieges als verschollen und war im Mai 1945 offiziell für tot erklärt worden. Tatsächlich jedoch hatte er sich schon im April auf der Flucht befunden und war schließlich mit Hilfe des Vatikan und anderer Unterstützer auf den "Rattenlinien" nach Südamerika gekommen.

Die Entführung Adolf Eichmanns aus Buenos Aires 1960 hatte ihn, wie so viele andere, in Panik versetzt und das unbehelligte Leben, das sie bis dahin außerhalb Limas geführt hatten, abrupt beendet. Und für ihn, den Sohn, war mit der Flucht nach Bolivien eine relativ behütete Kindheit zu Ende gegangen.

Er konnte sich noch an weite Teile seiner ersten zehn Lebensjahre auf dem festungsartig gesicherten Anwesen in der Nähe der peruanischen Hauptstadt erinnern, welches er mit seinen Eltern bewohnt hatte. Innerhalb der hohen Mauern, die das weitläufige Grundstück umgaben, hatten immer große Hunde patrouilliert, die im Laufe der Zeit zu seinen treuen Kameraden geworden waren und ein wenig ausgeglichen hatten, daß er nur wenige Freunde unter den einheimischen Kindern gehabt hatte.

Finanzielle Probleme hatte es nie gegeben, da sein

Vater von "alten Freunden", wie er sie nannte, immer großzügig unterstützt worden war.

An manchen Tagen waren schwarze Limousinen vorgefahren, die ernst dreinschauende Männer zu ihrem Anwesen brachten. Die "alten Freunde", wie er damals vermutete hatte.

Gelegentlich hatten diese einige ihrer Kinder mitgebracht und während die Erwachsenen meist schnell in irgendwelchen Gebäuden des Anwesens verschwunden waren, um ihren Angelegenheiten nachzugehen, hatte er mit deren Söhnen und Töchtern in allen Winkeln des großen Geländes herumtoben können.

Erst viel später hatte er etwas über die Vergangenheit seines Vaters herausgefunden, hatte begriffen, warum sie ein so abgeschottetes und bewachtes Leben geführt hatten und wer diese Männer gewesen waren, die er immer wieder hatte kommen und gehen sehen.

Und auch einige merkwürdige Vorfälle aus den Jahren in Peru waren dann in einem anderen Licht erschienen. Journalisten, die versucht hatten, mit seinem Vater in Kontakt zu treten, waren ermordet aufgefunden worden. Andere Personen hatten tödliche Unfälle gehabt oder waren spurlos verschwunden und ihm war schließlich klar geworden, daß all diese Leute ihnen einfach zu nahe gekommen waren.

Doch da waren sie schon in La Paz gewesen und Angst hatte aus seinem Vater ein nervliches Wrack gemacht. Immer noch jung an Jahren hatte er damals nie so ganz diese große Angst verstanden, wenn doch stimmte, was sein Vater ihm über die Zeit des Krieges erzählt hatte. Und er glaubte seinem Vater bis heute. Ganz egal, was je über ihn und seine angeblichen Taten berichtet worden war. All diese monströsen Verbrechen, die damals in Deutschland stattgefunden haben sollten, das konnte nicht der Wahrheit entsprechen, das war für ihn nicht vorstellbar. Und die Erzählungen seines Vaters ergaben ja schließlich ein ganz anderes Bild.

Auch als die Angst seinen Vater zu Beginn der 1970er Jahre erneut zur Flucht trieb, diesmal nach Argentinien, hatte dies die Liebe und das Vertrauen nicht zerstören können. Er, sein Sohn, war alleine in La Paz zurückgeblieben, doch sie hatten immer Kontakt gehalten, per Brief und durch vereinzelte Besuche.

Vor rund dreißig Jahren war sein Vater dann in Argentinien gestorben, auf einem Landgut nahe der Stadt Córdoba und sein Sohn hatte es sich zur Aufgabe gemacht, die Sicht, die sein Vater auf die Dinge gehabt hatte, zu bewahren und weiterzutragen.

Schon zu Lebzeiten seines Vaters war der Mann, der sich nun an die Spur Altmanns geheftet hatte, in die Dienste der "Odessa" getreten, um die aus Deutschland Geflohenen in Südamerika zu unterstützen, teils aus Dankbarkeit, weil die Organisation auch seine Familie geschützt hatte, teils aus der Überzeugung heraus, daß hier Männer, die nur ihre Pflicht getan hatten, zu Unrecht verfolgt wurden. Wie sein Vater, der darunter so gelitten hatte.

Er hielt Altmann für einen Verräter an der Sache der ehemaligen Kameraden, wenn dieser jetzt nach Europa gereist war, um unter Anerkennung seiner Schuld womöglich Dinge zu enthüllen, die nicht enthüllt werden sollten. Und, wie es in der Organisation vermutet wurde, etwas zurückzugeben, das im Grunde Eigentum der Kameraden war.

Die "Organisation der ehemaligen SS-Angehörigen" war schon lange nicht mehr das, was sie in den ersten Jahrzehnten nach Kriegsende gewesen war. Natürlich nicht, denn die meisten der ursprünglichen Mitglieder und Helfer waren nicht mehr am Leben. Und die Nachfolger, die Söhne und Enkel, die die Organisation bis heute weiterführten, waren nicht mehr vom gleichen Schlag, besaßen nicht mehr das gleiche elitäre Sendungsbewußtsein, welches die Anfangszeit geprägt hatte.

Dieser Rest der "Odessa" hatte durchaus noch die Mittel, Dinge in ihrem Sinne zu "regeln", aber offenbar nicht den Willen, im Falle Altmanns einzuschreiten. Ja, sie hatten den Abtrünnigen sogar bei seiner Ausreise unterstützt und deshalb würde jetzt er selbst dafür sorgen müssen, daß hier nichts aus dem Ruder lief und womöglich noch posthum das Andenken seines Vaters beschädigt wurde, der mit Altmann gut bekannt gewesen war.

Und wenn der alte Mann in Dublin gewußt hätte, wessen Sohn sich auf den Weg gemacht hatte, ihn aufzuhalten, hätte er sicher nicht mehr gut geschlafen.

Der Zug verlangsamte seine Fahrt, als er die westlichen Vororte der Stadt erreichte, wo die Bebauung dichter wurde und trostlose Wohnblöcke sich mit Industrie - und Gleisanlagen abwechselten. Schließlich tauchte das südliche Ende des Phoenix Parks vor den Fenstern auf der linken Seite auf und entlang einer Ausfallstrasse rollten die Waggons auf Heuston Station zu, einen der beiden prächtigen Bahnhöfe Dublins. Bevor der Zug in die große Bahnsteighalle einfuhr, konnten die Passagiere einen kurzen Blick auf die Türme der Stadt werfen, die sich vor ihnen, hinter dem Bahnhofsgebäude erhoben.

Der Mann, der im dritten Waggon am Fenster saß, hatte dafür allerdings keinen Blick. Nervös rieb er sich das linke Auge, im Versuch das unkontrollierte Zucken des unteren Lides zu beenden. Er wußte, daß es nicht aufhören würde, doch das Reiben war zu einer fast unbewussten Reaktion geworden, jedesmal, wenn das Zucken begann, manchmal verbunden mit Taubheitsgefühlen in den Händen.

Diese Symptome hatten irgendwann in den Jahren nach dem Tod seines Vaters begonnen, wann genau konnte er gar nicht mehr sagen und traten immer dann auf, wenn er schwierige Aufgaben für die Organisation erledigen musste. Er hasste das Zucken, weil er alles hasste, was er nicht kontrollieren konnte.

Quietschend kam der Zug zum Stehen, eine Armee von Pendlern ergoß sich auf den Bahnsteig und inmitten der Menge steuerte der Mann mit dem akkuraten Seitenscheitel und dem zuckenden Auge zielstrebig auf den Ausgang zu.

Direkt am Beginn des Victoria Quay, der entlang des südlichen Ufers der Liffey verlief, trat er ins Freie und blinzelte im hellen Morgenlicht.

Heuston Station war der Bahnhof, der Dublin mit dem Westen und Südwesten des Landes verband und aus irgendeinem Grund, der ihm selbst nicht so ganz bewußt war, hatte der Mann aus La Paz sich entschieden, außerhalb der Hauptstadt in einem Kaff namens Sallins abzusteigen. Die rund zwanzig Kilometer bis hierher konnte er bequem mit dem Zug zurücklegen.

Nach seinem Einbruch in die Wohnung dieses Professors hatte er sich ein paar Tage nicht in Dublin blicken lassen. Er hatte gehofft, dort das zu finden, was Altmann aus Peru mitgebracht hatte, doch das Durchsuchen des Apartments war ergebnislos verlaufen.

Vielleicht hätte er doch gleich zu Altmann ins Hotel gehen sollen, um sich den Flüchtigen vorzuknöpfen. Wo dieser abgestiegen war wusste er natürlich, schließlich hatte die Organisation das Zimmer gebucht. Aber es war ihm unwahrscheinlich erschienen, daß der Alte den gesuchten Gegenstand im Hotel aufbewahrte. Viel näher lag, daß er sich bei Graubner im Trinity College befand. Zumal Altmann diesen Graubner ja offensichtlich beauftragt hatte, den Gegenstand irgendwie wissenschaftlich auszuwerten.

Und jetzt war Altmann spurlos aus dem Hotel verschwunden und auch wo Graubner sich aufhielt, war im Moment unbekannt. Früher wäre so etwas nicht passiert, verdammt noch mal.

Das Auge des Mannes aus Bolivien zuckte heftiger, während er sich entlang des Flusses Richtung Innenstadt auf den Weg machte.

Gut möglich, daß die beiden sich zusammen aus dem Staub gemacht hatten. Ob mit oder ohne dem ominösen Objekt? Er hatte keine Ahnung.

Aber immerhin war bemerkt worden, mit wem Graubner am Tag von Altmanns Verschwinden noch Kontakt gehabt hatte.

15

Nach einem kurzen, aber heftigen Schauer waren die Wolken über den Dublin Mountains aufgerissen und hier und da warf die Sonne ein helles Licht auf den nassen Waldboden. Es war kühl an diesem Vormittag und so hatten sich die drei Männer dicke Jacken angezogen, bevor sie die Hütte verlassen hatten.

Altmann war in den letzten beiden Tagen in einem extrem schlechten Zustand gewesen und mehr als einmal hatte Graubner sich gefragt, ob es nötig wäre, in die Stadt zu fahren und einen Arzt aufzusuchen. Doch da ihr peruanischer Begleiter, der Altmann schon so lange kannte, keine besondere Aufregung zeigte, hatte sich Graubner entschieden, abzuwarten. Und heute war auf wundersame Weise Leben in den ausgemergelten Körper des alten Mannes zurückgekehrt, sodaß sie sich zu einem Spaziergang an der frischen Luft entschieden hatten.

Der unermüdliche und eisern schweigende Peruaner schob Altmann den ansteigenden Waldweg hinauf, der die Zufahrt zu dem Häuschen bildete, während Graubner rauchend und hustend neben den beiden herlief und versuchte, sich nicht in einen Verfolgungswahn hineinzusteigern. Wer hätte je gedacht, daß er sich einmal mit einem alten Nazi auf der Flucht befinden würde.

Oben angekommen kreuzte einer der vielen hießigen Wanderwege den schmalen Pfad, auf dem sie sich befanden. Sie wandten sich nach links und nach wenigen hundert Metern gaben die Bäume den Blick frei für eine atemberaubende Aussicht auf die Landschaft in der Ebene, zu Füßen der Berge.

"Dies ist einer der Gründe für meine Entscheidung,

mir hier ein Häuschen zuzulegen", sagte Graubner. "Ich glaube nicht, daß es noch viele ähnlich spektakuläre Aussichtspunkte hier oben gibt."

Altmann in seinem Rollstuhl nickte nur, während sein Blick über das Panorama wanderte.

Links unter ihnen war eine Ecke des mit roten Ziegeln gedeckten Daches von Graubners Haus zwischen den Bäumen zu sehen und dahinter eröffnete sich der Blick über die Ebene der Dublin Bay mit den kleinen Orten an der Küste und schließlich über Dublin selbst, die große Stadt an der Mündung der Liffey. Der Regen hatte die Luft geklärt und die Wolken die jetzt noch über den Himmel zogen, ließen auf der Landschaft unter ihnen ein ständig wechselndes Muster von Licht und Schatten entstehen, das fast hypnotisch wirkte, wenn man es länger beobachtete.

Eine ganze Weile blieben die drei Männer stehen, während der kühle Wind ihnen durch die Haare fuhr und für diesen Moment schien die Welt in Ordnung zu sein, ihre Probleme zum ersten Mal seit langem fast vergessen.

Als ihnen schließlich zu kalt wurde, machten sie sich auf den Rückweg zum Haus, wo ein kleiner Heizlüfter für angenehme Temperatur sorgte. Graubner holte sich eine Flasche Bier und setzte sich an den rustikalen Holztisch in der Mitte des Wohnraumes. In den letzten beiden Tagen war er zweimal zum Einkaufen in einem der kleinen Orte am Fuße der Berge gewesen und so waren sie fürs erste mit dem Nötigsten versorgt. In seinem Fall hieß das: Mit Zigaretten und Bier.

"Sind Sie bereit, sich den Rest des Textes von unserem Papyrus anzusehen?", wandte er sich an Altmann, der ihm relativ erfrischt auszusehen schien. "In den letzten Tagen wollte ich Ihnen das nicht zumuten".

"Ich weiß nicht genau, ob ich bereit für den Inhalt bin", erwiderte Altmann, "aber wenn Sie meinen, ob ich wieder in der Lage bin zu lesen, dann ja."

Graubner kramte die Blätter mit der Übersetzung aus seiner Aktentasche und reichte sie dem alten Mann. Dieser brauchte einen Moment, bis er die Stelle wiedergefunden hatte, an der er im Hotel unterbrochen worden war. Dann begann er zu lesen.

Unser Herr verbrachte den größten Teil Seiner Zeit in dieser Welt mit Frauen, darunter Prostituierte, Ehebrecherinnen, Witwen mit schlechtem Ruf... Frauen, die für euch weniger wert sind, als der Staub auf dem Boden.

Ihr wolltet davon nichts wissen, aber ich saß zu Seinen Füßen und habe Fragen gestellt. Und Er besprach mit mir Dinge, die Er den Zwölfen verschwieg, denn Er wußte, daß ich sie nicht entstellt weitererzählen oder versuchen würde, mich mittels meines Wissens zu erhöhen.

Unter allen Frauen vertraute Er sich nur mir ganz an. Und ja, Er wünschte sich, ich würde einst Seine Nachfolge antreten und Seine Lehre behüten und bewahren.

Aber ich bin geflohen vor dem Zweifler Petrus und anderen unter euch, die die Frauen hassen. In meiner Traurigkeit über Seinen Weggang hatte ich nicht die Kraft, all euren Anfeindungen zu widerstehen.

Du fragst, ob ich mir wirklich sicher bin darüber, was nach Seinem Tod geschah. Haben dich auch Zweifel befallen? Ist auch in deinen Augen das Licht des Glaubens erloschen?

Was soll ich dir antworten, mein Bruder Markus?

Ich habe keinen Zweifel an meiner Liebe für den Meister und an der Richtigkeit Seiner Lehren.

Aber ich muß dir sagen, als ich Ihn wiedersah, nachdem das Grab leer gefunden wurde, da habe ich Ihn nicht wiedererkannt. Doch ich habe Ihn umarmt und bin sicher, daß Er es war. Danach habe ich Ihn nie wiedergesehen.

Aber vielleicht ist es auch gar nicht so wichtig, was wirklich passiert ist. Sind nicht die Umstände Seines Todes letztlich gleichgültig?

So viele Menschen wären würdiger gewesen als wir, doch uns war es vergönnt, den Erlöser zu sehen und Jahre an Seiner Seite zu verbringen. Wir saßen bei Ihm und hörten Ihn reden. Ist das nicht genug?

Du weißt wohl, daß ich mit den anderen Frauen nach Thmuis in Ägypten gegangen bin, sonst hättest du mir nicht schreiben können.

Wir haben begonnen, alles aufzuschreiben, was der Herr uns Frauen gelehrt hat, jedes Gleichnis, alles, woran wir uns erinnern. Marjam von Bethanien, ebenso wie Maria, die Frau des Alphäus und auch Johanna, Susanna, Lea und ihre Schwester Agrippina sowie Procla.

Wir werden hier eine Bibliothek anlegen, die die wahren Lehren und Taten des Erlösers aufbewahrt. Vielleicht kann ich so auch einen Teil meines Versagens wieder ausgleichen.

Ich weiß nicht, ob ich dir helfen konnte, mein lieber Markus, doch vielleicht magst du eines Tages die Gelegenheit haben, uns zu besuchen, um zu erfahren, was wir hier von unserem Herrn wissen.

Es grüßen dich Marjam von Magdala und die Frauen, die bei mir sind.

Die Gnade unseres Herrn Jesus sei mit dir.

Altmann ließ die Blätter auf seine Beine sinken und sah Graubner an.

"Irgendwie finde ich es ein bißchen enttäuschend", sagte er. "Ich hatte eigentlich sensationelle Enthüllungen erwartet von einem Dokument, dem viele schon so große Bedeutung beigemessen haben."

Graubner setzte die Bierflasche ab und drückte seine Zigarette in dem überquellenden Aschenbecher aus. "Es *ist* sensationell", sagte er dann, "und das gleich aus mehreren Gründen."

Es entstand eine längere Pause und jeder der Männer schien irgendwie in Gedanken versunken.

"Erzählen Sie es mir?, sagte Altmann dann. "Warum dieser Papyrus so wertvoll ist, meine ich."

"Und Sie erzählen mir dann, was genau Sie eigentlich damit vorhaben", erwiderte Graubner. "So richtig klar ist mir das nämlich immer noch nicht."

Altmann stöhnte. "Ich glaube, ich bin mir selbst nicht so sicher. Das hängt wohl auch davon ab, was Sie mir über das Dokument sagen können.

"Also gut", sagte Graubner und erhob sich mühsam vom Tisch, um sich ein neues Bier zu holen.

"Ich bin überzeugt, daß der Papyrus ein authentischer Brief ist", sagte er auf dem Weg zum Kühlschrank, "geschrieben von Maria aus Magdala selbst, wie die Grüße am Ende des Textes ja auch belegen. Also geschrieben von dem Menschen, der Jesu von Nazareth wahrscheinlich am nächsten stand und ihn vielleicht am besten kannte. Und es ist das Original. Daran kann kaum ein Zweifel bestehen, auch wenn die Altersbestimmung noch aussteht. Das erste und bislang einzige bekannte Original einer Schrift aus dem Umkreis Jesu."

Graubner schlug die Kühlschranktür zu und wandte sich Altmann zu. "Allein das läßt unseren Papyrus Millionen wert sein. Ich meine, wenn man ihn verkaufen wollte. Auf dem Schwarzmarkt, an Sammler, Antiquitätenhändler und so."

"Ich bin nicht an Geld interessiert", warf Altmann ein.

"Ich weiß", sagte Graubner und öffnete die Bierflasche. "Viel bedeutender und zudem unbezahlbar ist ja auch der Inhalt des Schreibens. Ich will versuchen Ihnen die wesentlichen Punkte zusammenzufassen."

Der Professor machte eine kurze Pause und überlegte, wie er beginnen sollte.

"Zunächst einmal bestätigt der Brief die eine oder andere Begebenheit, die wir aus dem Neuen Testament kennen. Zum Beispiel die Tatsache, daß Maria von Magdala es war, die das Grab leer entdeckte und als Erste den Gekreuzigten wiedersah, während die geflohenen männlichen Jünger sich irgendwo versteckten. Auch, daß sich Jesu Anhänger bald darauf wieder in Jerusalem versammelten, findet hier ein Bestätigung.

In einigen apokryphen Texten aus dem 2. oder 3. Jahrhundert klingt die Erinnerung an Streit zwischen Petrus und Maria von Magdala an. Meist wird das für theologisch motiviert gehalten oder als metaphorische Aussage zur Verdeutlichung allgemeiner Auseinandersetzungen im frühen Christentum gehalten. Doch es mehren sich die Stimmen, die hier einen historischen Kern vermuten, der den ersten Christen im Gedächtnis geblieben ist. Und unser Dokument belegt nun diese Vermutungen."

Graubner rieb sich die Stirn und entzündete eine weitere Zigarette, obwohl ihm schon der Kopf dröhnte. Er nahm einen langen Schluck Bier und fuhr fort.

"Weitaus interessanter sind jedoch die Dinge, von denen im Neuen Testament keine Rede ist. Der Brief gibt an, gut drei Jahre nach Jesu Kreuzigung geschrieben zu sein. Und spätestens nach dieser Zeit scheinen Jesu Anhänger oder jedenfalls einige von ihnen, nicht mehr sicher gewesen zu sein, was eigentlich nach Jesu Hinrichtung geschehen ist. Vielleicht fingen die Erinnerungen an, zu verblassen und sie fragten sich, was sie denn eigentlich wirklich gesehen hatten. Ein Umstand der im Neuen Testament keine Erwähnung findet. Dort ist eher von fest im Glauben stehenden 'Säulen der Urgemeinde' die Rede, namentlich und vor allem von Petrus, Johannes und Jakobus, dem Bruder Jesu. Von Männern, die um die Nachfolge Jesu stritten und jetzt schon anfingen, die Dinge in ihrem Sinne zu verfälschen berichten die neutestamentlichen Texte nichts. Dort ist Petrus der, von Jesus selbst eingesetzte, Nachfolger und Fels auf dem die Kirche erbaut werden soll. Das werden Sie wahrscheinlich schon mal gehört haben, Altmann."

"Habe ich", sagte der Greis und rollte vom Fenster zu Graubner an den Tisch. "Von Petrus als Frauenhasser ist mir aber bisher nichts bekannt gewesen."

"Die eine oder andere apokryphe Schrift erwähnt ihn in dieser Eigenschaft", erwiderte Graubner. "Apokryphen sind übrigens Schriften aus den ersten Jahrhunderten, die sich mit Jesus von Nazareth befassen, aber keine Aufnahme ins Neue Testament fanden, falls Sie das grade fragen wollten."

"Wollte ich nicht, aber danke für die Aufklärung. Und wie es aussieht, entspricht diese Charakterisierung des Petrus wohl den historischen Tatsachen." Altmann sah

Graubner an und hustete kraftlos einigen Schleim aus seinen alten Lungen ab.

"Sieht so aus, ja", sagte Graubner. "Und nicht nur das. Offenbar hat er Maria von Magdala regelrecht bekämpft und sie und die anderen Frauen schließlich aus dem Jüngerkreis vertrieben. Um sich selbst an die Spitze der Jesusbewegung zu setzen. Obwohl, und dies scheint mir vielleicht die größte Sensation an diesem Brief zu sein, obwohl Jesus offensichtlich Maria als seine Nachfolgerin sehen wollte und nicht Petrus. Er hat ihr Dinge anvertraut, die er den anderen vorenthielt, weil er Maria am ehesten zutraute, seine Lehre unverfälscht weiterzutragen und in seinem Sinne zu handeln. Wenn das stimmt und ich sehe zunächst mal keinen Grund, daran zu zweifeln, dann ist das ein wirklicher Hammer. Etwas, was der Katholischen Kirche ganz und gar nicht gefallen dürfte."

"Das kann ich mir vorstellen", sagte Altmann müde. "Halten Sie es für möglich, daß diese Typen, die hinter uns her sind, im Auftrag der Kirche unterwegs sind?"

Graubner nickte. "Daran habe ich auch schon gedacht. Die alten Männer im Vatikan würden wahrscheinlich so gut wie alles tun, um zu verhindern, daß so etwas wie dieser Papyrus an die Öffentlichkeit gelangt. Ich habe nur keine Ahnung, woher die wissen sollten, daß er sich in unserem Besitz befindet."

In Gedanken versunken blickte der erschöpfte Professor aus dem Fenster. Die Sonnenstrahlen von vorhin waren verschwunden und nur ein blasses Licht fiel in den Raum. Scheinbar waren wieder Regenwolken aufgezogen.

"Was an dem Brief natürlich noch absolut bemerkenswert ist", sagte er nach einer Weile, "ist die Aussage über Marias Begegnung mit Jesus nach dessen Kreuzigung. Auch im Neuen Testament wird erzählt, daß sie den Auferstandenen zunächst nicht erkannte. Warum auch immer. Und hier bestätigt sie dies selbst. Doch im Gegensatz zu der Darstellung im Neuen Testament, wo Jesus Maria nicht gestattet, ihn zu berühren, schreibt hier die Augenzeugin selbst, daß sie ihn umarmte und schließlich sicher war, daß es sich um Jesus handelte.

Was das alles genau heißen soll weiß ich auch nicht, aber Tatsache ist: Hier haben wir ein Dokument, geschrieben von Maria von Magdala persönlich, in dem diese bestätigt, Jesus nach der Kreuzigung und Grablegung wiedergesehen zu haben und zwar nicht etwa als Geist oder sowas, sondern als Menschen aus Fleisch und Blut, den sie umarmen konnte. Das ist mindestens genauso sensationell, wie die Aussagen über Petrus. Denn hier haben wir einen Beweis dafür, daß die neutestamentlichen Geschichten über die Begegnungen der Jünger mit einem irgendwie auferstandenen Jesus nicht frei erfunden sind oder nur auf subjektiven Visionen beruhen. Auch wenn Maria all dem gar nicht so große Bedeutung beizumessen scheint."

Graubner war aufgestanden, um Bier zu holen und stellte fest, daß seine Beine ihn kaum trugen, so weiche Knie hatte er. Einen Moment lang hielt er sich am Tisch fest und fürchtete, zusammenzubrechen, doch dann kehrte wieder etwas Kraft in seine Glieder zurück. Er begann, im Raum auf und ab zu wandern, in der Hoffnung, damit den Kreislauf zu beleben, doch die Tragweite all dessen, womit er hier befasst war, raubte ihm mehr und mehr Energie. Das war eindeutig und nicht zu leugnen.

"Was ist los?", fragte Altmann, der dem Professor mit seinen alten Augen folgte.

"Sie sind hier nicht der Einzige, der aus dem letzten Loch pfeift", erwiderte Graubner gereizt und ließ sich auf einen Stuhl neben dem Kühlschrank fallen. Die altbekannte Übelkeit stieg seinen Hals hinauf und er hatte Mühe, nicht zu erbrechen. "Verdammte Scheiße", murmelte er, griff sich mühsam eine Bierflasche und leerte sie fast bis zur Hälfte. Dann saß er reglos eine ganze Weile da und starrte vor sich hin.

Als Altmann schon dachte, das wäre es für heute gewesen, fand Graubner die Sprache wieder. "Können Sie mir mal die Zigaretten hier rüber bringen?", sagte der Professor und deutete auf die Packung auf dem Tisch.

Altmann setzte den Rollstuhl in Bewegung. "Irgendwie habe ich den Eindruck, daß Sie Ihre Beschwerden falsch behandeln", sagte er und reichte Graubner die Schachtel. "Aber darf ich nochmal auf den Brief zurückkommen? Was ist dieses Thmuis, von dem dort die Rede ist?"

Eigentlich war Graubner zu erschöpft, um auf die Frage einzugehen, doch er riß sich zusammen.

"Thmuis war eine antike Stadt in Unterägypten und eine der ersten christlichen Niederlassungen in diesem Land. Man geht, glaube ich, davon aus, daß das Christentum den Ort irgendwann im 4. Jahrhundert erreichte. Doch offenbar hatte sich schon viel früher Maria aus Magdala dorthin zurückgezogen. Zusammen mit den anderen Frauen, die sie erwähnt. Übrigens alles Personen, die auch im Neuen Testament eine Rolle spielen. Heute ist Thmuis ein Ruinenfeld. Wie gut erforscht es ist, kann ich nicht sagen. Damit habe ich mich nie befasst.

Mich würde interessieren, ob sich dort noch Spuren dieser Frauen finden lassen."

Graubner mußte eine Pause machen, weil ein trockenes Würgen ihn am Sprechen hinderte.

"Wissen Sie was?", sagte er, als er sich wieder gefangen hatte. "Ich glaube, daß dieser Johannes Markus, an den der Brief gerichtet ist, der Verfasser des Markusevangeliums ist. Und ich glaube, daß er der Einladung Marias gefolgt ist und die Frauen in Thmuis besucht hat. Vielleicht hat er das, was er dort erfahren hat, in einem ersten Evangelium niedergeschrieben, dem 'Geheimen Markusevangelium', von dem ich Ihnen erzählt habe. Erinnern Sie sich? Und möglicherweise hat derselbe Petrus, der schon die Frauen aus Jerusalem vertrieb, Jahre später auch dieses Evangelium für wertlos und falsch erklärt und Markus seine Sicht der Dinge in die Feder diktiert. Die Sicht, die sich dann letztendlich auch durchgesetzt hat. Wahnsinn, oder?"

Graubner fingerte mit zittrigen Händen eine Zigarette aus der Packung und sah Altmann an.

"Allerdings", sagte der alte Nazi, "das ist allerdings Wahnsinn."

"Und daß wir überhaupt davon erfahren", fügte Graubner noch hinzu, "liegt daran, daß Markus dieser Brief von Maria offenbar so wichtig war, daß er ihn immer noch bei sich hatte, als er in den 40er oder 50er Jahren des 1. Jahrhunderts nach Alexandria kam. Die Christen der Stadt haben das Dokument dann durch all die Jahrhunderte sorgsam aufbewahrt, weil sie wussten, welche Bedeutung es für Markus, den Begründer ihrer alexandrinischen Kirche gehabt hatte."

Sie schwiegen lange. Draußen hatte es wieder zu reg-

nen begonnen, die Tropfen trommelten an die Fenster-
scheiben und als der Wind einen Ast an das Dach des
Hauses schlug, fuhren alle zusammen. Und keiner bemerkte Graubners Handy, das sich summend und vibrie-
rend auf dem Tisch drehte.

16

Es ging so schnell, daß O'Connor später gar nicht sagen konnte, wie alles genau abgelaufen war.

Er hörte, wie hinter ihm die rückwärtige Tür zugeschlagen wurde (hatte er gehört, daß jemand sie geöffnet hatte?) und der Schlüssel sich im Schloß drehte. Als
er sich umwandte, stand der Mann schon unmittelbar
vor ihm und versetzte ihm einen Handkantenschlag an
den Kehlkopf. Genau dosiert, sodaß O'Connor nicht das
Bewußtsein verlor, aber vorübergehend keine Luft bekam und sich nicht wehren konnte. Er ging in die Knie
und sah aus den Augenwinkeln, wie der Mann die Rollos
des großen Fensters zum Campus herunterließ. Von außen würde es jetzt so aussehen, als sei das kleine Informationszentrum heute nicht besetzt.

Noch bevor O'Connor wieder in der Lage war normal
zu atmen wuchtete der Mann ihn mit erstaunlicher Kraft
auf einen Stuhl und fixierte seine Gliedmaßen mit Klebeband fest an den Stuhlbeinen und Armlehnen.

Der Mann hielt kurz inne, um sein schwarzes Jackett
zu richten, dann beugte er sich vor, nahe an O'Connors
Gesicht, und stellte mit einer Stimme, die dem alten Iren
Gänsehaut machte, zwei Fragen: "Wo sind Graubner und
Altmann? Wo ist der Gegenstand, den sie mitgebracht

haben?"

O'Connor starrte den Unbekannten an und sein Blick blieb an dem unkontrolliert zuckenden linken Augenlid des Mannes hängen.

"Ich bin nicht gewohnt, lange auf Antworten zu warten", sagte der Fremde. Seine Faust schoß nach vorne und O'Connor erhielt einen Schlag ins Gesicht, der ihm das Nasenbein brach. Kurz verschwamm seine Sicht, dann spürte er das Blut über seinen Mund laufen und vom Kinn auf sein Hemd tropfen.

Spätestens jetzt wurde O'Connor klar, daß er sich in der Gewalt von jemandem befand, der extrem kaltblütig handelte und der nicht unverrichteter Dinge wieder gehen würde. Trotzdem entschloss er sich, nicht zu verraten was er wusste. Das gebot ihm seine Ehre. Ein Ire seines Schlages gab nicht einfach so Geheimnisse preis, die ihm anvertraut worden waren.

"Ich weiß nicht, wovon sie sprechen", sagte er und Blut lief ihm in den Mund.

Der Mann kam wieder näher. "Wie bitte?", sagte er und O'Connor wehte ein übelriechender Atem entgegen.

"Ich habe keine Ahnung, wer die Männer sind, nach denen Sie fragen", sagte der Ire, "und ich weiß auch nichts von irgendeinem Gegenstand."

"Das weiß ich besser, mein Lieber", antwortete der unheimliche Besucher und holte ein Stück weissen Stoffes aus der Tasche des Jacketts. Sorgfältig formte er eine Kugel und stopfte sie O'Connor in den Mund. Zum Schluss sorgte er mit Klebeband dafür, daß sie an Ort und Stelle blieb.

"Wir wollen ja nicht, daß jemand uns hört", sagte er dann und ein kaltes Lächeln breitete sich in seinem Gesicht aus.

Ruhig griff der Mann in die Innentasche seines Anzuges und holte etwas hervor, das O'Connor auf den ersten Blick für einen Füllfederhalter hielt. Doch er erkannte seinen Irrtum im nächsten Moment, als der Besucher die Kappe abzog und eine lange, millimeterdünne Bohrernadel an der Spitze des Füllers zum Vorschein kam. Der Mann drückte einen kleinen Knopf an der Seite des Instruments und mit dem widerlichen Geräusch, das O'Connor vom Zahnarzt kannte, begann die Bohrerspitze zu rotieren.

Der alte Ire spürte, wie ihm der Schweiß ausbrach und eine kalte Angst ihn überfiel. Er wandt sich auf dem Stuhl, doch es gab keine Chance, sich zu befreien.

Langsam kam der Mann näher und ging dort in die Hocke, wo O'Connors rechte Hand unbeweglich an die Armlehne gefesselt war. Behutsam setzte er den Bohrer genau unterhalb des Daumennagels an und sah mit unbewegter Mine zu, wie sich der Bohrkopf unter den Nagel fraß und schließlich im Fleisch des Fingers verschwand. Der Schmerz schien O'Connor direkt ins Gehirn zu fahren und ihm wurde augenblicklich schwarz vor Augen. Der Knebel verhinderte, daß er laut schreien konnte und so entfuhr ihm nur ein langes, gequältes Stöhnen. Er biß auf den Stoff in seinem Mund und konnte gerade so verhindern, daß er ohnmächtig wurde.

Der Mann musterte O'Connor aufmerksam und als dieser keine Anzeichen erkennen ließ, daß er etwas sagen wollte, zog der Fremde den Bohrer aus dem Daumen und setzte ihn unter dem Nagel des Zeigefingers an. Als er diesmal zu bohren begann, verlor O'Connor das Bewusstsein, doch nicht lange, denn harte Ohrfeigen holten ihn schnell zurück und er sah wieder den Mann vor sich, der sich das zuckende Auge rieb und darauf wartete, daß der sture Ire aufgab.

"Wir werden das jetzt mit jedem Finger ihrer Hand machen", sagte der offensichtlich geisteskranke Unbekannte, "dann nehme ich mir Ihre Augen vor."

O'Connors Magen verkrampfte sich schmerzhaft vor Angst und ihm war übel, doch er wollte sich nicht übergeben, weil er fürchtete, dann mit dem Knebel im Mund zu ersticken. Aber trotz allem hatte er nicht vor zu reden. Und wo waren, verflucht noch mal, all die Leute, die sonst ständig hier auftauchten und irgendetwas von ihm wollten? Wieso ließ sich jetzt keiner blicken?

Der Irre, der vor ihm hockte, wartete nicht lange und brachte die Bohrerspitze am Mittelfinger in Stellung. O'Connor schloß die Augen in Erwartung des unerträglichen Schmerzes.

Nach dem vierten Finger brach der Widerstand des stolzen Iren. Seine blutige Hand zuckte und Tränen der Angst und Verzweiflung, die er nicht mehr kontrollieren konnte, liefen über sein schweißnasses Gesicht, als er dem Mann signalisierte, er solle aufhören.

Sein Gegenüber legte das Folterinstrument beiseite, richtete sich auf und riss O'Connor das Klebeband vom Mund. Dann entfernte er den Knebel. "Ich höre", sagte er und lächelte.

O'Connor wußte, daß der Mann ihn umbringen würde, sobald er bekommen hatte, was er wollte, doch er hatte keine Kraft mehr, sich irgendwie aufzulehnen. Also erzählte er seinem Peiniger, wo der Professor und Altmann sich vermutlich aufhielten und wo der Papyrus war und er kam sich dabei vor, wie ein mieser Verräter.

Als er geendet hatte, sackte O'Connor noch weiter auf dem Stuhl zusammen. "Und jetzt, Du Arschloch?", sagte er noch in Richtung des Fremden.

Statt zu antworten zog der Mann aus einer seiner Taschen ein langes Stück Draht mit Griffen an beiden Enden und trat hinter den Stuhl. Dieser Draht würde sein Leben beenden, dachte O'Connor und in einem letzten Aufbäumen schrie er so laut er konnte allen Schmerz heraus.

Holzsplitter flogen durch den Raum, als die Hintertür mit enormer Wucht eingetreten wurde und eine Gestalt in O'Connors Büro stürzte, gefolgt von einem weiteren Mann.

Der Besucher mit dem zuckenden Auge war nur einige Sekunden lang irritiert von dem unerwarteten Überfall, dann streckte er den ersten Mann mit einem Ellbogenhieb nieder, hastete zum Fenster und verschwand, nachdem er den Rollo hochgerissen und das Fenster aufgeschoben hatte, mit einem katzengleichen Sprung aus dem Raum.

"Clément?", sagte der zweite Mann, der immer noch in der Tür stand, nach einer Weile in die Stille hinein. "Alles in Ordnung mit Ihnen?"

Der Kaplan rappelte sich auf. "Alles in Ordnung", sagte er und wandte sich dem bewusstlosen Mann auf dem Stuhl zu.

Er und Maldini hatten schon einige Minuten lang vor der Tür gestanden und versucht zu hören, ob jemand da war, als der markerschütternde Schrei erklungen war und Clément veranlasst hatte, die Tür mit Gewalt zu öffnen.

"Ich hätte gar nicht gedacht, daß Sie zu so was in der

Lage sind", sagte der Kardinal und trat in den Raum.

"In meiner Jugend habe ich ziemlich intensiv Kampfsport betrieben", erwiderte Clément während er eine Schere aus einem der Regale nahm und begann, O'Connor vom Stuhl loszuschneiden. "Da ist noch die eine oder andere Fähigkeit erhalten geblieben."

Er legte den verletzten alten Iren vorsichtig auf den Boden und versuchte ihn zurück ins Bewusstsein zu holen. "Rufen Sie einen Notarzt", sagte er zu Maldini gewandt. "Dieser Mann hier braucht dringend medizinische Versorgung."

Der Kardinal vergaß für den Moment, daß eigentlich er derjenige war, der ansagte, was getan wurde, verließ den Raum und fragte draußen den erstbesten Studenten nach der irischen Notrufnummer. Dann rief er an und erklärte seinem Gesprächspartner am anderen Ende der Leitung kurz die Lage. Hilfe würde bald eintreffen.

Maldini kehrte zu Clément zurück, der noch immer mit dem Versuch beschäftigt war, den Mann auf dem Boden durch heftiges Schütteln aufzuwecken. Eigentlich waren sie gekommen, um hier nocheinmal und dieses Mal etwas nachdrücklicher nach Graubner zu fragen, doch das konnten sie jetzt natürlich vergessen. Langsam verlor der alte Kardinal die Geduld. Hier in Dublin lief nichts so, wie er das von früheren Missionen dieser Art gewohnt war. Er kam ständig überall zu spät und hatte bis jetzt nicht das Geringste erreicht.

"Kardinal", sagte Clément und Maldini wandte sich dem Kaplan zu. Ganz unerwartet hatte O'Connor die Augen aufgeschlagen und der alte Kirchenmann fragte sich, ob er sie erkannte, die Männer, die vor einigen Tagen schon mal vor seinem Fenster gestanden hatten.

O'Connor öffnete den Mund, um etwas zu sagen, doch er brauchte mehrere Versuche, bis er mit brüchiger Stimme einige Worte herausbrachte. "Graubner...", sagte er, "...Handy". Er deutete auf den Tresen vor dem großen Fenster, auf dem sein Smartphone lag. "Warnen... wir müssen...warnen..." Er verstummte und atmete schwer. "Mann...mit zuckendem Auge...er wird...", murmelte er noch, bevor er wieder das Bewusstsein verlor und sein Kopf zurück auf den Boden sank.

Maldinin und Clément sahen sich an und der Kardinal holte hörbar Luft, nachdem er die ganze Zeit den Atem angehalten hatte. Dann ging er hinüber zu dem Telefon, auf das O'Connor gedeutet hatte, wählte die Liste der Kontakte aus und scrollte durch die Einträge, bis er unter dem Eintrag 'Graubner Handy' auf die Telefonnummer des Professors stieß.

"Er wollte, daß wir anrufen, oder?", sagte er. "Ich weiß aber nicht, ob das eine gute Idee ist. Damit geben wir Graubner wieder die Gelegenheit zu verschwinden, bevor wir ihn finden."

"Herr Kardinal", sagte Clément in ungewohnt scharfem Tonfall. "In Gottes Namen, wo ist Ihre Menschlichkeit geblieben. Wir müssen Graubner warnen, egal, was das für Ihre Pläne bedeutet. Und wenn sich die Warnung auf den Typen bezieht, der das hier angerichtet hat, sollten wir keine Zeit verlieren. Rufen Sie an."

Maldini sah den Kaplan ungläubig an und wollte ihn eigentlich in seine Schranken verweisen, doch er konnte nicht. "Sie haben recht", sagte er stattdessen. "Was denken Sie? Wie geht es ihm?" Er deutete auf O'Connor. "Er wird es überstehen", erwiderte Clément. "Seine Verletzungen sind nicht lebensbedrohlich."

Maldini nickte, dann hob er das Handy und wählte die Nummer Graubners an. Mit dem Telefon am Ohr wartete er, doch niemand hob ab. Er ließ es klingeln, bis die Verbindung automatisch unterbrochen wurde und ließ das Telefon wieder sinken. "Das darf doch nicht wahr sein", sagte er.

17

Graubner nahm das Telefon vom Ohr und schaute hektisch auf dem Tisch herum, als würde er nach irgendetwas suchen, doch er wusste lediglich nicht, wohin er seinen Blick richten sollte. Ihm war schwindlig und er konnte gerade keinen klaren Gedanken fassen.

Das hier wurde immer absurder. Und bedrohlicher.

Als er vor wenigen Minuten bemerkt hatte, daß sein Handy summte, war auf dem Display O'Connors Nummer angezeigt worden und eine ganze Reihe von Anrufen in Abwesenheit, ebenfalls vom Telefon seines Freundes aus.

Graubner hatte abgehoben und die kräftige Stimme des Iren erwartet, doch stattdessen war ein Mann am Apparat gewesen, der sich als DiLando vorgestellt und sofort zu reden begonnen hatte, noch bevor Graubner irgendetwas hatte sagen können. Und der Bericht des Fremden hatte ihm dann sowieso die Sprache verschlagen.

Jetzt zwang sich Graubner, Altmann anzusehen und die kreisenden Gedanken anzuhalten.

"Wir müssen von hier verschwinden", sagte er mit brüchiger Stimme, "und zwar schnell."

"Was?", sagte Altmann, der den Professor anstarrte. "Warum? Wer war das?"

"Ich habe keine Ahnung, wer das war", erwiderte Graubner. "Oder sagt Ihnen der Name DiLando irgendwas?" Altmann schüttelte nur den Kopf.

"Ein Freund von mir ist heute überfallen und offenbar gefoltert worden. Wie es aussieht von einem unserer Verfolger." Graubner musste sich große Mühe geben, kein wirres Zeug zu reden. "Der Anrufer eben hat behauptet, er und sein Begleiter seien dem Angreifer in die Quere gekommen, als sie meinen Freund aufsuchen wollten."

"Wer ist dieser Freund, den so viele Leute aufsuchen wollen?", unterbrach Altmann und sah den Professor mit misstrauischen, alten Augen an.

"Fizzpatrick O'Connor, ein Angestellter des College und der Einzige, dem ich anvertraut habe, wo wir sind und wo der Papyrus sich befindet. Und offenbar hat er seinem Peiniger am Ende beides verraten.

Ihm muß sehr zugesetzt worden sein, sonst hätte er diese Informationen niemals preisgegeben. Für Fizz lege ich meine Hand ins Feuer." Graubner machte eine Pause und dachte, daß er den alten Iren nie in diese Scheiße mithineinziehen und damit unbekannten Gefahren hätte aussetzen dürfen.

"Ich glaube", fuhr er schließlich fort, "dieser DiLando und sein Begleiter sind die beiden Männer, die vor einiger Zeit schon mal bei Fizz nach mir gefragt haben und dann wieder verschwunden sind."

"Und die wissen jetzt auch, wo wir uns aufhalten, oder?" In Altmanns Stimme schwang weniger Vorwurf mit, als vielmehr Beunruhigung oder sogar Angst.

"Davon müssen wir ausgehen", sagte Graubner. "Aber vielleicht ist dies das kleinere Übel. Der Anrufer eben hat immerhin noch eine Warnung weitergegeben. Etwas, das Fizz uns unbedingt noch wissen lassen wollte."

"Eine Warnung?, sagte Altmann.

"Ja", erwiderte Graubner. "Vor dem Typen, der ihn überfallen hat. Ein Mann mit einem zuckenden Auge."

Das Glas mit Wasser, welches Altmann die ganze Zeit in der Hand gehalten hatte, entglitt ihm und zerschellte auf dem Boden. Der Rest von Farbe im knochigen Gesicht des Greises verschwand und er klammerte sich an den Armlehnen des Rollstuhls fest, als hätte er Angst, aus dem Sitz zu fallen.

"Was haben Sie eben gesagt?", brachte er mit kaum hörbarer Stimme hervor. "Der Mann, der diesen O'Connor gefoltert hat, hatte ein zuckendes Auge?" Altmann wartete keine Antwort ab. "Das kann kein Zufall sein", flüsterte er. "Nein, das kann kein Zufall sein."

"Von was reden Sie?", fragte Graubner, der den alten Mann kaum verstehen konnte. "Sagt Ihnen diese Information etwas?".

"Allerdings", antwortete Altmann, jetzt etwas lauter. "Ich kenne einen Mann mit diesem auffälligen Merkmal. Aus Lima. Ich habe ihn schon gekannt, als er noch ein Kind war."

Graubner stand auf, um sich ein Bier zu holen und zog dann einen Stuhl an Altmanns Seite. Neben ihm sitzend wartete er darauf, daß der Alte fortfuhr.

"Können Sie mit dem Namen Heinrich Müller etwas anfangen?", sagte dieser schließlich, ohne den Professor anzusehen.

"Nein", entgegnete Graubner, "ich glaube nicht. Das

ist ein Allerweltsname."

"Heinrich Müller war von 1939 bis 1945 Chef der Gestapo in Berlin und als solcher verantwortlich für den Tod hunderttausender Juden und anderer Insassen der NS-Vernichtungslager." Altmann atmete schwer. "Sie werden sich denken können, daß ich nicht nur wegen des Diebstahls eines Papyrus aus Alexandria und des Mordes an dem dortigen Patriarchen als Kriegsverbrecher eingestuft werde. Ich habe eine Menge mehr Menschenleben auf dem Gewissen. Leben, die wir im Dienste des Deutschen Ahnenerbes genommen haben, aber auch bei Erschießungen in anderen Zusammenhängen. Ich werde mich nicht herausreden oder versuchen, meine Schuld irgendwie zu relativieren. Aber gegen diesen Müller war ich ein Waisenknabe. Er hat meist vom Schreibtisch aus gehandelt, an dem er die Todesbefehle unterzeichnete, an manchen Tagen für mehr als 40 000 Juden auf einmal. Und er hat nie Skrupel gehabt oder später je an seinem Tun gezweifelt. Ich weiß das, weil er nach Kriegsende auf einem Anwesen bei Lima lebte, während er in Deutschland als verschollen galt und bereits 1945 für tot erklärt worden war. Wir haben uns in unregelmäßigen Abständen in seinem Refugium getroffen."

"Wer ist wir?", warf Graubner ein, obwohl er sich gar nicht sicher war, ob er die Antwort hören wollte.

"Einige der nach Südamerika geflohenen Nazis", sagte Altmann. "Meistens solche, die sich keiner Schuld bewusst waren und davon träumten, eines Tages ihre Schreckensherrschaft wieder errichten zu können. Manchmal flogen sie aus weit entfernten Teilen Südamerikas ein, um an den Treffen teilzunehmen. Ich erinnere mich zum Beispiel, daß Franz Paul Stangl, der ehemalige

Kommandant der Vernichtungslager Treblinka und Sobibor in Polen mehrmals aus Sao Paulo anreiste, bevor er 1967 auf Betreiben des Nazi-Jägers Simon Wiesenthal an Deutschland ausgeliefert und dort 1970 wegen gemeinschaflichen Mordes an mindestens 400 000 Juden zu lebenslanger Haft verurteilt wurde. Im Jahr danach ist er in der Haftanstalt gestorben. Oder Klaus Barbie, der 'Schlächter von Lyon', der später seine Tage in La Paz verbracht hat, wo er im Dienste des bolivianischen Regimes und des Militärs sein mörderisches Handwerk fortsetzte. Auch er, ohne jemals so etwas wie Reue zu empfinden. Im Gegenteil, seine öffentlichen Prahlereien mit der glorreichen Nazi-Vergangenheit waren so unerträglich, daß selbst die bolivianische Führung dies am Ende nicht mehr dulden konnte und ihn 1983 nach Frankreich auslieferte. Er ist 1991 in Lyon im Gefängnis gestorben, nachdem er sogar noch während der ganzen Haftzeit das Gefängnispersonal mit seiner Herrenmensch-Attitüde terrorisiert hatte.

Ich schäme mich dafür, daß ich in den ersten Jahren in Peru auch zu diesem Kreis gehört habe, das können Sie mir glauben, Graubner."

Altmann sah aus, als würde bei der Erinnerung an diese finsteren Zeiten der letzte Rest Leben aus seinem ausgemergelten Körper weichen und er konnte einige Minuten lang nicht weitersprechen.

Doch dann richtete er sich wieder etwas in seinem Rollstuhl auf.

"Heinrich Müller hatte einen Sohn aus der Beziehung mit einer peruanischen Frau", fuhr er fort. "Ich sah ihn jedesmal, wenn ich auf Müllers Anwesen war. Zu dieser Zeit war er ein freundlicher, aufgeweckter Junge, den zu

sehen eigentlich immer eine Freude war. Trotz des abge-
schotteten Lebens hinter den Mauern des Landgutes
schien er sich seine Normalität bewahrt zu haben.

Doch mit zunehmendem Alter hat sich dies auf er-
schreckende Weise verändert. Ich weiß nicht, ob Bösartigkeit vererbt werden kann, aber wenn dem so ist, dann
hat Hans Müller sie in vollem Umfang von seinem Vater
mitgegeben bekommen. Der Mann ist ein Psychopath,
Graubner, ein Killer in den Diensten der Odessa, der er
sich verschrieben hat. Und wie sein Vater schreckt er vor
keiner Gräueltat zurück, wenn es den Interessen der
Organisation oder seinen eigenen Plänen dient. Selbst in
den Kreisen der alten und neuen Nazis in Südamerika hat
er sich einen furchterregenden Ruf erworben, sodaß
selbst von denen kaum jemand etwas mit ihm zu tun
haben will. Und das Zucken seines linken Auges ist bei
denen, die ihn kennen, zu so etwas wie einem Marken-
zeichen seines Irreseins geworden.

Ich bin sicher, es kann nur dieser Hans Müller sein,
der Ihren Freund heimgesucht hat und der jetzt weiß, wo
wir zu finden sind. Ich habe Angst vor ihm, Graubner. Vor
ihm kann man nur Angst haben."

Altmann verstummte und starrte vor sich auf den Boden.

"Bösartigkeit bekommt man nicht vererbt", sagte
Graubner nach einer Weile. "Sie wird einem beigebracht.
Und das werden die Männer, von denen Sie erzählt ha-
ben, mit dem einst so freundlichen Jungen getan haben.
Sie haben sie ihm beigebracht."

Graubner wusste nicht, warum ihm wichtig war, dies
zu sagen, aber es war auch egal. Tatsache war offenbar,
daß ein geisteskranker Killer auf dem Weg zu ihnen war.

Wenn er nicht schon da war. Graubner brach der Schweiß aus. Wie lange würde der Irre brauchen, um das Haus in den Bergen zu finden? Er hatte keine Ahnung, wie detailliert die Informationen waren, die O'Connor preisgegeben hatte. Der Professor sprang auf und stürzte zum Tisch auf dem sein Handy lag. Fahrig ging er die entgangenen Anrufe durch, bis er sah, wann der erste gekommen war. 12.13 Uhr stand dort und jetzt begann es draussen schon zu dämmern.

Der Sohn des Gestapo-Chefs hatte schon Stunden Zeit gehabt, sie zu finden.

Der Schreck fuhr Graubner wie ein elektrischer Strom durch den Körper. Zuerst dachte er, einer seiner beiden Begleiter hätte wieder ein Glas oder so was fallen lassen. Doch als sich das Geräusch nur Sekunden später wiederholte, wurde Graubner klar, was es war. Auf sie wurde geschossen.

Er hatte keinen Schuss gehört, aber die Projektile hatten die Fensterscheibe bersten lassen, bevor sie hinter Altmann in die Holzvertäfelung einschlugen.

"Altmann", schrie Gaubner und wollte den Alten antreiben, aus dem Bereich des Raumes zu verschwinden, der durch das Fenster ins Visier genommen werden konnte, doch ihr peruanischer Freund war schon an die Seite seines Schützlings gesprungen und schob den Rollstuhl in eine von draussen nicht einsehbare Ecke. Dann warf er sich selbst auf den Boden.

Graubner kauerte sich zitternd an die Wand rechts des Fensters und versuchte, nicht in Panik zu geraten. "Verdammt, verdammt", murmelte er. Müller hatte sie tatsächlich schon gefunden. Wer sollte das sonst sein?

"Das Licht", rief Altmann ihm zu, "machen Sie das Licht aus."

Zuerst verstand Graubner nicht, wovon der Alte redete, weil Angst auch seine Aufnahmefähigkeit gelähmt hatte. "Machen Sie das gottverdammte Licht aus", wiederholte Altmann erstaunlich laut und jetzt wurde dem Professor bewußt, daß es draussen schon fast dunkel war und sie im Licht der Deckenlampe hervorragende Ziele abgegeben hatten.

An der Wand entlang robbte er unter dem Fenster hindurch und weiter bis zur Tür, wo er sich gerade so weit aufrichtete, daß er den Lichtschalter erreichte.

In der plötzlich entstandenen Dunkelheit steigerte sich Graubners Angst zu einer Intensität, die er bisher nicht gekannt hatte und bis zu seinem Tod würde er sich an die folgenden vielleicht dreißig Minuten als die schlimmsten seines Lebens erinnern.

Es fielen keine Schüsse mehr und auch sonst waren keinerlei Geräusche zu hören, was vielleicht das Schrecklichste war. Das einzige, woran Graubner sich orientieren konnte, war das Keuchen Altmanns in der gegenüberliegenden Ecke.

Dann, nach quälend langen Minuten war ein leises Knacken durch das Fenster zu hören. Jemand schlich am Haus entlang und zertrat dabei kleine Zweige auf dem Boden.

'Er kommt zur Tür', dachte Graubner nur, 'um uns aus der Nähe zu erledigen'.

Von draussen war ihm das ja nicht gelungen. Für einen Killer war das Arschloch ein erstaunlich schlechter Schütze. Seine Augen hatten sich etwas an die Dunkelheit gewöhnt und Graubner bemerkte, daß sich der Peruaner nicht mehr an Altmanns Seite befand.

"Wo ist Ihr Sklave?", flüsterte er in Richtung des Alten. Mehr brachte er nicht heraus, weil Todesangst ihm sofort wieder die Kehle zuschnürte.

"Draussen", erwiderte der alte Nazi nur und das Erschrecken über diese Information ließ Graubner kurzzeitig so klar werden, daß er das halbgeöffnete kleine Fenster an der Seitenwand des Raumes bemerkte, durch welches ihr Begleiter offenbar verschwunden war. Doch er konnte keine weiteren Fragen stellen.

Wieder herrschte diese nervenzerreissende Stille und nach einer Weile wünschte Graubner, jemand würde die Tür aufreissen und das Feuer auf sie eröffnen. Scheißegal, Hauptsache irgendetwas beendete dieses stille Warten.

Leise, scharrende Geräusche vom Dach beendeten seine Gedankengänge. Kam der Irre jetzt von oben? Das Haus hatte eine kleine Dachluke, die Graubner ganz vergessen hatte. Sie war immer geschlossen, weil noch niemand ihren Zweck herausgefunden hatte. Graubner wagte kaum den Kopf zu heben und einen kurzen Blick nach oben zu werfen. Doch er sah nichts außer der Dunkelheit des Nachthimmels und einige Sterne, wie er meinte.

Und dann begann der Lärm vor der Tür. Nach einem dumpfen Schlag folgten Kampfgeräusche. Irgendetwas fiel hart auf die Platten der Türschwelle. Graubner hörte Altmann wimmern, wie ein kleines Kind und er selbst schob sich auf dem Boden in eine der hinteren Ecken der Hütte.

Ein halb unterdrückter Schmerzensschrei drang in den Raum, dann schlug ein Körper schwer an das Türholz und ließ den großen, altmodischen Schlüssel aus dem Schloss fallen. Graubner und Altmann hörten ihn über den Boden springen und an irgendetwas Metallisches prallen.

Dann Stille. Elend lange Sekunden vergingen, bis die Tür geöffnet wurde und ihr peruanischer Begleiter in den Raum trat, einen leblosen Körper hinter sich herziehend. Er legte den bewußtlosen Mann ab und ging noch einmal vor die Tür, um mit dem Fuß ein Gewehr mit Zielfernrohr und Schalldämpfer ins Haus zu schieben. Dann schaltete er das Licht wieder an.

Als Graubner die Profi-Schusswaffe sah, wurde ihm klar, wieviel Glück Altmann gehabt hatte, daß er vorhin nicht getroffen worden war.

Und erst jetzt bemerkte er, daß der Peruaner aus einer tiefen Schnittwunde am Oberarm blutete. Müller mußte ihn irgendwie mit einem Messer erwischt haben. Doch die Verletzung schien ihren Retter nicht sonderlich zu behindern. Der dürre Mann wandte sich Altmann zu und sagte etwas, das Graubner nicht verstand. Spanisch wahrscheinlich. Es war das zweite oder dritte Mal, daß der Professor ihn überhaupt etwas sagen hörte, seit ihrer ersten Begegnung in Lima.

Und das erste Mal, daß er nicht grinste.

Altmann hing halbtot in seinem Rollstuhl und zunächst sah es so aus, als hätte er gar nichts gehört. Doch dann hob er den Kopf. "Er braucht etwas zum Fesseln", brachte der alte Mann hervor, dann sackte er wieder zusammen und schloss die Augen.

Graubner versuchte, klar zu denken und ihm fiel ein, daß in einem Verschlag hinten im Raum noch einige Seile lagen, die er irgendwann einmal zum Befestigen einer Ladung auf dem Dach seines Toyotas benutzt hatte. Er erhob sich wie in Zeitlupe und wankte auf tauben Beinen quer durchs Zimmer, um sie zu holen. Dann schlich er zum Kühlschrank, entnahm ihm zwei Flaschen Bier, leerte die erste in einem Zug und ließ sich mit der zweiten auf dem nächstbesten Stuhl nieder.

Es dauerte kaum eine Minute, bis Altmanns und jetzt auch Graubners Beschützer den Mann aus La Paz auf eine Weise verschnürt hatte, die große Könnerschaft verriet und die eine Befreiung aus eigener Kraft unmöglich erscheinen ließ. Erst dann ging er hinüber zu dem Schrank, in dem Graubner ein Erste Hilfe Set aufbewahrte und begann, die Wunde an seinem Arm zu verbinden.

In diesem Moment empfand Graubner tiefe Bewunderung für den weitgehend wortlosen und auch ansonsten zweifellos äußerst merkwürdigen Mann.

Ihr Gefangener kam zu sich, als der zerzauste Professor des Trinity College das fünfte Bier aufriss und leise vor sich hin fluchte, weil er sich dabei einiges über sein Hemd schüttete.

"Hören Sie auf, so viel zu saufen, Graubner", fuhr ihn Altmann an, der sich offenbar wieder gefangen hatte. "Was soll das denn? Wir brauchen einen klaren Kopf."

"Was das soll?", sagte Grauber laut mit alkoholschwerer Stimme. Er schrie fast und hatte Mühe, die Worte zu formulieren "Ich bin fass von einem beschissenen Killer irgendeiner noch beschissnereren Nazi-Organisation um die Ecke gebracht worden. Da scheisse ich auf einen klaaen Kopf. Seien Ssie froh, Altmann, daß Sie Ihren halb muh...mifisierten Kopf noch haben. Der Typ da hassie nur um Haaresbreite verfehlt."

"Das ist mir durchaus bewusst", erwiderte Altmann. "Aber ich glaube gar nicht, daß er Sie auch umlegen wollte."

"Da haben Sie verdammt recht, Sie elender Verräter", ertönte überraschend die kalte Stimme des am Boden liegenden Mannes aus LaPaz. "Den Professor brauche ich noch, um an den Papyrus in der Chester Beatty Library zu kommen. Da kann ich nicht so einfach reinspazieren, wie in irgendwelche Pförtnerlogen." Der Mann redete, als hätte er noch irgendwelche Handlungsoptionen und wäre nur vorübergehend an der Weiterverfolgung seiner Pläne gehindert. Sein linkes Auge zuckte unkontrolliert.

"Halln Ssie ihr Sschannmaul", gab Graubner von sich und öffnete eine weitere Flasche Bier. "Allmann, lassn Ssie uns as Sschwein erschieesn." Er deutete mit dem Kopf auf die Waffe, die immer noch mitten im Raum lag. Dann fummelte er eine zerknickte Zigarette aus der Pakkung und schaffte es nach einigen Versuchen, sie irgendwo in der Mitte zu entzünden.

"Sie sind besoffen, Graubner", sagte Altmann. Am Besten sagen Sie jetzt gar nichts mehr."

"Eöwähhn sse", sagte der Professor und setzte die Flasche an.

Altmann zögerte einen Moment, dann schob er mit seinen knochigen Händen an den Reifen den Rollstuhl auf Müller zu. Direkt vor dem Mann blieb er stehen.

"Hans", sagte er schließlich, "erinnerst Du Dich an die Tage auf dem Anwesen in Lima? Und daran, daß ich mich immer gefreut habe, Dich zu sehen? Heute habe ich Angst vor Dir. Was ist mit Dir passiert?"

Der Mann auf dem Boden schien kurz irritiert zu sein von der Anrede und für einen Moment hörte sein Auge auf zu zucken. Doch dann kehrte der furchterregend kalte Ausdruck in sein Gesicht zurück.

"Sie haben uns schon verraten, als Sie damals entschieden, nicht mehr an den Treffen teilzunehmen, Altmann. Haben meinen Vater und all die anderen Kameraden verraten, indem Sie Ihnen den Rücken zugekehrt haben. Wir haben Sie in Ruhe gelassen, weil Sie ja trotzdem irgendwie einer von uns geblieben sind und immerhin niemandem die Jäger auf den Hals geschickt haben."

Er machte eine Pause, weil die Fesselung ihn offenbar nur schwer Luft bekommen ließ.

"Aber jetzt, nachdem Sie sich entschieden haben, über all die Dinge von damals zu reden, Eigentum des Deutschen Ahnenerbes preiszugeben und womöglich über die Aktivitäten der Organisation auszupacken, werde ich Sie nicht davonkommen lassen. Ich kriege Sie, Altmann."

Wieder schien er sich seiner Lage irgendwie gar nicht bewusst zu sein. Oder glaubte er, hier noch entkommen zu können?

Altmann räusperte sich kraftlos. "Ich habe nicht vor, irgendetwas zu verraten, was nicht meine Person betrifft. Ich will am Ende meines Lebens ein bißchen Seelenheil finden. Und das werde ich nicht erreichen, indem ich andere denunziere. Nur Dich werde ich hier liegen lassen und der Polizei mitteilen, wo sie Dich findet. Und auch das nur, weil ich weiß, daß Du mich sonst nicht entkommen lassen würdest. Ich könnte auch ganz sicher gehen und Dich erschiessen, wie der Betrunkene da drüben vorgeschlagen hat. Aber ich töte keine Menschen mehr. Es gibt keine Gründe, die das Töten rechtfertigen. Mögen sie noch so überzeugend erscheinen."

"Das ist ein Fehler, Altmann", zischte Müller, doch der alte Nazi hatte sich schon abgewandt und bedeutete nun dem Peruaner, Graubner vom Stuhl zu heben und ihn auf dem Weg nach draussen zum Wagen zu stützen. Der volltrunkene Professor, der nur noch irre vor sich hin kicherte, würde kaum alleine gehen können. Altmann sammelte noch einige wichtige Utensilien ein, dann rollte er durch die Tür ins Freie, ohne noch einen Blick zurück auf den Mann am Boden zu werfen.

Der hagere Begleiter Altmanns lenkte den Toyota langsam den schmalen Zufahrtsweg hinauf. Oben angekommen bog er nach rechts auf den breiteren Wanderweg ein, der zurück in Richtung Dublin führte. Es hatte wieder zu regnen begonnen und die alten Scheibenwischer verschmierten die Windschutzscheibe mehr, als daß sie die Sicht verbesserten. Immer wieder mußte der Peruaner zudem mit der Hand ein Guckloch freiwischen, weil die Fenster von innen beschlugen.

Ab und zu konnte man zwischen den Bäumen den Widerschein sehen, den die Lichter Dublins an die Wolkendecke warfen, doch dafür hatte keiner ein Auge.

Auf der Rückbank hielt sich Graubner an der siebten oder achten Flasche Bier fest und lallte unverständliches Zeug, während der Fahrer Mühe hatte, nicht von dem stockdunklen Waldweg abzukommen.

Und Altmann auf dem Beifahrersitz fühlte sich dem Tode näher, als dem Leben, denn jetzt fiel langsam die unmenschliche Anspannung der letzten Stunden von ihm ab und mit ihr, so schien es, der Rest von Kraft, den er bis hierher noch in seinem alten Körper verspürt hatte.

18

Der Lärm der Kehrmaschinen, die schon vor Beginn der Morgendämmerung ihre Arbeit auf der Piazza San Pietro aufgenommen hatten, drang durch die hohen Fenster und aus den Gassen jenseits der Bernini-Kollonaden erklang das laute Poltern der Müllabfuhr, das der Wind herüber in den großen Raum trug.

Der Erste Päpstliche Privatsekretär hatte vorgehabt, frische Luft in das Arbeitszimmer zu lassen, doch jetzt beschloss er genervt, die Fenster wieder zu schliessen. Bei diesem Krach konnte sich ja niemand auf irgendetwas konzentrieren. Er lehnte sich kurz nach draussen und warf einen Blick über den großen Platz und die Via della Conciliazione hinunter, Richtung Tiber. Noch lag ein morgendlicher Dunst über der Stadt, doch er dachte, daß dies wahrscheinlich ein sonniger Tag werden würde.

Paolo Fonti war Priester und genoss das besondere Vertrauen des Papstes, sonst wäre ihm nicht das Amt des Privatsekretärs übertragen worden.

Vor wenigen Minuten war er über den internen Aufgang aus seiner Wohnung im Dachgeschoss des Apostolischen Palastes heruntergestiegen, um wie jeden Morgen die Post und die E-Mails des Heiligen Vaters durchzusehen und vorzusortieren, damit dieser dann später nicht mit dem ganzen Wust an uninteressanten Nachrichten konfrontiert war, der sich hier täglich ansammelte.

Bevor er sich jedoch dieser Aufgabe widmete, begab sich Fonti nach nebenan in sein, direkt angrenzendes, eigenes Arbeitszimmer, um kurz nachzusehen, ob sich über Nacht irgendetwas in der Sache des verschollenen Kardinals getan hatte.

Dieser Maldini war vor Wochen praktisch spurlos aus dem Vatikan verschwunden und seither nicht mehr auffindbar gewesen. Nicht, daß das groß aufgefallen wäre, denn kaum jemand wußte, daß es Maldini überhaupt gab. Aber die wenigen Mitarbeiter der verschwiegenen Kongregation, die der Kardinal leitete, hatten nach einigen Sitzungen, zu denen Maldini nicht erschienen war, doch begonnen, sich Sorgen zu machen. Seine letzte bekannte Amtshandlung war gewesen, einen Helikopterflug zum Flughafen Ciampino anzufordern, doch dort hatte sich seine Spur dann verloren.

Es war nichts ungewöhnliches, daß der Kardinal in weitgehend unbekannter Mission unterwegs war, das lag in der Natur seines Aufgabenbereichs, doch in all den vergangenen Jahren hatte er zumindest irgendjemanden aus seinem Mitarbeiterstab darüber informiert, daß er für unbestimmte Zeit abwesend sein würde. Und angeblich war diesmal zeitgleich auch noch irgendein Kaplan von der Bildfläche verschwunden.

Paolo Fonti warf einen Blick über seinen Schreibtisch und den Computerbildschirm, doch es gab keine neuen Nachrichten in dieser Angelegenheit. Weder in Form von E-Mail Eingängen, noch in Form von Zetteln auf dem Tisch.

Der Päpstliche Privatsekretär war wenig begeistert davon, daß er sich neben all seinen sonstigen Aufgaben, nun auch noch mit diesem Mist befassen mußte. Doch die ganze Sache war mittlerweile bis zu Papst Franziskus durchgedrungen, dem übrigens auch erst erklärt werden musste, wer dieser Maldini war und der dann ihn, seinen Sekretär, beauftragt hatte, sich der Angelegenheit anzunehmen.

Fonti schnitt eine Grimasse. Er wußte sowieso nicht, was er von diesem Papst halten sollte, der sich verhielt, wie das noch keiner seiner Amtsvorgänger gewagt hatte.

Statt zum Beispiel die standesgemäße Wohnung hier im Apostolischen Palast zu nutzen, zog es Franziskus vor, im vatikanischen Gästehaus Santa Marta eine bescheidene Unterkunft zu bewohnen und von dort jeden Tag zu Fuß zu seinem Büro hier im Palast zu wandern. Statt im luxuriösen Dienstmercedes war er meist in einem geschenkten, gebrauchten Kleinwagen unterwegs und auch auf das gesicherte Papa-Mobil verzichtete er gerne, wenn er öffentlich in irgendwelchen Menschenmengen unterwegs war. Stattdessen traf er sich mit Lesben und Schwulen, umarmte todkranke Menschen und kümmerte sich persönlich um die Obdachlosen Roms. Und er aß zusammen mit den einfachen Angestellten des Vatikan in der Kantine...

Während der Privatsekretär im Geiste diese Liste von Dingen durchging, fiel ihm auf, daß dies wahrscheinlich genau das war, was auch Jesus heute tun würde. Na gut, dachte er, aber man musste es auch nicht übertreiben mit dieser Nächstenliebe. Immerhin waren sie hier das Haupt der Christenheit und das sollte doch ruhig auch an ihrem Auftreten deutlich werden. Wo kamen wir denn da hin, wenn unter den Gläubigen der Eindruck entstand, sie hier im Vatikan seien stinknormale Menschen, die sich gar nicht vom einfachen Volk unterschieden.

Paolo Fonti schüttelte den Kopf, während er wieder hinüberging ins päpstliche Arbeitszimmer und den mächtigen Schreibtisch ansteuerte.

Dieser Papst hatte sich schon jetzt alles andere als beliebt gemacht im erlauchten Kreis der Kurienkardinäle, hatte schon den einen oder anderen Amtsträger entlassen, weil ihm dessen Gebahren oder dessen Geschäfte nicht gefallen hatten. Hatte Ermittlungen in die Wege geleitet und zum ersten Mal in der Geschichte um Amtshilfe der italienischen Behörden gebeten.

Angst ging um. Angst vor dem Verlust von Macht, Einfluß und Reichtum.

Franziskus wollte eine "arme Kirche für die Armen". Was sollte das denn heißen?

Fonti klappte den Laptop auf und öffnete die Seite mit den E-Mail Eingängen. Halb abwesend scrollte er durch die Liste und löschte verschiedene Einträge gleich ungelesen.

Dann hielt er inne. Was war das eben gewesen? Mit dem Cursor fuhr er auf der Liste ein Stück zurück nach oben, bis er gefunden hatte, was ihm eben aufgefallen war. Eine Nachricht ohne Betreff-Zeile, aber mit einer bewußt eingegebenen Zahlenkombination, die Insidern verriet, daß die Mail von außerhalb Italiens gekommen war und von einem hohen kirchlichen Amtsträger stammte.

Der erste Päpstliche Privatsekretär verzichtete auf die Durchsicht der restlichen Einträge und öffnete die Mail. Dann las er und stand schließlich mit offenem Mund und dümmlichem Gesichtsausdruck vor dem Bildschirm. Das würde Ärger geben, verdammt nochmal.

19

Die Krise hatte sich schon seit längerem angekündigt. In den letzten Jahren hatte bei vielen Entscheidungen, die er getroffen hatte, ein leiser Zweifel im Hintergrund gestanden. Kaum wahrnehmbar und leicht zu übergehen, weil seine Rolle als Hüter der Geheimnisse des Vatikan ihm so in Fleisch und Blut übergegangen war, daß er gar keine ernsthaften Alternativen zu seinem Tun mehr sehen konnte. Die Kirche mußte geschützt werden, weil sie als moralische Instanz so wichtig war und weil sie seine Heimat war, der er sich mit Haut und Haaren verschrieben hatte. Ob die Fundamente, auf denen sie stand, noch etwas mit Gott und Jesus zu tun hatten oder nicht, war zweitrangig. Das war die Position, die er seit Jahrzehnten vertrat und die Grundlage seines Handelns.

Wenn er aber ehrlich war und das versuchte er gerade zu sein, dann waren die Zweifel lauter geworden und die Momente häufiger, in denen er begann, das alles zu hinterfragen. Es war schwerer geworden, die Stimme in ihm, die etwas anderes sagte, als das, was er nach außen vertrat, zum Schweigen zu bringen.

Und spätestens, seit Clément und seine Kollegen bei ihm im Büro aufgetaucht waren und von einer bedeutenden Entdeckung in den geheimen Archiven erzählt hatten, wurde er die Stimme überhaupt nicht mehr los. Ja, dieser junge Kaplan hatte Recht. Es ging um die Wahrheit Gottes, nicht um die Wahrheit, die die Kirche konstruiert hatte.

Maldini griff nach der dampfenden Kaffeetasse und nahm mehrere kleine Schlucke.

Wann hatte er so etwas zuletzt gedacht? Das musste sehr lange zurückliegen, irgendwann in der Zeit, als er selbst noch ein junger Kaplan gewesen war. Was Clément ihm über die Gründe erzählt hatte, die ihn bewogen hatten, Priester zu werden, hatte ihn, Maldini, tief beeindruckt und irgendwie eine Tür aufgestossen, hinter der sich ein Weg zurück zu den Anfängen auftat. Zurück zum Glauben und zu dem, worum es wirklich ging.

Wenn es noch eines Anstosses bedurft hatte, endlich eine Entscheidung zu treffen, dann hatten die Ereignisse der letzten Tage und vor allem das, was gestern passiert war, diesen Anstoss überdeutlich gegeben. Das Erlebnis mit dem alten Pförtner des Trinity College stand ihm wie ein nicht verschwinden wollendes Gespenst ständig vor Augen. Daß er tatsächlich mit dem Gedanken gespielt hatte, die Warnung des Iren nicht weiterzugeben und damit das Leben des Professors und seines Begleiters aufs Spiel zu setzen, nur um seiner Mission willen. Daß es einer Erinnerung an seine Menschlichkeit durch Clément bedurft hatte. Das alles saß ihm wie ein schmerzender Stachel im Fleisch und hatte ihn in der letzten Nacht keinen Schlaf finden lassen. Er hatte gebetet und geweint, einem Zusammenbruch nahe und am Ende war sehr klar gewesen, daß er so nicht mehr würde weitermachen können. Daß er so nicht mehr weitermachen wollte. Und kein 'Aber' mehr.

Spät in der Nacht hatte er dies dann so ähnlich vom Hotelcomputer aus nach Rom gemailt, an die Adresse ihres Papstes, verbunden mit der Bitte, ihn von seinem Amt als Leiter der inoffiziellen Kongregation zu entheben. Er hatte es wichtig gefunden, dies gleich zu tun, um für diese Nacht einen Abschluss seines Ringens zu finden und vielleicht doch noch ein wenig Ruhe.

Eine Gruppe junger Leute betrat polternd den Raum und nahm irgendwo im Halbdunkel des rückwärtigen Teils der Gaststube Platz. Maldini hörte sie dem Wirt ihre Bestellungen zurufen.

Sie hatten O'Connor gestern mit dem Notarzt ins St. James' Hospital im Stadtteil Kilmainham begleitet, wo er weniger wegen der Verletzungen an der Hand, als vielmehr wegen des Schockzustandes, in dem er sich befand, behandelt worden war. Die Hand würde nach Auskunft des Arztes wahrscheinlich ohne bleibende Schäden heilen.

Immer wieder hatten sie zwischendurch versucht, diesen Graubner telefonisch zu erreichen, doch erst gegen Abend, als sich schon langsam die Dämmerung über die Stadt legte, hatten sie Erfolg gehabt und die Warnung des alten Iren weitergeben können.

Was seither geschehen war, wußten sie nicht.

Heute Morgen dann hatten sie sich entschieden, O'Connor noch einmal im Krankenhaus zu besuchen und sich nach seinem Befinden zu erkundigen. Vielleicht trieb ein gewisses Gefühl von Mitschuld sie an, welches aber etwas gelindert wurde, als sich zeigte, daß sich der Mann auf dem Wege der Besserung befand, wenn auch der Schrecken des gestrigen Vormittags noch deutlich aus seinen verängstigten Augen sprach.

Nach ihrem Besuch hatten sie gegenüber des Krankenhauses, auf dem St. James' Walk eine Art Café gefunden und in dem urigen Gastraum am Fenster Platz genommen, um noch einmal über ihr weiteres Vorgehen nachzudenken.

Maldini stellte die Kaffeetasse auf dem kleinen Holztisch ab und starrte durch die staubige Scheibe hinaus ins Leere. Den Verkehr auf der Strasse nahm er nicht wahr und auch nicht Clément, der jetzt von einem Toilettenbesuch an den Tisch zurückkehrte. Zwei Valium in der Blutbahn des Kardinals sorgten dafür, daß er trotz der jüngsten Ereignisse relativ entspannt war und die Gedanken in seinem Kopf sich nicht überschlugen.

Sein Blick blieb an dem Schild der Strassenbahnhaltestelle auf der gegenüberliegenden Strassenseite hängen. 'Fatima' stand dort. Die Station hieß 'Fatima' und Maldini wußte nicht, ob er das für einen witzigen Zufall halten sollte oder für die bösartige Absicht irgendeines Schicksals, das ihn schon wieder an seinen unseligen Job erinnern wollte. Marienerscheinungen waren auch eine eher leidige Angelegenheit, mit der er sich im Laufe all der Jahre immer wieder hatte befassen müssen. Und im Fall der Seherkinder aus dem portugiesischen Dorf Fatima gab es noch dazu diese lästigen Prophezeiungen, die in regelmäßigen Abständen für Unruhe und Erklärungsnöte in der Kirche sorgten. Vor allem die dritte, erst jüngst veröffentlichte Prophezeiung hatte für jede Menge Ärger und Streit hinter den Mauern des Vatikan gesorgt, bis man sich auf etwas geeinigt hatte, das man der Öffentlichkeit dann als 'vollständigen Text' der bis dahin in einem Umschlag verschlossenen Originalbotschaft der Gottesmutter verkauft hatte.

Maldini hatte den alten Umschlag und die darin verwahrte, ursprüngliche Prophezeiung gesehen, so wie sie damals nach den Erscheinungen niedergeschrieben worden war und wußte, daß diese keineswegs in allen Teilen mit dem nun veröffentlichten Text übereinstimmte.

"Herr Kardinal." Die Stimme Cléments unterbrach seinen Gedankengang und Maldini wandte sich dem französischen Kaplan zu.

"Was denken Sie, Eminenz?", fragte Clément, der etwas verunsichert über die Pläne des Kardinals war, seit dieser ihm heute Morgen von seiner Entscheidung erzählt hatte, nicht mehr so weiterzumachen wie bisher. "Sie haben gar nichts mehr gesagt dazu, was Sie jetzt vorhaben." Der Kaplan fürchtete, im Licht eines neuen Tages könnte der Kardinal revidieren, was er gesagt hatte. Zu deutlich stand ihm noch die bisherige unnachgiebige Haltung Maldinis vor Augen.

Der alte Kardinal ließ sich einen Moment Zeit mit der Antwort. "Wir werden mit Graubner und seinem Begleiter zusammenarbeiten", sagte er dann, "und sehen, wie dieser Papyrus beziehungsweise sein Inhalt zu behandeln ist. Und ich habe vor, dazu die neuen Informationen über Papias, die Sie entdeckt haben, beizusteuern. Jedenfalls werde ich nicht versuchen, irgendetwas um jeden Preis zu vertuschen. Das sollte ja sowieso auch in Ihrem Sinne sein, oder?"

"Absolut", erwiderte Clément, "und lassen Sie mich nochmal betonen, daß ich mich vor Ihrer Entscheidung tief verneige. Ich hätte nicht ge..."

"Das ist ganz und gar nicht nötig", unterbrach ihn Maldini. "Sie war am Ende einfacher, als Sie vielleicht denken. Und schon lange reif, getroffen zu werden."

Clément wusste gar nicht, was er sagen sollte und spielte nervös mit den Bierdeckeln herum, die er dem Halter auf dem Tisch entnommen hatte.

"Ich hoffe nur, es ist nicht zu spät, Graubner eine Zusammenarbeit anzubieten", fuhr der Kardinal fort. "Er hat mittlerweile wahrscheinlich wenig Vertrauen in Leute, die in irgendeiner Form an seinem Papyrus interessiert sind. Und vor allem hoffe ich, daß der Professor inzwischen nicht dem Psychopathen zum Opfer gefallen ist, der gestern O'Connor so übel mitgespielt hat. Ich werde versuchen, ihn nochmal anzurufen, um das her-

174

auszufinden."

"Was ist mit diesem Altmann, mit dem er unterwegs ist?", warf Clément ein. "Dieser Mann ist, soviel wir wissen, immerhin ein gesuchter Nazi-Kriegsverbrecher."

"Na und", sagte Maldini patzig im altbekannten Tonfall des Kirchenfürsten und wollte zu einem Vortrag ansetzen, darüber, daß es keinen Rolle spielte, mit wem sich die Kirche einließ, solange es nur ihren Interessen diente. Doch dann entschied er sich anders.

"Wollen Sie als Mann der Kirche über ihn richten? Als Mann einer Kirche, die spätestens seit dem beispiellosen Gemetzel, das die Kreuzfahrer bei der Eroberung Jerusalems 1099 angerichtet haben, eine breite Blutspur durch viele Jahrhunderte hindurch hinterlassen hat? Ich halte die Überlieferung, daß die Männer des ersten Kreuzzugs knöcheltief im Blut der niedergemachten Feinde durch die Strassen Jerusalems wateten, für nur wenig übertrieben, Clement. Und ich brauche Ihnen wohl nichts zu erzählen über die Gräueltaten, die im Verlauf der weiteren Kreuzzüge verübt wurden. Oder über das namenlose Grauen, welches die Heilige Inquisition verbreitet hat. Über Hexenverfolgungen, die Verfolgung Andersgläubiger, das Foltern und Verbrennen von Menschen, die unliebsame Wahrheiten vertraten, bis hin zu der gewaltsamen christlichen Mission in allen möglichen Teilen der Welt, mit der versucht wurde, ohne Rücksicht auf Verluste, den Völkern den einzigen wahren Glauben aufzuzwingen. Alles im Namen Gottes. Teilweise ist das noch gar nicht so lange her. Und auch wenn die Katholische Kirche diese düsteren Zeiten heute überwunden hat und ihre Überzeugungen jetzt auf andere Art und Weise vertritt, sind doch die Ziele irgendwie die gleichen geblieben. Verbreitung und Verteidigung dessen, was die Kirche zur Wahrheit erklärt hat. Und Machterhalt, im Grunde immer noch ohne Rücksicht auf Verluste.

Ich habe keine Lust mehr, diese jahrhundertelange, unselige Tradition fortzuführen. Denn das ist genau das, was ich all die Jahre über getan habe. Um es so zu formulieren, wie Sie das wahrscheinlich täten, Clément, wir sind nur Vertreter einer Institution, die die Sache Jesu fortführen sollte, und wir alle wissen, daß sie dies von Anfang an schon nicht getan hat. Jesus hätte vergeben, oder? Wie könnten wir als Vertreter einer Kirche mit dieser Geschichte, über die Vergangenheit Anderer richten? Gott kann das, nicht die Kirche."

Mit leicht zitternder Hand und wie betäubt von einer Demut, wie er sie schon seit Ewigkeiten nicht mehr empfunden hatte, griff der Kardinal wieder nach der Kaffetasse, doch er trank nicht.

"Wenn man böswillig wäre", sagte er, " könnte man in dem, was ich gerade aufgezählt habe, sogar gewisse Parallelen zum Nationalsozialismus erkennen, oder?"

Clément schwieg und starrte den Kardinal an, als könne er nicht fassen, was dieser eben zum Schluß gesagt hatte.

"Was ist?", sagte Maldini. "darf man das nicht sagen? Sie sind doch ein Verfechter der Wahrheit und Vertreter der Ansicht, daß diese auch genannt werden müsse."

"Das ist richtig", erwiderte Clément, als er die Sprache wieder gefunden hatte, "aber da gibt es doch wohl grundsätzliche Unterschiede zwischen den Dingen, die Sie eben verglichen haben."

"Tatsächlich?", sagte Maldini und erhob sich, um nun seinerseits die Toilette aufzusuchen.

20

Die nächtliche Irrfahrt durch Dublin hatte schließlich irgendwo in einem der armen nördlichen Vororte der Hauptstadt geendet, wo sie den weißen Toyota in einer schmalen Strasse zwischen grauen Mietblocks, heruntergekommenen Backsteinhäusern und Abrissbrachen abgestellt hatten, um dort den Rest der Nacht zu verbringen.

Altmann hatte das College meiden wollen, da dort sicher immer noch helle Aufregung herrschte wegen des Vorfalls von gestern. Und da Graubner auf der Rückbank nicht in der Lage gewesen war, irgendeine Art von Auskunft zu geben, hatte Altmann, der sich in der Stadt genausowenig auskannte, wie sein peruanischer Fahrer, am Ende entschieden, daß sie vorerst an diesem trostlosen Ort bleiben würden, wo sie wahrsheinlich kaum jemand suchen würde.

Mittlerweile war es hell und Altmann hatte sich in den Rollstuhl heben lassen, um endlich an die frische Luft zu kommen. Seine alten Glieder und vor allem sein Rücken schmerzten fast unerträglich und während Graubner sich hinter dem Wagen in den Rinnstein erbrach, rollte der alte Mann unruhig auf dem rissigen Gehweg hin und her.

Langsam richtete der Professor sich auf und schwankte einen Moment lang bedenklich, bevor er sich am Auto entlang bis zur Fahrertür tastete und dort seinen Rücken schwer an das Blech fallen ließ. Mit zusammengekniffenen Augen blickte er sich um und suchte in den Taschen nach seinen Zigaretten.

"Wo sind wir hier?", wandte er sich schließlich mit belegter Stimme an Altmann, der immer noch auf dem

Bürgersteig auf und ab fuhr.

"Na, weilen Sie wieder unter den Lebenden?", entgegnete der alte Mann genervt. "Ihre verdammte Sauferei geht mir zunehmend gegen den Strich." Er machte eine kurze Pause. "Ich habe keine Ahnung, wo wir sind. Sie sind doch der Dubliner. Kommt Ihnen hier nichts bekannt vor? Wenn Sie letzte Nacht ansprechbar gewesen wären, hätten wir sicher ein hübscheres Fleckchen gefunden."

"Es tut mir leid, Altmann", sagte Graubner. "Mein Verhalten von gestern Abend tut mir leid. Aber ich war noch nie vorher in einer auch nur annähernd vergleichbaren Situation und es war das erste Mal, daß auf mich geschossen wurde. Das hat mein kleines Hirn wohl nicht so schnell verarbeiten können."

"Und jetzt, nach dem kleinen Vollrausch, hat es das, oder was?" Altmann hatte vor dem Professor angehalten und klang immer noch sehr ungnädig.

"Natürlich nicht", erwiderte Graubner. "Was haben Sie eigentlich mit diesem Müller noch gemacht?"

Er konnte sich an alles, was nach dem Erscheinen ihres Peruaners in der Tür passiert war, nur sehr bruchstückhaft erinnern.

"Gar nichts". Altmann atmete rasselnd ein. "Wissen Sie noch, daß mein Begleiter hier ihn fachmännisch verpackt hat? Dann haben wir ihn einfach liegen lassen und später telefonisch die Polizei darüber informiert, wer er ist und wo sie ihn finden. Anonym selbstverständlich."

Graubner stieß sich von der Autotür ab. "Die werden aber schnell herausfinden, wem dieses Häuschen in den Dublin Mountains gehört. Und dann eine Menge Fragen haben."

"Deshalb habe ich mich letzte Nacht ja für diese abgelegene Gegend hier entschieden", sagte Altmann, "und nicht fürs College. Dorthin werden sie sich zuerst wenden." Er stemmte sich stöhnend im Rollstuhl hoch, um eine bequemere Sitzposition zu finden. "Haben Sie irgendeine Idee, wie es jetzt weitergehen soll?", fragte er dann und musterte Graubner, der noch immer nicht ganz auf der Höhe seines Denkvermögens zu sein schien.

Ihr Gespräch wurde unterbrochen vom Scheppern eines Blechrollos, der rechts von ihnen an der Front eines vergammelten Flachbaus hochgefahren wurde und schließlich den Blick auf einen kleinen Kiosk freigab. Die Scheibe der Verkaufsluke wurde aufgeschoben, dann erschien in der Öffnung das feiste Gesicht einer Frau mit fettigen Haaren, die die Strasse auf und ab schaute, nicht ohne der kleinen Gruppe beim Toyota einen finsteren Blick zuzuwerfen.

"Moment", sagte Graubner, tastete nach dem Portemonnaie in seiner Gesäßtasche und ging leicht unsicher hinüber zu dem kleinen Verkaufsstand. Als er zurückkehrte, trug er in einer Plastiktüte mehrere Dosen Bier und ebensoviele Packungen Zigaretten bei sich.

Wortlos öffnete er die Beifahrertür, ließ sich seitlich in den Sitz fallen, die Füße auf dem Bürgersteig und nahm einige Schlucke aus der ersten Dose.

Als er sich dann noch eine Zigarette angezündet hatte und, nach weiterem Bier, langsam das Gefühl von Normalzustand in seinen Körper zurückkehrte, wandte er sich an Altmann.

"Wo ist mein Handy?, fragte er. "Ich möchte nachsehen, ob in der Zwischenzeit jemand versucht hat, mich zu erreichen."

"Im Handschuhfach", sagte Altmann. "Ich habe es ausgeschaltet. Diese Dinger kann man doch sonst überall orten, oder?"

"Ja", murmelte Graubner, kramte das Telefon aus dem Fach und schaltete es ein. Kaum, daß die Anzeigen auf dem Display erschienen waren, begann das Gerät zu klingeln und wäre dem erschrockenen Professor fast aus den Händen gefallen. Er sah auf die Zeitanzeige. Später Vormittag. Und der Anrufer hatte es offenbar schon mehrmals probiert.

Graubner überlegte einen Moment. Die angezeigte Nummer sagte ihm nichts. Dann warf er den Zigarettenstummel auf den Gehweg und hob ab.

Einige Sekunden herrschte Stille, bevor sich am anderen Ende der Leitung jemand meldete: "Professor Graubner?"

"Ja", erwiderte er und das sollte für die nächsten Minuten das Einzige bleiben, was Graubner sagte.

Schweigend hörte er zu, was der Mann am Telefon ihm erzählte und mit zunehmender Dauer breitete sich auf seinem Gesicht ein Ausdruck ungläubigen Staunens aus. Mit einer Hand entzündete er eine weitere Zigarette und entnahm der Plastiktüte die zweite Dose Bier.

Als Altmann schon begann, sich zu fragen, ob da überhaupt jemand am Apparat war, begann Graubner wieder zu sprechen.

"Sie werden verstehen, daß ich darüber kurz nachdenken muß", sagte er. "Kann ich Sie unter der Nummer, die ich hier sehe, erreichen?" Der Professor nickte leicht, legte auf und schaltete das Handy gleich wieder aus.

Altmann war herübergerollt und sah Graubner mit einem stechenden Blick aus den sonst so müden, alten

Augen an. "Informieren Sie mich?" fragte er und sein knochiges Gesicht verzog sich, als hätte er Schmerzen.

"Das war der Mann, der uns gestern Abend gewarnt hat", begann Graubner nach einer Weile. "Sein richtiger Name ist nicht DiLando, sondern Maldini..." Der Professor stockte. ..."und er ist Kardinal, ein Kardinal aus dem Vatikan. Er sagt, er sei uns, in Begleitung irgendeines Kaplans, schon seit Wochen auf den Fersen. Keine Ahnung, wie er von dem Papyrus erfahren hat, aber sein ursprünglicher Plan war, die Veröffentlichung des möglicherweise brisanten Inhalts zu verhindern."

"Was heißt sein *ursprünglicher* Plan?", sagte Altmann.

"Er scheint seine Meinung geändert zu haben und bietet uns eine Zusammenarbeit an. Ich weiß, das hört sich alles irgendwie absurd an, aber die Begründungen, die er mir grade erläutert hat, klangen ziemlich überzeugend. Und er hat ein Treffen vorgeschlagen."

Altmanns Gesichtsfarbe war weitgehend verschwunden und Graubner fragte sich, ob in dem Mann wieder die alte Furcht vor Entdeckung aufstieg. "Glauben Sie ihm?", sagte er schließlich mit unsicherer Stimme. "Was ist, wenn das so etwas wie eine Falle ist, in die wir tappen sollen?"

"So hat sich das für mich nicht angehört. Eher aufrichtig. Die beiden scheinen außerdem O'Connor im Krankenhaus besucht zu haben, dem es offenbar soweit ganz gut geht. Wenn ich recht verstanden habe, hat wohl das, was mit dem alten Iren passiert ist, den letzten Anstoss zum Sinneswandel des Kardinals gegeben. Er sagt, er ist bereit, uns bei der wissenschaftlichen Editierung des Papyrus und deren Veröffentlichung zu helfen. Und wenn er der ist, der er vorgibt zu sein, dann hat er dazu auch alle Möglichkeiten."

Der Ausdruck im blassen Gesicht seines Gegenübers blieb skeptisch, doch der alte Mann im Rollstuhl sagte nichts.

"Wissen Sie was, Altmann?", sagte Graubner und öffnete eine Dose Bier. "Angesichts unserer Situation..." Der Professor schwenkte mit der Hand über die Szenerie um sie herum. "... denke ich, wir sollten das Risiko eingehen. Und ehrlich gesagt habe ich auch langsam keine Kraft mehr zum Weglaufen vor irgendwelchen Verfolgern." Graubner nahm einen langen Schluck Bier. "Haben Sie die noch, Altmann?", sagte er dann und wartete auf eine Antwort seines Begleiters.

Er sah dem alten Mann regelrecht das Ringen an, das in ihm stattfand, doch schließlich fand dieser zu einer Entscheidung.

"Ok, Graubner", sagte er. "Sie haben Recht. Ich bin am Ende meiner Kräfte angelangt. Und wenn dieser Kardinal die Wahrheit sagt, wird ja am Ende das stehen, was ich mir auch vorgestellt hatte. Die Veröffentlichung des Papyrus und seines Inhalts. Sie hatten mich neulich nach meinen Absichten gefragt. Es sind im Grunde die gleichen wie die Ihren." Altmann machte eine Pause, bevor er fortfuhr. "Nur eine Bedingung habe ich noch, Professor. Ich möchte, das das Dokument dann der koptischen Gemeinde in Alexandria zurückgegeben wird. Daß ich dies selbst noch werde tun können bezweifle ich. Aber ich glaube, daß Sie die Möglichkeiten haben, dies zu arrangieren. Versprechen Sie mir, dafür zu sorgen, daß der Papyrus wieder in die Hände der Gemeinde gelangt, die ihn von Anfang an so sorgfältig gehütet hat?"

Graubner nickte stumm. Damit hatte er nicht gerechnet, aber er würde den Wunsch des alten Mannes respektieren. "Ich verspreche es Ihnen", sagte er.

Ungefähr auf halber Strecke zwischen Graubners Haus in den Mountains und der Stadtgrenze Dublins gelang es dem Gefangenen auf dem Rücksitz des Streifenwagens die Handschellen mithilfe des Drahtes, der in seinem Gürtel versteckt gewesen war, zu öffnen. Die beiden Beamten der Garda Siochána aus der Polizeiwache Pearse Street hatten ihm die anderen Fesseln abgenommen, was ein verdammter Fehler gewesen war.

Müller setzte den Polizisten auf dem Beifahrersitz mit einem blitzschnellen und harten Schlag an die Schläfe außer Gefecht und bevor der Fahrer reagieren konnte, hatte der Mann aus LaPaz ihm den Unterarm um den Hals gelegt und mit eisernem Klammergriff die Luft genommen.

Der Streifenwagen begann zu schlingern, als sich die Hände des Beamten vom Steuer lösten, schaukelte sich weiter auf und rutschte schließlich quer zur Fahrbahn über den Asphalt, was ein Glück war, weil es die Geschwindigkeit des Wagens deutlich reduzierte. Dann drehte er sich ganz und mähte einige Pfosten der Strassenbegrenzung auf der linken Seite nieder, bevor er über das Gras des Seitenstreifens abschmierte. Der Griff des Mannes auf dem Rücksitz lockerte sich keinen Millimeter.

Zunächst sah es so aus, als würde der Wagen auf dem Seitenstreifen zum Stehen kommen, doch die Geschwindigkeit war noch zu hoch und so hob er auf einer Seite ab, um sich dann in der Luft zu drehen und schließlich krachend auf dem Dach im Strassengraben zu landen.

Rauch stieg aus dem Motorblock auf und lange Minuten rührte sich nichts. Dann wurde eine der hinteren Türen aufgetreten. Hans Müller kroch, an der Stirn blutend und ein Bein nachziehend, aus dem Wagen und verschwand in den Büschen, die die Wiesen neben der Landstrasse bedeckten.

21

Der Merrion Square im Südosten der Innenstadt galt als der besterhaltene und schönste der georgianischen Plätze Dublins. Der kleine Park, der den eigentlichen Platz bildete, war auf allen Seiten umgeben von vierstöckigen Stadthäusern aus warmrotem Backstein, alle versehen mit buntlackierten Eingangstüren, Säulchen und anderen phantasievollen Verzierungen, die sich dem Betrachter oft erst auf den zweiten Blick offenbarten.

Doch Graubner hatte sich nicht wegen der Schönheit des Platzes für diesen Treffpunkt entschieden. Als er den ominösen Kardinal zurückgerufen hatte und dieser ihm die Entscheidung überlassen hatte, waren es andere Überlegungen gewesen, die ihn bewogen hatten, diesen Ort vorzuschlagen.

Seit er in Dublin lebte war er oft hier gewesen, weil er die Stille des Parks liebte, die sich besonders am Abend über den Platz legte und in der man, mit einem Bier auf der Bank sitzend, das wunderbare Gefühl bekam, daß alles andere egal war.

Er kannte die Parkwege, die Tore in den schmiedeeisernen Geländern, welche die Anlage umgaben und die Strassen und Gässchen in der Umgebung. Und dies hielt er für einen Vorteil, falls sich herausstellen sollte, daß sie hier in eine Art Hinterhalt gelockt worden waren.

Weit vor der vereinbarten Zeit waren sie eingetroffen und hatten den Toyota ein ganzes Stück entfernt in der Fizzwilliam Lane abgestellt, um sich dann zu Fuß unauffällig dem Park zu nähern.

Altmann hatte darauf bestanden, vor dem Treffen die Szenerie ausgiebig zu beobachten und nach Auffälligkeiten Ausschau zu halten, die auf eine mögliche Falle hindeuten konnten.

Normalerweise hätte Graubner all das als affig bezeichnet, doch was sie in den letzten Tagen erlebt hatten, ließ auch ihm eine gewisse Vorsicht angebracht erscheinen.

Ihr peruanischer Begleiter bugsierte jetzt den Rollstuhl mit dem alten Mann die drei schiefen Stufen hinunter, die hinter dem Tor auf der Südseite in den Park führten. Graubner entzündete eine neue seiner unvermeidlichen Zigaretten mit dem Stummel der letzten. Er war so aufgeregt, daß ihm schon wieder schlecht war, doch er hatte sich mit Bier zurückgehalten. Keine gute Idee, hier betrunken zu erscheinen. Hoffentlich ging diese Aktion gut. Er wußte nicht, wie lange sie sonst noch durchhalten würden. Das hieß natürlich abgesehen von dem Peruaner, der sein sinnloses Grinsen wiederaufgenommen hatte und nach wie vor irgendwie unverwüstlich schien.

Graubner trabte neben dem Rollstuhl her, während sie sich langsam dem Treffpunkt näherten, dem Oscar Wilde Denkmal in der Nordwestecke des Parks, in Sichtweite des Elternhauses des Dichters.

Sie hielten bei einer Bank an, von der aus sie die Skulptur im Auge behalten konnten, ohne selbst besonders aufzufallen und beschlossen, hier bis zum vereinbarten Zeitpunkt zu warten.

Sie hatten noch gut eine Stunde Zeit. Immer wieder liefen Besucher des Parks an ihnen vorüber und zweimal hörten sie einen Touristenbus den Platz umrunden. Die Stimme der Reiseleiter, die den Fahrgästen die Sehenswürdigkeiten des Ortes über Mikrofon aufzählten, drang leise an ihre Ohren. Bevor sie hierher aufgebrochen waren, hatte Graubner an dem heruntergekommenen Kiosk im Norden der Stadt noch Sandwiches für sie besorgt, die geschmeckt hatten wie feuchte Pappe und ihm nun auch wie solche im Magen lagen. Aber immerhin hatten sie den gröbsten Hunger gestillt nach der Nacht im Auto.

Graubner stieß heftig auf und ein übler Geruch stieg ihm in die Nase. Er hoffte, daß das außer ihm niemand roch. Und er würde jetzt hier nicht kotzen, zum Henker.

Sie wurden überrascht, in dem Moment, als ihr peruanischer Tausendsassa austreten mußte. Graubner hörte Altmann "Ok" sagen und wandte den Kopf, um zu sehen, was los war. Links hinter sich sah er den Peruaner im Gebüsch verschwinden und verstand, daß Altmann auf dessen Frage geantwortet hatte.

Als er sich wieder nach vorne drehte fuhr er zusammen, weil neben ihm, rechts der Bank, ein hochgewachsener, hagerer Mann stand, der wie aus dem Nichts aufgetaucht zu sein schien. Dem Professor fiel die Zigarettenkippe, die er in den Mundwinkel geklemmt hatte herunter und landete auf seiner Hose. Hektisch fegte er sie mit der Hand weg, bevor sie sich durch den Stoff brennen konnte. Das hatte ja hervorragend geklappt mit dem Plan, nicht überrumpelt zu werden, verdammt noch mal.

"Wir vom Vatikan verstehen es gut, ungesehen irgendwo aufzutauchen und ebenso auch wieder zu verschwinden", sagte der Mann und erst jetzt bemerkte Graubner die zweite Gestalt, die halb verdeckt hinter der ersten stand.

Die Reifen des Rollstuhls knirschten auf dem Kies, als Altmann ihn nun endlich auch in ihre Richtung drehte. Offenbar verließen ihn die alten Nazi-Instinkte langsam, denn auch er schien die beiden Männer nicht früher bemerkt zu haben. Und auch der peruanische Alleskönner, der jetzt wieder aus den Büschen auftauchte und auf sie zurannte, war wohl doch nicht unfehlbar. Hätte jemand sie um die Ecke bringen wollen, wäre das mittlerweile schon erledigt.

"Professor Graubner, nehme ich an", sagte der Mann im Anzug, der vor die Bank getreten war und seine beiden Gegenüber mit wachen Augen musterte.

Altmann fand als erster die Sprache wieder. "Sind Sie allein?, fragte er und ließ seinen Blick über die Umgebung wandern.

"Wir schon", erwiderte der Besucher. "Aber ich wußte nicht, daß Sie zu dritt sind. Wer ist der Mann?" Er deutet auf den Peruaner.

"Das", sagte Altmann, "ist jemand, der mich schon seit Jahren begleitet und dem ich vertraue. Sie können dies ebenfalls tun."

"Na gut". Der Mann im Anzug streckte Graubner die Hand entgegen. "Mein Name ist Maldini und das hier ist mein Begleiter, Kaplan Clément. Danke, daß Sie zu diesem Treffen erschienen sind".

"Ob das eine gute Idee war, wird sich wohl erst noch zeigen", sagte Graubner und ergriff die Hand des Kardinals. "Unsere Namen kennen Sie ja schon. Unser dritter

Mann hat keinen, jedenfalls keinen, den ich kennen würde."

Eine Gruppe von vier Männern, Geschäftsleute offenbar, näherte sich ihnen und Maldini bemerkte, wie Altmann angespannt ein Stück zurückrollte und die Fremden mißtrauisch beobachtete. Doch diese spazierten an ihnen vorüber, ohne irgendein Interesse zu zeigen und schlugen einen Weg hinüber zur anderen Parkseite ein.

"Herr Altmann", ergriff der Kardinal die Gelegenheit, "ich kann Ihnen versichern, daß wir hier keinen Hinterhalt arrangiert haben, um Ihrer habhaft zu werden. Darum geht es nicht. Ich kenne Ihre Vergangenheit und kann damit leben, daß Sie, wie auch immer, einem weltlichen Gericht entgangen sind. Es ist nicht meine Aufgabe, Sie jetzt einem solchen zuzuführen. Ich halte es für wichtig, dies nochmal deutlich zu sagen, weil ein gewisses Vertrauen nötig ist, um in der Sache, die uns hierhergeführt hat, zusammenzuarbeiten. Sie haben das Dokument, an dem wir Interesse haben, vor langer Zeit zwar gestohlen, aber Sie haben auch für seine Erhaltung gesorgt und dafür, daß es nun angemessen ausgewertet und gewürdigt werden kann."

Altmann sah den Kardinal an und hielt dessen Blick stand. Es war lange her, daß er etwas mit Männern aus dem Vatikan zu tun gehabt hatte. Und damals hatte er nicht gewusst, wer genau diese Leute waren. Sie hatten ihm geholfen, nach Südamerika zu kommen. Das war das einzige, was ihn zu dieser Zeit interessiert hatte. Er hatte nicht gedacht, daß er so viele Jahrzehnte später noch einmal einem hochrangigen und mächtigen Kirchenmann gegenüberstehen würde. Wider Willen war er beeindruckt von dem alten Kardinal und von dem, was er gesagt hatte.

Sein Blick wanderte zu dem jungen Kaplan und in seinen Augen sah er er etwas wie furchtsamen Respekt, so als ob er, der Nazi im Rollstuhl, immer noch die Macht hätte, ihm skrupellos anzutun, was immer er wollte, wie damals in den Jahren der Schreckensherrschaft der Nationalsozialisten.

Aber er sah auch ein gewisses Staunen in der Art wie Clément ihn musterte. Überraschung war vielleicht der treffendere Ausdruck.

"Haben Sie sich einen Nazi-Kriegsverbrecher anders vorgestellt?", fragte Altmann und verschränkte die faltigen Hände im Schoß.

Clément war überrascht von der Frage und wusste zunächst gar nicht, was er antworten sollte. "Irgendwie schon", sagte er schließlich. "Verzeihen Sie, daß ich Sie so angestarrt habe. Ich hatte, ehrlich gesagt, Angst vor der Begegnung mit Ihnen. Und jetzt...jetzt ist das so...ja, wie Sie sagten, so anders, als erwartet."

"Die 'Banalität des Bösen' ist es, die so überrascht, oder?" Altmann machte den Eindruck, als bekäme er einen Kloß nicht aus dem Hals. "Jedenfalls haben einige Nazi-Jäger und Richter das Gefühl so beschrieben, das sie hatten, als sie bestimmten Tätern schließlich gegenüberstanden und keine Monstren vor sich sahen, denen die Mordlust im Gesicht stand, sondern ganz normale, oft sogar biedere Männer."

Der alte Mann schien einem Schwächeanfall nahe und Graubner ergriff die Initiative, um das Thema zu wechseln.

"Könnten wir dann zur Sache kommen?", sagte er und fummelte an seiner Zigarettenpackung herum. "Wir sollten besprechen, wie unsere Zusammenarbeit konkret aussehen kann. Lassen Sie uns ein Stück gehen."

Sie bogen auf den Weg ein, auf dem man rund um den Park spazieren konnte und nach wenigen Schritten nahm Maldini Clément den schwarzen Aktenkoffer aus der Hand, den dieser die ganze Zeit über getragen hatte. "Ich will Ihnen etwas zeigen", sagte der Kardinal zu Graubner gewandt. "Ich denke, das wird Sie interessieren." Er entnahm dem Koffer drei DIN A4 Blätter, Ausdrucke der Fotografien, die sie von dem Dokument mit der Papias-Abschrift gemacht hatten und reichte sie dem Professor.

Ohne stehenzubleiben begann Graubner die abgebildeten Texte zu überfliegen, doch dann verlangsamte sich sein Schritt und schließlich hielt er abrupt an. "Wo haben Sie das her?", sagte er irgendwie atemlos und sah Maldini an.

"Aus den Archiven des Vatikan", erwiderte der Kardinal. "Clément hat es während seiner Arbeit an verschiedenen Dokumenten entdeckt."

"Und Sie halten es für authentisch?", Graubner wurde immer aufgeregter und versuchte aufkommende Übelkeit zu unterdrücken. "Nach allem", begann Clément, "was wir in der Kürze der Zeit recherchieren konnten, stammt es wohl tatsächlich aus einer Abschrift der Texte Papias' aus dem 2. oder 3. Jahrhundert. Einer originalgetreuen Abschrift."

Graubner stand da und atmete keuchend ein und aus. Wieder und wieder las er den Text auf den Fotos.

"Unglaublich", murmelte er vor sich hin. "Wissen Sie, was das hier bedeutet? Das ist die Bestätigung der Theorien, die ich seit Jahren vertrete."

"Ich weiß", sagte Maldini. "Und ich vermute, es hat darüber hinaus mit Ihrem Papyrus zu tun. Noch kenne ich dessen Inhalt ja nicht, aber es dürfte um Markus gehen, wenn man bedenkt, woher das Schriftstück stammt."

Altmann war in der Zwischenzeit an die Seite der beiden Männer gerollt. "Woher wissen Sie überhaupt von dem Papyrus?", sagte er und sah zu dem großen Kardinal auf. Eine Position, die er hasste.

"Der Sohn Ihrer Haushälterin hat sich mit dieser Information an den Bibliothekar des Franziskanerklosters in Lima gewandt. Vermutlich hatte er sich irgend eine Art von Belohnung erhofft. Ja, und dieser Bibliothekar hat dann mich kontaktiert und wollte sich auf die Jagd nach dem Dokument machen. Diesen Plan sollte er aber mittlerweile aufgegeben haben."

"Sunita, natürlich", sagte Altmann. "Sie wird ihrem Sohn von ihrer Arbeit und dem was sie dort gesehen und gehört hat erzählt haben. Natürlich hat sie das." Altmann starrte auf die Steinchen auf dem Weg zu seinen Füßen. "Ohne böse Absicht", fügte er dann noch hinzu.

"Man kann kaum je alle möglichen Eventualitäten bedenken", bemerkte Maldini. "Irgendetwas vergisst man immer einzukalkulieren." Er machte eine kurze Pause. "Würden Sie mir jetzt sagen", wandte er sich wieder an Graubner, "um was genau es sich bei ihrem Papyrus handelt. Ich bin sehr gespannt, dies zu erfahren."

Als Graubner geendet hatte, war es nun an den Männern aus dem Vatikan, mit ungläubigem Blick und sprachlos auf dem Parkweg zu stehen. Während der Professor erzählt hatte, waren sie weiterspaziert und hatten fast wieder ihren Ausgangspunkt erreicht. Ein leichter Wind war aufgekommen und wehte die verbliebenen braunen Blätter aus dem letzten Herbst über den Rasen des Parks. Maldini sah ihnen nach, bevor ihm schwummrig zu werden schien und er sich auf eine der Bänke sinken ließ.

"Ein Brief, sagen Sie. Geschrieben von Maria aus Magdala. Das Original. Keine Abschrift." Der Kardinal schüttelte den Kopf und fuhr sich dann mit beiden Händen übers Gesicht. "Wenn das stimmt, ist dies die größte Sensation in der Geschichte der Jesusforschung. Stellen Sie sich vor, Maria von Magdala selbst hat dieses Papyrusblatt dann in den Händen gehalten. Das ist unfassbar. Vom Inhalt des Schreibens ganz abgesehen." Maldini lehnte sich zurück und sah in den grauen Himmel über dem Merrion Square. Seine Begleiter standen um die Bank herum und warteten darauf, daß der Kirchenmann noch etwas sagen würde. Doch diesem waren im Moment offenbar die Worte ausgegangen.

Nach einer langen Weile, als der Wind dem Kardinal in die Haare fuhr und ihm diese ins Gesicht blies, kehrte Leben in den Mann zurück. "Kann ich den Papyrus sehen?", fragte er und sah Grauber an.

"Natürlich", erwiderte der Professor. "Wenn ich recht verstanden habe, werden wir ja zusammen an dem Schriftstück arbeiten. Ich bin übrigens davon überzeugt, daß es echt ist. Doch die C-14 Datierung und unsere wissenschaftliche Auswertung des Dokuments werden uns dazu weitere Informationen liefern. Sind Sie damit einverstanden, daß wir diese Arbeit im Wesentlichen hier in Dublin durchführen? Die Voraussetzungen am Trinity College und in der Chester Beatty Library, wo sich der Papyrus im Übrigen befindet, sind hervorragend. Und jetzt, da wir uns nicht mehr zu verstecken brauchen, wäre es unsinnig, diese nicht auch zu nutzen."

Maldini nickte und überlegte einen Moment. "Damit bin ich einverstanden", sagte er dann, "auch wenn ich nicht die ganze Zeit über werde hierbleiben können. Aber Clément kann das." Er wandte sich dem französischen Kaplan zu. "Ich nehme an, Sie hätten nichts dagegen, die Arbeit in verstaubten, unterirdischen Archiven gegen das hier einzutauschen."

"Allerdings habe ich das nicht", entgegnete Clément, der die ganze Zeit geschwiegen hatte, weil er noch gar nicht fassen konnte, welche einmalige Gelegenheit sich hier bot. "Die Arbeit an einer wissenschaftlich einwandfreien Editierung des Papyrus, bis hin zur Veröffentlichung der Ergebnisse, wird mindestens ein Jahr in Anspruch nehmen, schätze ich. Ich bin bereit, mich dieser Aufgabe zu stellen."

"Gut", sagte Graubner, der sich etwas Sorgen um den kraftlos im Rollstuhl hängenden Altmann machte und außerdem das dringende Bedürfnis nach Bier und normalem Schlaf verspürte, "dann sind wir uns ja zunächst einmal einig."

Während sich langsam die Abenddämmerung über den Platz senkte, machten sich die Männer auf den Weg zum Osteingang des Parks. Eine ganze Zeit lang gingen sie schweigend nebeneinander her, dann ergriff Kardinal Maldini noch einmal das Wort.

"Wissen Sie was komisch ist?", sagte er an niemand bestimmten gewandt. "Die Kirche hat immer gewusst, daß die Kopten in Alexandria diesen Papyrus hüteten und behaupteten, er sei vom Evangelisten Markus selbst in die Stadt gebracht worden. Aber natürlich hat das niemand geglaubt, zumal sie über den Inhalt des Schriftstücks nie etwas haben verlauten lassen. Man hat einfach gedacht, lassen wir den Kopten ihre angebliche Reliquie. Verstehen Sie, überall werden irgendwelche Relikte verehrt, die keinerlei historischen Wert haben. Dann, nach dem Krieg, war der Papyrus verschwunden und ist nie wieder im Blickfeld der Kirche aufgetaucht. So ist er der Aufmerksamkeit und dem Zugriff meiner Vorgänger und bis vor kurzem auch meinem Blick entgangen." Der Kardinal machte eine Pause, bevor er fortfuhr. "Und am Ende stellt sich dies als ein Segen heraus. Denn hätten wir im Vatikan früher von der Bedeutung dieses Papyrus erfahren, hätten wir dafür gesorgt, daß er nie wieder ans Licht gekommen wäre.

Und der Brief der ersten Auferstehungszeugin, einer in der frühen Kirche fast vergessenen Zeugin, und ihre Botschaft, wären auch noch der Vergessenheit anheim gefallen."

22

Seit 12 Uhr schob sich der lange Zug aus Musik- und Tanzgruppen, Schulklassen, Theatergruppen und Pantomimen von Christ Church Cathedral aus durch die Innenstadt Richtung O'Connell Street. Dazu füllten rund eine Million Zuschauer die Strassen, die meisten von ihnen mit einem Sträußchen Shamrock, dreiblättrigen Kleeblättern, am Revers. Vieles war an diesem Tag grün in Dublin. Hundeköpfe, Pizzateig, Brunnenwasser und die Kleidungsstücke sowieso.

Es war der 17. März, St. Patrick's Day, und das ganze Land feierte seinen Nationalheiligen, doch in Dublin stiegen die originellsten und größten Partys.

Graubner saß in der Fachbereichsbibliothek des Trinity College, umgeben von einem halben Dutzend aufgeschlagenen Büchern zum Thema 'Frühchristliche Papyri' und war froh, daß der Lärm der Feierlichkeiten nur gedämpft an seine Ohren drang.

Er hatte mit diesem Tag, der seit einigen Jahren zu einem fünftägigen Ausnahmezustand rund um den 17. März angeschwollen war, noch nie etwas anfangen können. Ein Mammutprogramm aus verschiedenen Feiern, Sonderausstellungen, Konzerten, Tanzveranstaltungen und Feuerwerk machte normales Leben in der Stadt fast unmöglich.

Das hatte sich der gute alte Missionar Patrick ganz sicher nicht träumen lassen, als er sich im 5. Jahrhundert aufgemacht hatte, den heidnischen Kelten der Insel das Christentum nahezubringen, angeblich, indem er ihnen das Mysterium der Dreifaltigkeit anhand eines dreiblättrigen Kleeblattes erklärte.

Graubner versuchte, sich wieder auf seine Arbeit zu konzentrieren. Knapp zwei Wochen waren vergangen seit dem Treffen am Merrion Square und sie waren gut vorangekommen. Der Papyrus war hochauflösend gescannt worden, sodaß jedes Detail des Originals in beeindruckender Schärfe zu begutachten war, ohne daß man direkt an dem brüchigen Schriftstück arbeiten musste. Dank des unglaublich guten Zustands des Dokumentes war ihnen die mühevolle und oft mit vielen Schwierigkeiten verbundene Aufgabe der Wiederherstellung des Textes oder der Ergänzung von Fehlstellen erspart geblieben. Auch die provisorische Übersetzung, die Graubner nach dem Entrollen des Papyrus angefertigt hatte, war im Wesentlichen korrekt gewesen. Eine sorgfältige Überprüfung hatte nur an drei Stellen, die für den Inhalt nicht von entscheidender Bedeutung waren, zu einer gewissen Unsicherheit bezüglich der richtigen Übersetzung geführt.

Und dann war vorgestern ein Anruf des C-14 Labors der Universität Oxford gekommen, der dem müden Professor neue Energie verliehen hatte. Die Altersbestimmung der eingesandten Probe hatte ergeben, daß das Papyrusmaterial, auf welchem der Text stand, aus dem Zeitraum zwischen ca. 100 v. Chr. und 100 n.Chr. stammte. Unter Vorbehalt, wegen fehlender Vergleichsproben und nicht dokumentierter Herkunft der untersuchten Probe, doch das war Graubner egal. Für den Moment reichte es ihm völlig, daß das Dokument mit größter Wahrscheinlichkeit aus der Zeit stammte, die in ihm angegeben wurde und keine mittelalterliche Fälschung oder so etwas war.

Er hatte mit seiner Einschätzung richtig gelegen. An Herkunft und Authentizität des Inhaltes ihres Schriftstükkes konnte kaum noch ernsthafter Zweifel bestehen.

Was wesentlich mehr Zeit in Anspruch nehmen würde als die bisherigen Schritte, war die Dokumentation der Fundgeschichte. Sollte der Papyrus eine Chance haben, in der Fachwelt und darüber hinaus ernst genommen zu werden, mußte sein Weg durch die Jahrhunderte möglichst lückenlos nachgezeichnet werden. Wenn ihre Arbeit über das Dokument einst veröffentlicht war, würden sich zweifellos Kritiker zu Wort melden, die die Echtheit des Briefes und den Wert der wissenschaftlichen Untersuchungen in Frage stellen würden und sie würden jeden Ansatzpunkt für Zweifel finden. Nur methodologisch einwandfreies Vorgehen und wissenschaftlich korrektes Arbeiten konnte dem so weit wie möglich vorbeugen.

Für die Zeit, in der sich der Papyrus in Altmanns Besitz befunden hatte, war die Dokumentation noch relativ einfach. Doch was den Zeitraum davor betraf, besonders die Frage, wie genau das Schriftstück nach Alexandria in die St. Markus Kirche gelangt war, würden Studien vom Schreibtisch aus nicht mehr reichen. Eine Reise in die ägyptische Stadt und wahrscheinlich auch nach Israel würde nötig sein, um vor Ort nach Spuren zu suchen.

Graubner bekam einen Hustenanfall, der die Blicke der wenigen Studierenden, die an diesem Tag ihre Zeit in der Bibliothek verbrachten, auf ihn zog. Außerdem weckte er Altmann, der am Nebentisch über einem Buch zur archäologischen Erforschung Jerusalems eingeschlafen war und jetzt für einen Moment nicht zu wissen schien, wo er sich überhaupt befand.

"Lassen Sie uns mal rausgehen", sagte Graubner. "Hier ist Essen und Trinken und alles mögliche verboten. Und ich habe das Verlangen nach einem Bier und ein paar Zigaretten."

Der alte Mann im Rollstuhl sah ihn verständnislos an, doch dann kehrte scheinbar sein volles Bewusstsein langsam zurück. "Ich bin gespannt, wann Ihnen mal was anderes einfällt", sagte er und setzte sein Gefährt Richtung Ausgang in Bewegung.

Sie traten hinaus auf einen der kleineren Innenhöfe des Collegegeländes, wo rechts von ihnen, an der Wand des altehrwürdigen Gebäudes, ihr peruanischer Freund auf einer Bank saß und grinste. Graubner zündete sich eine Zigarette an und schaute zum Himmel auf. Wie bestellt zum großen Feiertag wölbte sich ein fast makellos blauer Himmel über der Stadt und der Sonnenschein, der in den Hof fiel, verbreitete eine angenehme Wärme.

Der Peruaner wirkte wie jemand, der, leicht verblödet, einfach nur eine Zeitlang das schöne Wetter geniessen wollte, doch Graubner kannte ihn mittlerweile gut genug, um zu wissen, daß der merkwürdige Mann die Umgebung und besonders den Durchgang zum zentralen Parliament Square genau im Auge hatte. Seit sie vor rund zwei Wochen den Odessa-Mann Müller in Graubners Hütte zurückgelassen und anonym die Polizei informiert hatten, waren keine Nachrichten über das weitere Schicksal des Wahnsinnigen bis zu ihnen durchgedrungen. Eine Tatsache, die sie zunehmend beunruhigte, denn man sollte annehmen, daß die Polizei längst herausgefunden hatte, wer der Besitzer des Hauses war und sich zur Klärung des Sachverhalts an ihn hätte wenden sollen.

Graubner fröstelte beim Gedanken an den Abend, an dem der Mann aus LaPaz sie überfallen hatte.

Eine Gruppe grüngekleideter Gestalten betrat den Hof und begann, unverständliche irische Volkslieder grölend, auf dem Kopfsteinpflaster herumzutanzen. Dabei taumelten die fünf Personen wie zufällig immer weiter auf die Männer am Eingang der Bibliothek zu, ohne diese jedoch besonders zu beachten. Als sie bis auf wenige Meter herangekommen waren, bemerkte Graubner, wie sich der Körper des Peruaners auf der Bank neben ihm versteifte und auch er selbst wurde von einer übermäßigen Anspannung befallen, wie er sie vor den jüngsten Ereignissen nicht gekannt hatte. Was sie erlebt hatten, hatte sie alle in eine Art latenten, ständigen Alarmzustand versetzt, der sich nicht mehr ausschalten ließ.

Ein grüngeschminkter Mann mit einem Stoffbeutel in der Hand löste sich aus der Gruppe und kam direkt auf Graubner zu. Mit schwerer Zunge gab er zu verstehen, daß heute niemand auf dem Trockenen sitzen sollte, entnahm dem Beutel drei Flaschen Guinness und verteilte sie an die verschreckten Gestalten vor ihm. Und Graubner erkannte nun, daß es sich lediglich um junge Leute handelte, die sich reichlich angetrunken hierher verirrt hatten, nachdem die St.Patrick's Feierlichkeiten offenbar auch auf das Universitätsgelände übergeschwappt waren.

Nachdem der Mann zu seinen Freunden zurückgekehrt war, atmete Graubner ein paarmal schwer ein und aus, weil er die ganze Zeit mehr oder weniger die Luft angehalten hatte. Dann sammelte er die Flaschen seiner Begleiter ein und setzte sich neben dem Peruaner auf die Bank.

"Was glauben Sie ist aus Müller geworden?", fragte er nach einer Weile, während er der Gruppe nachsah, die sich jetzt wieder Richtung Ausgang trollte. "Haben die Kasper von der Garda Siochána kein Interesse an uns oder sind sie einfach nur zu blöd, uns ausfindig zu machen. Ich hoffe, sie haben Müller überhaupt abgeholt."

Graubner nahm einen langen Schluck Bier. "Merkwürdig ist doch auch, daß in keiner der Tageszeitungen, die wir durchgesehen haben oder in irgendeiner Nachrichtensendung der Vorfall auch nur mit einem Wort erwähnt worden ist. Oder ist das Teil einer ominösen Strategie? Vielleicht sind die ja auch im Chaos rund um den St.Patrick' Day nicht in der Lage, irgendwelche anderen Aufgaben wahrzunehmen." Graubner lehnte sich zurück und öffnete die zweite Flasche Bier. Im Sonnenlicht kräuselte sich der Rauch seiner Zigarette zu verschlungenen Mustern.

Er hatte auch schon mit dem Gedanken gespielt, einfach anzurufen und zu fragen, doch einem anonymen Anrufer würde die Polizei keine Auskunft geben. Und ihre Identität preiszugeben und die Beamten freiwillig mit der Nase auf ihre Spur zu stoßen, schien ihm irgendwie auch keine gute Idee zu sein.

Altmann, der bisher keine Anstalten gemacht hatte, sich zu äußern, rollte nun mühsam über das unebene Pflaster an Graubners Seite. "Natürlich habe ich auch keine Ahnung, was aus ihm geworden ist", kam er auf die ursprüngliche Frage des Professors zurück, "aber solange mir niemand glaubhaft versichert, daß er hinter Gittern sitzt, traue ich diesem Mann nach wie vor alles zu. Sie wissen, daß ich kein Interesse daran habe, ins Visier der Polizei zu geraten. Deshalb ist mir sehr recht, daß sie hier noch nicht aufgetaucht ist, aus welchen Gründen auch immer. Vielleicht werden wir ja doch noch etwas aus den Medien erfahren. Lassen Sie uns die Augen aufhalten."

Graubner fand die Antwort des alten Mannes extrem unbefriedigend, doch er sagte nichts. Fahrig strich er sich durch den wilden Bart und richtete den Blick auf seine Füße. Er hatte die Schnauze dermaßen voll von diesen Themen, daß er schon wieder hätte kotzen können. Alte und neue Nazis und ihre verdammten Geheimorganisationen. Die Augen aufhalten. Auf der Hut sein müssen vor irgendwelchen beschissenen Verfolgern, die seine Arbeit verhindern wollten oder ihm sogar nach dem scheiß Leben trachteten. Wann hatte es sowas schon mal gegeben? Er schüttelte den Kopf und lachte heiser vor sich hin. Dann unterbrach er diese deprimierenden Gedankengänge, stand auf und griff nach Altmanns Rollstuhl. Ohne zu fragen begann er, den Alten Richtung Durchgang zum Parliament Square zu schieben, zum zentralen Campus des College.

"Wir sehen uns mal an, was dort los ist", sagte er. "Wir können jede Ablenkung gebrauchen."

Nach wenigen Schritten fügte er noch hinzu: "Und wenn Sie auf die Idee kommen, Ihre elende Organisation mit Nachforschungen über Müllers Schicksal zu beauftragen, dann will ich das nicht wissen."

Sie traten durch den Torbogen, der den kleinen Nebenhof mit dem großen Hauptplatz des College verband und blickten über die Szenerie vor ihnen. Der Parliament Square stand schon immer auch den Einwohnern Dublins offen, die hier nicht studierten oder arbeiteten und der weite, schöne Platz mit seinen Rasenflächen und dem mächtigen Campanile, eine Oase der Ruhe, wurde von der Bevölkerung gerne zum Flanieren oder Picknicken genutzt.

Heute hatte sich eine Menge verkleideter und geschminkter Festteilnehmer hier eingefunden, von denen einige offenbar schon begonnen hatten, ihren Rausch auszuschlafen, andere vielleicht einen Moment Ruhe suchten, bevor sie sich wieder in die St. Patrick's Orgie draussen auf den Strassen stürzen würden.

Graubner hielt Ausschau nach einer Möglichkeit, sich vielleicht ein weiteres Bier zu besorgen, als sein Blick an einem Mann hängen blieb, der in diesem Moment durch den Haupteingang den Campus betrat, während hinter ihm eine riesige Blaskapelle dröhnend die Grafton Street hinaufzog.

Es war Clèment, der jetzt auf sie zutaumelte und aussah, als wäre er gerade dem Gemetzel auf einem Schlachtfeld entkommen. Der französische Kaplan war verschwitzt und wischte sich grüne Konfetti aus den Haaren. Dann versuchte er erfolglos, mit einem Taschentuch die grüne Schminke zu entfernen, die überall auf seinem schwarzen Jacket verteilt war.

"Vielleicht hätte ich ein Taxi nehmen sollen", sagte er, als er bei seinen Kollegen angekommen war. "Falls die heute überhaupt fahren. Keine gute Idee, sich zu Fuß hierher durchzuschlagen. Wenn die Iren eines können, dann feiern, laut sein und trinken, oder?"

"Das kann man wohl sagen", erwiderte Graubner, während er eine weitere Zigarette entzündete. "Daß Sie heute nicht ungeschoren durch die Stadt kommen, hätte ich Ihnen auch vorher sagen können."

Er hatte für Clèment ein Zimmer im Trakt der Professorenapartments organisieren können und von dort war der Kaplan heute in den frühen Morgenstunden aufgebrochen, um in der Chester Beatty Library Schriftvergleiche zwischen ihrem Dokument und anderen aramäischen Texten durchzuführen.

Graubner hatte seine Fachbereichsleitung von dem Forschungsprojekt unterrichtet, an dem er in den kommenden Monaten arbeiten wollte, es allerdings bei vagen Andeutungen über den Papyrus belassen. Er konnte die unnötige Aufregung nicht gebrauchen, die konkretere Informationen unter den Kollegen ausgelöst hätten. Und erstaunlicherweise war ihm, trotz seiner Geheimniskrämerei, der Forschungsauftrag offiziell erteilt worden, samt Freistellung von seinen Lehrverpflichtungen und

Bereitstellung entsprechender finanzieller Mittel. Wahrscheinlich hoffte man, er würde damit in irgendeinem weitentfernten Ruinenfeld verschwinden, möglichst für immer.

Seine Verwicklung in den Vorfall mit O'Connor war ein Gerücht, daß sich mittlerweile weit und breit herumgesprochen hatte und auch wenn sich nichts beweisen ließ, hatte es nicht dazu beigetragen, seinen angeschlagenen Ruf am College zu verbessern.

Graubner warf einen Blick Richtung Haupteingang auf die immer noch verwaiste Pförtnerloge O'Connors. Der alte Ire würde noch eine ganze Weile brauchen, um den Schock des Überfalls zu verarbeiten und hoffentlich irgendwann an seinen Platz zurückkehren können.

Er wandte sich dem Kaplan zu, der immer noch versuchte, die gröbsten Verschmutzungen von seiner Kleidung zu wischen.

"Haben Sie übrigens etwas von Kardinal Maldini gehört?", fragte er laut, um das Getöse zu übertönen, daß gerade wieder von irgendwo außerhalb der Collegemauern hereindrang.

"Nein", sagte Clément, "er hat sich noch nicht bei mir gemeldet."

Maldini war vor drei Tagen zurück nach Rom geflogen, um dort seine Entscheidung persönlich zu vertreten und vor allem, um den neuentdeckten Papias-Text zu sichern und zu dokumentieren. Dieser würde entscheidend die Authentizität des Papyrus aus Alexandria untermauern und Graubner hoffte daher inständig, daß die Mission des Kardinals von Erfolg gekrönt sein möge.

23

Weil er eine normale Linienmaschine von Dublin nach Rom genommen hatte, war er diesmal auf dem Aeroporto Leonardo da Vinci in Fiumicino am Tyrrhenischen Meer angekommen und nicht in Ciampino.

Vor dem Terminal hatte ihn eine schwarze Limousine mit dem CV-Kennzeichen erwartet, das alle Fahrzeuge der *Città del Vaticano* trugen und über die A 91, vorbei am E.U.R., der Esposizione Universale di Roma, jenem monumentalen neuen Stadtviertel, das Mussolini für eine von ihm für 1942 geplante gigantische Weltausstellung errichten ließ, die wegen des Zweiten Weltkrieges jedoch nie stattfand und dann abseits der Innenstadt durch Portuense und den Park Villa Doria Pamphili, hatte der Chauffeur ihn zum Vatikan gebracht.

Als Maldini hinter den Mauern des Kirchenstaates aus dem schweren Wagen gestiegen war, hatte ihn eine kleine Gruppe Geistlicher empfangen, angeführt von einem finster dreinblickenden, untersetzten Mann im einfachen Priestergewand, der sich als sein designierten Nachfolger vorstellte, etwas, das selbst den altgedienten Kardinal überrascht hatte, obwohl er doch wusste, wie schnell der Apparat aus hohen Funktionären des Vatikan reagierte, wenn unvorhergesehene und unliebsame Ereignisse eintraten. Oft schon, bevor der Papst überhaupt erfuhr, um was es ging.

Dies hier konnte nur Paolo Fonti in die Wege geleitet haben, der päpstliche Privatsekretär, der die persönlichen E-Mails des Pontifex Maximus als Erster las. Es war keine zwei Wochen her, daß Maldini die Nachricht von seinem Sinneswandel geschickt hatte und schon war wieder alles beim Alten. Die Politik des Vatikan würde weitergehen, wie bisher, egal wer der Kongregation vorsaß, die diese Politik in die Tat umsetzte.

Normalerweise und bis vor Kurzem hätte Maldini gut gefunden, was er bei seiner Ankunft vorgefunden hatte und zum Teil tat er das auch immer noch. Es konnte nicht sein, daß ein einzelner Mann, mit wie viel Macht und Einfluss auch immer, das Ansehen der Katholischen Kirche ins Wanken brachte, indem er beschloß, nicht mehr aktiv an den Verschleierungen und Vertuschungen mitzuwirken. Und auch Fonti hatte nichts anderes getan, als so zu handeln, wie es Maldini bisher immer an ihm geschätzt und von ihm erwartet hatte, nämlich im Sinne der Interessen der Kirche.

Der Kardinal wusste gar nicht, ob Fonti ihn kannte, doch hätte der Privatsekretär jemals anders gehandelt, hätte er ihn kennengelernt.

Jetzt jedoch, nachdem Maldini beschlossen hatte, einen anderen Weg einzuschlagen und sozusagen selbst zum Objekt der Verschleierungstaktik seiner Kirche geworden war, machte ihm das ein ungutes Gefühl. Aber er hatte nicht vor, sich davon irritieren zu lassen.

Papst Franziskus hatte sich mit seinen Ansichten keine Freunde in der Kurie gemacht und hinter seinem Rücken wurde stärker gegen ihn gearbeitet, als er wahrscheinlich ahnte. Doch nach wie vor führte kein Weg daran vorbei, Entscheidungen, auch wenn diese vielleicht schon längst ohne sein Zutun gefallen waren, von ihm absegnen zu lassen. Solange Maldini kein von Franziskus unterzeichnetes Dokument in Händen hielt, in dem dieser seiner Enthebung vom Amt des Leiters der Kongregation zustimmte, würde er sich durch niemanden von irgendetwas abhalten lassen. Und danach übrigens auch nicht, was das betraf.

"Sie sagen mir weder, was ich zu tun oder zu lassen habe, noch befragen Sie mich zu irgendwelchen Beweggründen oder Absichten", sagte Maldini und warf den Packen Papier auf den Schreibtisch.

Der kleine Mann, der ihn vor wenigen Tagen hier im Vatikan empfangen hatte und der mittlerweile wieder die Kardinalsgewänder trug, zuckte zusammen. Er öffnete den Mund zu einer Erwiderung, doch Maldini ließ ihn nicht zu Wort kommen.

"Ich denke nicht daran, zu unterschreiben, daß ich das hier zur Kenntnis genommen habe." Er deutete auf die Papiere, die einen Katalog von Verhaltensregeln enthielten. "Im Gegensatz zu Ihnen weiß ich sehr genau, wie ich mich zu verhalten habe. Ich habe keine Ahnung, wer Sie auserwählt hat, meine Nachfolge anzutreten, wahrscheinlich waren Sie das selbst, aber noch haben Sie mein Amt nicht inne und daher auch keinerlei Befugnis, mir diesbezüglich irgendwelche Vorschriften zu machen." Maldini machte eine Pause, bemüht, nicht zu laut zu werden. Schon jetzt hatte sein Tonfall den Mann hinter dem Schreibtisch noch weiter schrumpfen lassen.

"Sobald Franziskus zurück im Vatikan ist, werde ich ihm Rede und Antwort stehen und sonst niemandem. Und bei dieser Gelegenheit werde ich ihm übrigens auch dringend davon abraten, Ihnen den Vorsitz meiner Kongregation anzuvertrauen. Bis dahin machen Sie, was Sie wollen, aber lassen Sie mich in Ruhe."

Maldini stand auf, ohne noch auf irgendeine Antwort zu warten und verließ das Büro. Knallend schlug hinter ihm die hohe Tür zu und ließ den Priester am Schreibtisch ein weiteres Mal zusammenzucken.

Draussen auf dem langen, marmorverkleideten Korridor wartete der Kardinal einen Moment, um zu sehen, ob diese dickliche Karikatur eines Kirchenfürsten ihm folgen würde, dann suchte er in den Hosentaschen nach seinem Valium und würgte eine der Tabletten trocken hinunter.

Er würde diese Kämpfe und Aufregungen nicht mehr lange durchstehen können. Selbst mit Hilfe der Tranquilizer fiel ihm das zunehmend schwerer. Doch diese Angelegenheit hier wollte er noch so zu Ende bringen, daß er damit leben konnte. Er würde ein Kardinal der Kurie bleiben, ein Mann der Kirche, wenn auch in Zukunft in anderer oder auch gar keiner speziellen Funktion. Und er wollte, daß diese Kirche weiterexistierte, schon allein, weil sie seine Heimat war. Daß sie weiterexistieren würde, daran hatte er im Grunde keinen Zweifel. Das hing nicht davon ab, was er tat oder ließ. So gut wie niemand hier war an großen Veränderungen interessiert, das wusste niemand besser als er, und all die berechtigten und unberechtigten Vorwürfe gegen die Kirche würden irgendwie geregelt werden. Aber es ging auch darum, das Ansehen dieser Kirche in der Welt zu bewahren und die Öffentlichkeit keinen Blick auf die schmutzige Wäsche werfen zu lassen. Dazu brauchte es einen Nachfolger in seiner Position, der umsichtig, still und möglichst unauffällig im Hintergrund die Fäden zog und keinen aufgeblasenen Selbstdarsteller, als welcher sich dieser Typ, der sich schon als sein Erbe gebärdete, in den letzten Tagen entpuppt hatte.

Maldini wurde ruhiger, weil das Valium begann, seine

Wirkung zu entfalten. Ihm war sehr bewußt, daß er gerade so dachte, wie er dies all die vergangenen Jahrzehnte getan hatte und das würde sich, wenn überhaupt, auch nicht so schnell ändern. Wie hätte er dies in wenigen Tagen vollständig ablegen sollen? Doch er hatte auch nicht vergessen, was er vor gut zwei Wochen in jener schlaflosen Nacht in Dublin empfunden hatte und er würde seine Entscheidung nicht rückgängig machen.

Maldini setzte sich in Bewegung und schritt ohne Eile den prächtigen Gang entlang, vorbei an unbezahlbaren Kunstwerken großer Meister der Vergangenheit, um in den geheimen Archiven des Vatikan zu tun, wozu er hergekommen war.

Die Stufen aus altem Stein, die von der Kammer über ihm hinunter in die Tiefe führten waren schmal und ausgetreten und er musste sich auf seine Schritte konzentrieren, um nicht zu stürzen. In den vergangenen Jahren hatte er mehr als einmal die Tatsache verflucht, daß hier nicht schon längst ein Aufzug eingebaut worden war, wie an anderen Zugängen zur Unterwelt des Kirchenstaates auch. Doch andererseits faszinierte ihn gerade das Alter und der seit Jahrhunderten fast unveränderte Charakter dieses verborgenen Ortes. Schon als Kind hatte er davon geträumt, einmal so etwas zu entdecken, zu erkunden und auf unvorstellbare Schätze zu stoßen. Welcher Junge tat dies nicht? Aber den wenigsten war vergönnt, die Erfüllung dieser Täume zu erleben. Ihm schon. Er war sogar zum Hüter solcher Schätze geworden. Für einen Moment wäre Maldini fast sentimental geworden, doch dann richtete er seine Aufmerksamkeit wieder auf die Treppenstufen.

Unten, ungefähr auf dem Niveau der Nekropole unter dem Petersdom, mündete die Treppe in einen engen Gang, der, leicht nach rechts verlaufend, nach etwa fünfzig Metern an einer Tür endete, die eindeutig nicht jahrhundertealt war. Hier hatte man sich der Sicherheit halber entschieden, den ursprünglichen Zugang durch eine einbruchsichere Stahlkonstruktion zu ersetzen. Und im Gegensatz zur vatikanischen Nekropole, durch die regelmäßig ehrfürchtig ergriffene Touristen geführt wurden, um die alten heidnischen Mausoleen und vor allem das mutmaßliche Petrusgrab unter dem Hochaltar von St. Peter zu bestaunen, hatten diesen Ort hier die allerwenigsten Menschen je betreten. Die meisten wussten nicht einmal von seiner Existenz.

Im Licht einer Deckenfunzel, die ein gelbliches Licht verbreitete, tippte Maldini einen komplizierten Code auf dem Tastenfeld neben der Tür ein und betrat den Raum, in dem die bestgehütetsten Geheimnisse der Katholischen Kirche lagerten.

Die relativ kleine, rechteckige Kammer selbst war uralt. Wie lange sie schon als geheimes Archiv genutzt wurde, konnte niemand mehr genau sagen. In jüngerer Zeit waren die gemauerten Wände verkleidet und mit bis zur Decke reichenden Regalen versehen worden. Zudem sorgte auch hier, wie in den anderen Räumen der vatikanischen Geheimarchive, eine moderne Anlage für ein Raumklima, das die bestmögliche Erhaltung der hier aufbewahrten Dokumente garantierte. Die Kirche war darauf bedacht, selbst die Geheimnisse, die das Gerüst ihrer Glaubwürdigkeit womöglich zum Einsturz bringen konnten, sorgfältig aufzubewahren.

Maldini ließ den Blick über die fast vollständig gefüllten Regale wandern. Er wußte genau, welche Dokumente hier wo standen. "Q", die legendäre Quelle der Evangelisten Matthäus und Lukas und ein Exemplar des ursprünglichen, aramäischen Matthäusevangeliums, (von diesen Papyri hatte er Clément erzählt, wie er sich erinnerte), weitere Evangelien antiker Autoren, Texte von denen seines Wissens nach nie jemand gehört hatte. Dazu Prozessakten der Inquisition, die hatten verschwinden müssen, weil sie unglaubliche Vorgänge innerhalb der Kirche dokumentierten. Unterlagen, die ein ungutes Licht auf die Rolle der Katholischen Kirche während des Nationalsozialismus warfen und so weiter und so fort. Zuletzt hatte er hier die Pergamentblätter mit den Papias-Texten eingestellt, die Clèment entdeckt hatte, damit sie bis zu einer Entscheidung, was mit ihnen geschehen sollte, nicht in falsche Hände fielen.

Und nun hatten Clément und er diese Entscheidung getroffen.

Maldini zog die Mappe mit den Pergamenten aus dem Regal und verstaute sie vorsichtig in der mitgebrachten Aktentasche.

Einen Moment lang überlegte er, ob er auch die anderen urchristlichen Dokumente der Öffentlichkeit preisgeben sollte, zumindest in Form von Fotografien, doch er verwarf diesen Gedanken. Clément hätte es sicher für richtig gehalten, aber er, Maldini, konnte das seiner Kirche nicht antun. Was diese Texte berichteten, mochte die Wahrheit sein, vielleicht war sie es aber auch nicht. Wer wollte das nach fast zweitausend Jahren beurteilen?

Der alte Kardinal wandte sich zur Tür und löschte das Neonlicht, welches den Raum beleuchtete. Draussen wartete er, bis er gehört hatte, daß die automatische

Verriegelung eingerastet war, dann machte er sich auf den Weg zurück ans Tageslicht.

24

Östlich des prächtigen, georgianischen Custom House, Dublins altem Zollhaus mit der fast 130 Meter langen Liffey-Fassade, lagen die Docklands im fahlblauen Licht der Abenddämmerung. Das ehemalige, heruntergekommene Hafengebiet der Stadt war im Zuge des Booms der 1990er Jahre zu einem der größten Neubauprojekte Europas geworden. Viele der alten Hafenanlagen waren durch Büro- und Apartmentkomplexe aus Glas und Edelstahl ersetzt worden, doch einige versteckte Orte hatten die Bauwut unbeschadet überstanden und strahlten noch etwas von dem früheren, schmuddeligen Charme der Gegend aus.

Diese Ecken waren es, die Graubner hier am meisten mochte, und so waren er und seine drei Begleiter am späten Nachmittag aufgebrochen, um an die frische Luft zu kommen und ein bißchen von der Abendstimmung an den alten Docks zu geniessen. Wenn von "geniessen" überhaupt die Rede sein konnte. Graubner war fast ständig übel und Altmann hing so kraftlos in seinem elenden Rollstuhl, als könne er jeden Moment tot aus dem Gefährt kippen. Am lebendigsten wirkten der unsagbare Peruaner und Clément, obwohl auch dieser in den letzten Tagen irgendwie abgemagert zu sein schien und der Priesterkragen ihm lose, wie zu groß geworden, um den dünnen Hals hing.

Graubner lehnte mit den Unterarmen auf dem rostigen Geländer, das die Wasserfläche des Spencer Docks am North Wall Quay umgab und schaute mit stumpfem Blick hinüber zum anderen Flußufer, wo sich am Grand Canal Dock, inmitten von Neubauten der stehengelassene Schornstein des ehemaligen Gaswerks erhob. Im letzten Licht des Tages segelten Möwen und Kormorane über der Liffey und gaben der Szenerie fast einen romantischen Anstrich.

Graubner hob die Bierdose an die Lippen und dachte, daß dies für frisch zusammengekommene Pärchen ein idealer Ort war, um mit Knutschen anzufangen.

Doch statt einer schönen, jungen Frau trat der bleiche Kaplan an seine Seite und starrte in das brackige Wasser des alten Hafenbeckens. Eine ganze Weile passierte gar nichts, dann ergriff der französische Geistliche das Wort.

"Herr Professor", sagte er, "ich denke, wir sollten uns mit vorschnellen Veröffentlichungen zurückhalten. Wenn unsere Schlüsse, die wir aus dem Text des Papyrus ziehen, nicht restlos fundiert sind, werden Ihre und meine Kollegen sie in der Luft zerreissen."

Graubner schwieg einen Moment und versuchte das Bild der schönen, jungen Frau aus dem Kopf zu bekommen. "Wir werden keine voreiligen Schlüsse veröffentlichen.", sagte er dann. "Nur das, was wir bisher sicher wissen. Beziehungsweise auch davon nur einen Teil, zusammen mit ein, zwei Fotos von kleinen Abschnitten des Dokuments. Eine solche Vorveröffentlichung einiger wichtiger Daten in verschiedenen Fachzeitschriften ist durchaus nicht unüblich. Sie informiert die Fachwelt über die Existenz und höchstwahrscheinliche Echtheit des Papyrus und bewahrt diesen damit auch davor, wieder in Vergessenheit zu geraten, sollte er uns irgendwie gestohlen oder wir an der weiteren Arbeit daran gehindert werden."

Graubner hatte gestern die Möglichkeit eines solchen Vorgehens angesprochen, obwohl er wusste, daß dies das Interesse der Öffentlichkeit in einer Weise auf sie lenken würde, die ihm gar nicht in den Kram passte. Aber er wollte, daß Altmann noch erlebte, wie der Wunsch in Erfüllung ging, von dem der alte Mann bei einer ihrer ersten Begegnungen einmal gesagt hatte, es könnte vielleicht das einzig Sinnvolle sein, was er am Ende seines Lebens getan haben würde. Und wenn er den Greis im Rollstuhl betrachtete, dann war dessen Lebensende schon deutlich und weit vor dem Horizont zu sehen. Bis zur Herausgabe der kritischen Edition am Ende ihrer Forschungsarbeit würde er nicht mehr durchhalten. Das war dem alten Nazi mindestens genauso klar wie ihm, Graubner, und deshalb hatte er dem Vorschlag des Professors nach nur kurzem Zögern zugestimmt.

"Maria Magdalena war die erste Apostelin, oder?" Unvermittelt wechselte Clément das Thema.

"Was?", sagte Graubner, zu dem die Frage gar nicht wirklich durchgedrungen war.

"Ich sagte, daß Maria Magdalena genaugenommen doch die erste Apostelin war. Indem der auferstandene Jesus sie beauftragte, seinen Anhängern die Botschaft zu überbringen, daß er lebe, hat er sie doch genau dazu gemacht."

"Allerdings war sie das", sagte Graubner, "und wie wir jetzt wissen, nicht nur das, sondern nach Jesu Wunsch sollte sie auch in der Folgezeit die Erste unter allen weiteren Aposteln sein. Der erste Papst sozusagen, wenn es dieses Amt so schon gegeben hätte."

Clément schluckte laut und blickte über den mittlerweile im Dunkel liegenden Fluss.

"Wie konnte passieren, daß dies so dermaßen gründlich irgendwo im Hintergrund verschwand? So gründlich verschleiert, daß es lange Zeit kaum noch jemandem bewußt war?"

"Das wissen Sie doch, Clément", erwiderte Graubner. "Das haben von allem Anfang an alte Männer arrangiert, die nicht ertragen konnten, daß einer Frau mehr Ehre zuteil geworden war, als ihnen. Auch das beschreibt ja Maria in ihrem Brief sehr deutlich."

"Ja", sagte Clément, "ich weiß. Aber ich meinte eher, wie war es möglich, daß ihnen das so gut gelang?"

"Na ja, so gut ist ihnen das zunächst ja gar nicht gelungen", sagte Graubner und überlegte einen Moment, bevor er fortfuhr.

"Einige der ersten großen frühen Kirchenväter wie Augustinus, Hippolyt von Rom, Johannes Chrysostomus oder Cyrill von Alexandrien hatten die Bedeutung Marias von Magdala keineswegs aus dem Blick verloren. Obwohl schon in den Evangelien, die später ins Neue Testament aufgenommen werden sollten, besonders im Lukasevangelium durch Textmanipulationen versucht wurde, Marias große Bedeutung und ihr Anrecht auf das Apostelamt in Vergessenheit geraten zu lassen.

Doch für diese Kirchenväter war sie eine wirkliche Apostelin. Bischof Hippolyt von Rom, der um die Wende zum 3. Jahrhundert wirkte, sah in ihr sogar die 'Apostelin der Apostel'. Diesen Titel 'apostola apostolorum' behielt Maria in manchen Gebieten noch das ganze Mittelalter hindurch. An manchen Orten galt eindeutig nicht Petrus, sondern sie als das Haupt der Kirche."

Clément hatte sich umgedreht und lehnte nun mit dem Rücken am Geländer. Er warf einen kurzen Blick hinüber zu Altmann und seinem Begleiter, die etwas abseits am Rand des Hafenbeckens standen, dann wandte er sich wieder Graubner zu.

"Ich bin beeindruckt von Ihrem Wissen", sagte er. "Warum weiß ich so wenig über diese Kapitel der Kirchengeschichte? Schließlich bin ich ja der Geistliche."

Graubner, der sich eine Zigarette angesteckt hatte, hustete Rauch in die Nachtluft. "Ich befasse mich wahrscheinlich schon wesentlich länger mit diesen Themen als Sie. Sie sind ein wichtiger Teil meines Fachgebiets."

"Was ist nun der Grund dafür gewesen, daß all das, was Sie gerade beschrieben haben, letzlich doch keinen Bestand hatte?", kam der französische Kaplan auf seine ursprüngliche Frage zurück.

"Die Gegner dieser Entwicklungen haben nicht aufgehört mit ihren Versuchen, das Bild Marias in den Dreck zu ziehen". Graubner wurde von einem weiteren Hustenanfall erschüttert und schnappte einen Moment lang keuchend nach Luft. "In weiten Bereichen der christlichen Überlieferung hat sich ungefähr ab 200 n.Chr ein Bild von Maria von Magdala als geläuterter Hure durchgesetzt, obwohl dies aus keiner Stelle des Neuen Testaments zu rechtfertigen ist. Diese Überlieferung beruht auf der fälschlichen oder eher der böswilligen Gleichsetzung verschiedener Frauen. Maria von Magdala wurde identifiziert mit einer nicht namentlich genannten 'Sünderin' aus dem Lukasevangelium sowie mit Maria von Bethanien, der Schwester des Lazarus. Auf diese Weise wurde aus ihr die 'Sünderin', die Prostituierte.

Im Jahre 591 schließlich erhob Papst Gregor I. diese

falsche Gleichsetzung zur offiziellen Kirchenlehre."

"Und dieses Etikett ist Maria bis heute nicht mehr losgeworden", warf Clément ein.

"Richtig", sagte Graubner. "Zwar hat die Katholische Kirche sich 1969 dazu durchgerungen, ihren Fehler zuzugeben und Maria vom Makel, eine Prostituierte zu sein, befreit, dies jedoch weitgehend unbemerkt von der Öffentlichkeit. Ich neige dazu, zu glauben, daß diese Richtigstellung absichtlich in einer Form daherkam, wie eine winzige Notiz ganz hinten in einer dicken Zeitung, eine Notiz, die kaum jemandem auffällt, während der große falsche Artikel ganz vorne weiterhin die Leserschaft beeinflusst."

"Das stimmt", sagte Clément mit belegter Stimme. "Den meisten Leuten fällt zu Maria Magdalena nach wie vor gleich die reuige Sünderin ein, niemand bezeichnet sie als die Erste unter den Aposteln. Sogar ich bin mir nicht sicher, auf was ich zuerst gekommen wäre."

Der Kaplan schüttelte den Kopf und starrte ins Dunkel, dorthin, wo der Grand Canal ins Spencer Dock mündete und mit leisem Gurgeln im Wasser des Hafenbeckens aufging.

"Und das ist noch lange nicht alles", nahm Graubner den Faden wieder auf, nachdem er eine frische Dose Bier geöffnet hatte. "Während im Lukasevangelium auffällt, daß an wichtigen Stellen und im Gegensatz zu den Evangelien nach Markus, Matthäus und Johannes, einfach Marias Name weggelassen wurde und nur von 'Frauen' die Rede ist, ging man in späteren apokryphen Schriften anders vor. In ihnen wurde Maria von Magdala in Zusammenhängen, die ihre Bedeutung unterstrichen hätten, einfach durch andere Personen ersetzt, zum Beispiel durch Maria, die Mutter Jesu. Nicht schlecht, oder? Von der harmlosen, keuschen Mutter Jesu hatte man ja nichts zu befürchten." Graubner würgte und nahm einen Schluck Bier, bevor er wieder lange und übel hustete, bis ihm schwindlig wurde. "Verdammt nochmal", brachte er röchelnd hervor und hielt sich mit beiden Händen den dröhnenden Kopf.

"Wussten Sie", sagte er, nachdem er wieder normal sprechen konnte, "daß es im Urchristentum ganz selbstverständlich auch weiblich Apostel gab? Das geht aus der Apostelgeschichte und vor allem aus den Briefen des Paulus deutlich hervor. Vielleicht am deutlichsten aus der Grußliste am Ende des Briefes an die Römer, wo Paulus unter anderem 'Andronikus und Junia' grüßt und sie als angesehene Apostel bezeichnet. Diese verräterische Stelle ist wohl in den ältesten Handschriften beim 'Korrekturlesen' immer übersehen worden. Erst später wurde aus 'Junia' ein 'Junias' gemacht.

Wie Sie an diesen wenigen Beispielen erkennen können, Clément, ist über die Jahrhunderte hinweg immer wieder an der Demontage Maria Magdalenas gearbeitet worden. Und auch daran, die wichtige Rolle, die Frauen gerade in der Anfangszeit des Christentums gespielt haben, zu verschleiern. Letztlich mit Erfolg, denn wie Sie vorhin selbst festgestellt haben, denkt heute im Zusammenhang mit Maria kaum noch jemand an die 'Apostelin der Apostel', geschweige denn an sie als ersten 'Papst'.

Im allgemeinen Bewußtsein sind die zwölf männlichen Apostel die wichtigsten und prägenden Gestalten des Urchristentums."

Graubner machte eine Pause, um in seinen Taschen nach den Zigaretten zu suchen.

"Mit der Veröffentlichung unseres Papyrus", fügte er dann noch hinzu, "wird sich dies ändern. Ich glaube nicht, daß die Kirche diese Originalaussagen Marias so leicht wird unter den Teppich kehren können."

"Das glaube ich auch nicht", sagte Clément. "Obwohl sie das unzweifelhaft versuchen wird. Aber selbst wenn die Kirche gezwungen wäre, das Dokument als authentisch anzuerkennen, wird sie Möglichkeiten finden, zu verhindern, daß sich dadurch allzuviel ändert. Dessen bin ich mir ziemlich sicher. Sie hat jahrtausendelange Erfahrung damit."

"Ja", erwiderte Graubner, "aber sie macht auch Fehler und ist nicht immer so geschlossen und einig bei der Durchsetzung ihrer eigenen Lehre, wie das nach außen hin den Eindruck machen soll. Im Zusammenhang mit dem Vorgehen der Kirche bezüglich der Rolle von Frauen, das ich gerade versucht habe zu skizzieren, fällt mir ein Beispiel ein, das die gelegentliche Inkonsequenz ganz gut verdeutlicht."

Der Professor hielt inne und zog eine weiter Dose Bier aus dem Stoffbeutel, den er bei sich trug.

"Kann ich auch eine haben?", fragte Clément, der sich nach dem Vortrag Graubners ganz ausgetrocknet fühlte. "Und eine Zigarette."

Graubner sah den Kaplan an, als hätte er nicht verstanden, was dieser gesagt hatte. "Ich wusste gar nicht daß Sie rauchen und ich habe nur noch eine Dose hier drin." Vorwurfsvoll hob er den Stoffbeutel.

"Normalerweise rauche ich auch nur heimlich", sagte Clément und Graubner wusste nicht, ob das sein Ernst war oder ein Scherz sein sollte. "Und es wird für Sie sicher kein Problem sein, weiteres Bier zu besorgen, oder?"

Graubner überlegte kurz, ob er fragen sollte, was der Kaplan damit andeuten wollte, doch er hatte keine Lust. Wortlos reichte er ihm die letzte Dose und die zerknitterte Zigarettenpackung.

Clément entzündete die Zigarette mit einem Streichholz, das er von irgendwoher in seinem Priesteranzug hervorgezaubert hatte und sog an dem Glimmstengel, als wolle er ihn komplett in einem Zug inhalieren. "Erzählen Sie mir von dem Beispiel, das Sie gerade erwähnten," sagte er dann und riß die Dose Bier auf.

Graubner brauchte nach dieser Vorstellung einen Moment, um sich wieder zu sammeln. 'Irgendeine Art von Schatten haben diese Pfaffen doch alle', dachte er.

"Genau, das Beispiel," sagte er schließlich. "Obwohl das Bestreben der Kirche ja eigentlich war, die Rolle der Frauen in ihren Reihen so gering wie möglich zu halten, gab es vom Frühmittelalter an bis zum Beginn der Neuzeit in verschiedenen europäischen Klöstern eine lange Reihe von Äbtissinnen, die faktisch das Amt eines Bischofs ausübten. Ohne die entsprechende Weihe empfangen zu haben, besaßen sie die ganze Machtfülle des Bischofsamtes und sie übten diese Macht nicht nur hemmungslos aus, sondern traten in der Öffentlichkeit auch gerne mit Mitra, dem Brustkreuz, dem Stab und in bischöflichen Gewändern auf. Daß dies möglich war lag zu einem großen Teil daran, daß das Kirchenrecht keinen eindeutigen Unterschied zwischen Äbtissinnenweihe und Bischofsweihe formulierte und so die verschiedenen Weihestufen je nach persönlicher Auslegung durchaus als gleichgestellt betrachtet werden konnten. Natürlich rief das Proteste der ordentlich geweihten Bischöfe hervor, doch selbst die Päpste bestätigten die Stellung der mächtigen Äbtissinnen wiederholt.

Das ist doch bemerkenswert, oder?

Im Grunde beendete erst das Zweite Vatikanische Konzil diese Praxis, indem im neuen kirchlichen Gesetzbuch die Äbtissinnenweihe zu einer harmlosen Einsegnung der Äbtissin reduziert wurde und alle Passagen gestrichen wurden, die irgendwie an eine Weihe von Frauen erinnert hätten.

Bis dahin, also bis weit in die Mitte des 20. Jahrhunderts hinein konnten Frauen nicht nur als 'quasibischöfliche' Äbtissinnen hohe Ämter in der Kirche innehaben, sondern sie hätten zumindest theoretisch auch leitende Funktionen in der Römischen Kurie bekleiden können, auch als Kardinalinnen.

Erst seit dem Zweiten Vatikanischen Konzil ist dies nun endgültig unmöglich.

Und weil all dies gerne verschwiegen wird, sind auch diese Vorgänge ein weitgehend unbekanntes und fast schon vergessenes Kapitel der Kirchengeschichte."

Graubner ließ den Zigarettenstummel fallen, der ihm schon fast die Finger verbrannte. Dann wandte er sich um, lehnte sich wieder mit den Ellenbogen aufs Gländer und starrte auf die dunkle Wasserfläche des Docks.

"Kaum zu glauben, was?", sagte er noch und wartete auf eine Antwort Cléments. Doch dieser stand nur da und dachte über all das nach, was er gerade gehört hatte. Minutenlang schwiegen die Männer, bis der junge Kaplan die Sprache wiederfand.

"Lassen Sie uns irgendwo Bier holen", sagte er heiser. "Viel Bier".

25

Hinter dem Tresen des 'Nine Elms Inn' in Sallins machte der Wirt drei Kreuzeichen. Michael Thomas Cole, ein
älterer, rothaariger Ire, der das Gasthaus an der Hauptstrasse seit nahezu dreißig Jahren führte, konnte seinen
Blick nicht von der Tür abwenden, die vor rund zehn Minuten hinter einem seiner Gäste zugefallen war. Immer
noch fürchtete er, der Mann könne es sich anders überlegen und zurückkommen.

Das 'Nine Elms Inn' lag im Zentrum des kleinen Städtchens, in der Nähe der alten Kirche aus roh behauenem,
grauem Stein und war einst eines der ersten Gasthäuser
im Ort gewesen, in dem auch Fremdenzimmer vermietet
wurden. Nicht daß viele Touristen hierher gekommen
wären, doch die Lage Sallins' an der Bahnstrecke Dublin -
Cork bescherte der Ortschaft doch immer wieder den
einen oder anderen Besucher. Mittlerweile war Sallins
sogar zu einem recht beliebten Ziel für Geschäftsreisen-
de geworden, die eigentlich in Dublin zu tun hatten, es
aber vorzogen in der ländlichen Ruhe, abseits des Trubels
der Hauptstadt zu logieren. Die gut zwanzig Kilometer in
die Stadt ließen sich bequem mit der Bahn oder den
reichlich vorhandenen Busverbindungen bewältigen.

So hatten Cole und seine Frau im Laufe der Jahre etli-
che solcher Gäste beherbergt, darunter durchaus auch
einige merkwürdige Gestalten mit seltsamen Angewohn-
heiten oder Wünschen, doch das war nie ein Problem
gewesen, denn die Wirtsleute hatten schon immer eine
große Toleranz bezüglich persönlicher Eigenarten der
Gäste besessen.

Doch jemandem wie dem Mann, der gerade das Haus

verlassen hatte, waren sie weder hier noch sonstwo je begegnet.

Cole zwang sich jetzt, den Blick von der Tür abzuwenden, dann ließ er sich auf den Hocker hinter dem Tresen sinken. Er wandte sich um und entnahm dem Regal hinter sich eine Flasche Gin. Seine Hände zitterten zu stark, um den öligen Schnaps in ein Glas zu füllen und so setzte er die Flasche an die Lippen und nahm mehrere lange Schlucke.

Als er sich etwas beruhigt hatte, ließ er den Blick durch den Schankraum wandern, der jetzt leer war, wie auch schon am Tag zuvor. Selbst die hartgesottensten Iren brauchten nach der mehrtägigen Orgie rund um den St. Patrick's Day eine kleine Trinkpause. Cole war froh, keine Gäste zu haben, denn er fühlte sich nicht in der Lage, heute jemanden zu bewirten. Ja, er wusste noch nicht einmal, ob er jemals nochmal irgendjemanden hier sehen wollte.

Dieser Mann war ihm von Anfang an komisch vorgekommen. Etwas in seinen Augen hatte ihn frösteln lassen, ohne daß er hätte sagen können, was genau es war. Vielleicht die Leere. Oder das irre Zucken.

Cole hatte nicht weiter darüber nachgedacht, doch daß er dies hätte tun sollen, war ihm spätestens klar geworden, als dieser Typ eines Abends von irgendwoher zurückkam, mit einer klaffenden Stirnwunde und einem offenbar schwerer verletzten Bein.

An diesem Tag (wann war das gewesen? Vor vielleicht zwei Wochen?) war Cole einem kleinen, illegalen Hobby nachgegangen, welches er seit seiner frühen Jugend in unregelmäßigen Abständen betrieb. Dem Abhören des Polizeifunks mit einem etwas umgebauten, alten Radio.

Solange die hiesige Polizei noch die veraltete, analoge Funktechnik verwendete, war dies nach wie vor möglich. Sollte auch hier einmal die allgemeine Digitalisierung Einzug halten, würde es schwieriger werden.

Am 31. März 1976 hatte eine bewaffnete Gang an der mitten im Ort gelegenen Railwaystation Sallins and Naas einen Postzug der 'Córas lompair Éireann'-Eisenbahngesellschaft überfallen und mehrere hunderttausend Pfund erbeutet. Dieses Ereignis war weit und breit als "Sallins Train Robbery" in die Geschichte eingegangen und kurz danach hatte der junge Michael Thomas Cole begonnen, sein Radio zu modifizieren, solange, bis er die Frequenz empfangen konnte, auf der die Polizei sendete.

Und so hatte er in den folgenden Tagen und Wochen die Jagd nach den Posträubern sozusagen live im Radio verfolgen können und war sich in seiner Phantasie vorgekommen, wie einer der Jäger.

Mittlerweile hatten sich die Frequenzen des Polizeifunks mehrfach geändert, doch noch immer ließen sie sich auf dem alten Radio empfangen.

Deshalb hatte Cole an dem Tag, als der verletzte Mann in den Schankraum humpelte, gewußt, daß dieser es war, der Stunden früher aus einem verunglückten Streifenwagen geflohen war und den die Beamten der Garda Siochána seither fieberhaft suchten. Und er hatte den Funksprüchen entnommen, daß sie keine Ahnung hatten, wo der Mann, der offenbar gefährlich war, sich befand.

Der gute alte Ire hatte versucht, sich nichts anmerken zu lassen, doch als der unheimliche Typ an den Tresen getreten war und ihm ins Gesicht gesehen hatte, da hatte Cole gewusst, daß er es wusste. Dieser Mann hatte ihm angesehen, daß er wusste, wer er war.

Wortlos und unbeeindruckt von den Gästen im Raum war der Fremde um die Theke herum gekommen und hatte Cole in ein Hinterzimmer gedrängt, wo er ihm unmißverständlich klargemacht hatte, was mit ihm und seiner Frau passieren würde, sollte er auch nur den Versuch unternehmen, irgendjemanden zu benachrichtigen. Cole war wie betäubt gewesen und als der Mann seine rechte Hand ergriffen hatte, war dem Iren idiotischerweise durch den Kopf gegangen, er wolle sie ihm aufmunternd drücken. Doch der Schmerz hatte den Gedanken abrupt beendet, als Coles Mittel- und Ringfinger brachen, nach hinten gebogen mit zwei kurzen, heftigen Rucken. "Um meine Worte zu unterstreichen", hatte der Mann ihm noch zugeflüstert, ohne einen bestimmten Gesichtsausdruck zu zeigen. Dann war er gegangen und Cole hatte eine halbe Ewigkeit lang den knarzenden Holzstufen der Treppe gelauscht, die links neben dem Tresen ins Obergeschoss führten, und dann dem Schlurfen auf dem Flur, bis sein furchteinflößender Gast endlich sein Zimmer erreicht hatte.

Später hatte er seiner Frau und jedem, der danach fragte erzählt, er habe sich die Finger in der schweren Metalltür des Getränkekühlers eingeklemmt, was halb so wild sei.

Tatsächlich, doch das wusste Cole jetzt noch nicht, würden seine Fingerknochen nicht mehr gerade zusammenwachsen, weil er sie, aus Angst, einen Arzt zu rufen, selber und unter fast unerträglichen Schmerzen nur dilettantisch stabilisiert und verbunden hatte. Die krummen Glieder sollten ihn für den Rest seines Lebens an diesen beschissenen Tag erinnern.

Jetzt nahm der alte Ire einen weiteren Schluck Gin, bevor er sich erhob und quer durch den Raum mit der urigen Einrichtung aus dunklem Holz ging. Weiter hinten im Lokal führte eine Tür in ein kleines Privatzimmer, in dem sich aller möglicher Kram angesammelt hatte und in dem auch das alte Radio stand, mit dem Cole auf verbotenen Frequenzen dem Funkverkehr der Polizei lauschen konnte. Zwei Wochen lang hatte er jede Forderung des verletzten Mannes erfüllt, ihm ab und zu etwas zu essen gebracht, das übelaussehende Bein behandelt, so gut er dies als Laie konnte und ihn immer wieder das Festnetztelefon des Gasthauses benutzen lassen. Bei diesen Gelegenheiten hatte er den Fremden wiederholt auf Englisch von irgendeiner ominösen Organisation reden hören, obwohl er sich bemüht hatte, nicht zu lauschen. Er wollte nichts wissen, was den Mann am Ende doch noch dazu bewegen könnte, ihn zu beseitigen. Und daß dieser das im Zweifelsfall tun würde, daran hatte Cole mittlerweile keinen Zweifel mehr.

Selbst die St. Patrick's Day Feierlichkeiten hatte der alte Wirt voller Angst durchgezogen, weil es zu sehr aufgefallen wäre, wenn das 'Nine Elms Inn' zum ersten Mal in seiner Geschichte an diesen Tagen geschlossen gewesen wäre.

Und dann war heute am späten Vormittag der unheimlich Gast die knarrende Treppe heruntergekommen, immer noch humpelnd, aber besser zu Fuß, als noch vor wenigen Tagen. Offenbar im Begriff abzureisen, hatte er die etwas größere Tasche bei sich getragen, mit welcher er auch hier angekommen war, hatte Cole einen Blick zugeworfen, der diesem die Knie hatte weich werden lassen und war dann durch die Eingangstür verschwunden.

Etwa eine dreiviertel Stunde mochte seitdem vergangen sein.

Cole stellte die Flasche Gin ab und schaltete das Radio ein. Er justierte die Frequenzeinstellung leicht, dann empfing er rauschend und knisternd, aber deutlich zu verstehen, die Funksprüche der Polizei.

Er hörte, wie die Beamten zu verschiedenen Verkehrsunfällen gerufen wurden, vom Überfall auf einen Kiosk im Nachbarort, von einer Schlägerei irgendwo am Stadtrand Dublins. Aber kein Wort über den vor zwei Wochen geflohenen Ausländer, der gerade das 'Nine Elms Inn' verlassen hatte, auch nicht in der folgenden guten Stunde, die Cole vor dem Radio verbrachte.

Der alte Ire fand das merkwürdig, da doch noch vor wenigen Tagen mit relativ großem Aufgebot nach diesem Mann gefahndet worden war. Er konnte nicht wissen, daß mittlerweile niemand mehr auf der Suche war, weil eine Institution sich eingeschaltet hatte, die im erzkatholischen Irland über enorme Autorität verfügte und die nachdrücklich darum gebeten hatte, um nicht zu sagen angeordnet hatte, die Fahndung einzustellen.

Cole erinnerte sich jetzt, daß kurz bevor der Fremde die Treppe heruntergekommen war, eine schwarze Limousine auf der Strasse vor dem 'Nine Elms Inn' gehalten hatte. Da dies in Sallins ziemlich ungewöhnlich war, hatte er aus einem der Fenster gespäht, bis er durch das Knarren der Treppenstufen hinter sich unterbrochen worden war.

Und er hätte schwören können, daß der Mann am Steuer des Wagens einen Priesterkragen getragen hatte.

26

Ein böiger Wind, der plötzlich aufgekommen war, wehte den Dreck der staubigen Strassen Roms über die Piazza dei Cinquecento. Die beiden Männer kniffen die Augen zusammen und beschleunigten ihren Schritt. Zwischen den Touristen hindurch, die an diesem sonnigen Tag den großen Platz bevölkerten, hielten sie zielstrebig auf die Stazione Roma Termini zu, den Hauptbahnhof der Ewigen Stadt. Der Wind trug das Glockenläuten der nahen Basilika Santa Maria Maggiore die Via Cavour herauf und blies Papier von den Tischen der Strassenhändler, die vor dem Bahnhofseingang schwarz gebrannte CDs und DVDs, billige Zigaretten und wer weiß was sonst noch verkauften.

Roma Termini lag im Viertel Esquilino und war nach den nahegelegenen Diokletiansthermen benannt. Der Bahnhof gehörte zu den fünf größten in Europa und zu jeder Tages- und Nachtzeit herrschte hier ein unglaubliches Gewühl von Menschen, in dem man leicht das Gefühl bekam, verlorenzugehen. Und das war genau die Umgebung, die Maldinis Begleiter im Sinn gehabt hatte, als er heute Morgen mit dem Kardinal durch einen Seiteneingang aus dem Vatikan geschlichen war.

"Falls uns jemand gefolgt sein sollte, wird er uns spätestens hier aus den Augen verlieren", sagte er, als sie die riesige Schalterhalle betraten. Maldini starrte ihn verständnislos an.

"Wollen Sie mir jetzt endlich mal sagen, was diese Aktion hier soll? Ich warte schon die ganze Zeit auf die Erklärung, die Sie angekündigt hatten." Maldini hielt den Blick auf sein Gegenüber gerichtet. Der Mann war ein

Monsignore aus seiner Kongregation, doch er konnte sich im Moment beim besten Willen nicht an dessen Namen erinnern. Der Geistliche hatte ihn heute früh auf dem Weg zur Porta Sant' Anna abgefangen und erklärt, es sei zwar eine gute Idee, den Vatikan zu verlassen und zwar so schnell wie möglich, aber nicht durch den Haupteingang.

Ganz entgegen seiner sonstigen Gewohnheiten war Maldini den dringenden Aufforderungen des Mannes gefolgt, weil er das Gefühl hatte, dieser wolle ihn ernsthaft vor irgendeinem drohenden Unheil bewahren. Deshalb hatte er sich zunächst auch mit der Aussage des Monsignore zufriedengegeben, er werde ihm unterwegs erklären, um was es gehe.

"Haben Sie gehört, was ich gesagt habe?", hakte Maldini jetzt nach.

"Natürlich, Eminenz", erwiderte der Monsignore. "Entschuldigen Sie". Er ließ den Blick über die Menschenmenge wandern, die um sie herum die große Halle füllte.

"Es gibt neue Entwicklungen", sagte er dann. "Entwicklungen, denen Sie nach Ihrer Entscheidung, unsere Kongregation zu verlassen, im Wege stehen."

"Was soll das heißen?, fragte Maldini.

"Das heißt", fuhr sein Gegenüber fort, "daß man im Vatikan fürchtet, Sie könnten einige der vielen Geheimnisse, die Sie so lange gehütet haben, jetzt gegenüber diesen Leuten in Dublin preisgeben. Im Zuge Ihres Sinneswandels, sozusagen. Und die Tatsache, daß sich unter Ihren Bekannten in Irland ein NS-Kriegsverbrecher befindet, macht die Sache besonders brisant. Dazu kommt noch, daß dieser Alt-Nazi offenbar von jemandem aus den Reihen einer gewissen Organisation verfolgt und bedroht wird. Alles Dinge, an die die Katholische Kirche nicht erinnert werden will und mit denen sie nicht mehr in Verbindung gebracht werden will."

"Woher wissen Sie das alles, verdammt nochmal?" Maldini fühlte Hitze in sich aufsteigen. "Ich kann mich nicht erinnern, irgendwas von Nazis erwähnt zu haben."

"Wenn die entsprechenden Leute im Vatikan einmal einen Anhaltspunkt haben, bekommen sie alles mögliche heraus. Keiner weiß das besser, als Sie. Ein erster Anhaltspunkt war Ihre Mail. Und jetzt haben sich Vertreter dieser Organisation, von der hier keiner etwas wissen will, der 'Odessa', an uns gewandt." Der Monsignore machte eine Pause und sah Maldini an.

"Sie wollen Hilfe, um einerseits Ihren Bekannten aus Lima zu schützen und um andererseits seinen Verfolger vor den Fängen der Polizei zu bewahren."

Maldini begann zu verstehen, um was es hier ging. "Lassen Sie mich raten", sagte er. "Die Organisation beruft sich dabei auf die ehemals so gute Zusammenarbeit, oder? Und droht damit, Dinge an die Öffentlichkeit kommen zu lassen, die der Vatikan seit Jahrzehnten konsequent kleinredet."

"So direkt werden die das nicht formuliert haben" sagte Maldinis Begleiter, "aber sie haben wohl angedeutet, daß etwas in der Art bedauerlicherweise passieren könnte."

"Und wir", sagte Maldini, "die Kongregation für solche Angelegenheiten, werden alles tun, um dies zu verhindern. Da ist sicher schon einiges in die Wege geleitet worden."

Der Monsignore nickte. "Etwas, das Sie vor Ihrem

Rücktrittsgesuch normalerweise getan hätten", sagte er. "Jetzt haben das nahtlos andere Leute im Vatikan übernommen, denen eben auch gar nicht gefällt, in welche Richtung Sie sich neuerdings entwickeln. Ich meine Ihre Zusammenarbeit mit diesen Personen in Dublin, die im Besitz eines ominösen Papyrus sind und zudem im Visier der 'Odessa'." Der Geistliche bemerkte Maldinis erstaunten Blick. "Ja, auch von dem Papyrus wissen wir inzwischen", fügte er deshalb noch hinzu.

Maldini hätte das alles gar nicht überraschen sollen, denn er wusste ja, wie der Apparat hinter den Mauern des Vatikan funktionierte. Dennoch hatte es ihm im Moment die Sprache verschlagen.

"Sie kennen sämtliche geheimen Dokumente, die in diesen Zusammenhängen von Bedeutung sind. Bezüglich des Papyrus, wie bezüglich der Nazi-Organisation, meine ich. Und man fragt sich, ob man sich noch darauf verlassen kann, daß Sie diese Geheimnisse auch weiterhin für sich behalten."

Maldini konnte sich denken, wer 'man' war. Er war nicht der einzige gewesen, der all die Jahre kompromisslos allen größeren Schaden von der Kirche abzuhalten gewusst hatte, Wahrheit hin, Wahrheit her. Und er verstand durchaus die Brisanz, welche die jüngsten Entwicklungen für diese Kirche hatten.

"Sie wissen aber schon", sagte er, "daß diese Dokumente über die Rolle der Katholischen Kirche in der Zeit des Nationalsozialismus, auch die über das Pontifikat Pius' XII., seit kurzem freigegeben sind. Die ersten Wissenschaftler haben sich schon draufgestürzt."

"Es dürfte doch klar sein, daß diese freigegebenen Akten vorsortiert wurden und keineswegs vollständig sind", erwiderte der Monsignore und sah den Kardinal an.

"Na ja, davon können Sie wahrscheinlich ausgehen", sagte Maldini, der genau wusste, daß sein Gegenüber recht hatte.

"Verstehen Sie mich richtig, Eminenz", fuhr der Monsignore fort. "Ich halte Sie nicht für eine Gefahr für die Kirche. Ich frage Sie auch nicht, was Sie in Ihrem Aktenkoffer haben, beziehungsweise, was Sie damit vorhaben. Die lange Zusammenarbeit mit Ihnen in der Kongregation, hat bei mir zu einer großen Bewunderung Ihrer Person und der Art Ihres Umgangs mit all den schwierigen Situationen, mit denen wir konfrontiert waren, geführt. Ich weiß, Sie werden der Kirche keinen Schaden zufügen. Allerdings sehen das nicht alle so. Und gerade das Thema Nationalsozialismus läßt viele im Vatikan extrem nervös werden."

DelPietro. Der Mann hieß DelPietro. Wie hatte er den Namen des langjährigen Mitstreiters bloß vergessen können?

Maldini blickte sich suchend um und entdeckte rechts von ihnen einen Kiosk, vor dem keine Schlange stand. Das Quietschen der Bremsen einfahrender Züge tat ihm auf einmal in den Ohren weh.

"Kommen Sie", sagte er zu seinem Begleiter. "Ich brauche etwas zu trinken."

Maldini erstand eine kleine, völlig überteuerte Plastikflasche Mineralwasser und kramte das Valium aus einer seiner Taschen. Er beließ es vorerst bei einer der Pillen und hoffte, daß diese für ausreichend Beruhigung sorgen würde.

"Ich danke Ihnen für Ihre Offenheit, Monsignore DelPietro", sagte er dann. "Mit der Einschätzung meiner

Person haben Sie durchaus recht, denke ich. Und welche Bedeutung das Thema Nazis für die Kirche hat, ist mir vollkommen bewußt." Er machte eine Pause.

"Lassen Sie uns ein wenig rumlaufen, bis das Zeug, das ich grade eingeworfen habe seine Wirkung tut."

Die Zeit des Nationalsozialismus und das Pontifikat Pius' XII. waren ein ziemlich dunkler Fleck auf der Weste der Katholischen Kirche. Nicht umsonst waren alle Dokumente, die die Amtsführung des Papstes in der Zeit von 1939 - 1945 betrafen, seit Kriegsende sorgsam in den Vatikanischen Archiven unter Verschluss gehalten worden.

Maldini konnte sich an viele Gelegenheiten erinnern, bei denen das Thema wieder hochgekocht war und jedesmal und bis heute wies der Vatikan den Vorwurf des Versagens oder gar der Mitschuld an der Judenvernichtung in Europa entschieden zurück. Es war schon richtig: Pius XII. war nicht "Hitlers Papst", wie er des öfteren genannt worden war und er hatte auch nicht mit dem NS-Regime sympathisiert. Tatsächlich hatte der Vatikan durch unauffällige 'Hintertürdiplomatie' einer Menge Juden das Leben gerettet, hatte ihre Ausreise in sichere Länder organisiert oder die Flucht in sichere Verstecke in Kirchen und Klöstern.

Doch das konnte nicht darüber hinwegtäuschen, daß Pius XII. öffentlich überwiegend geschwiegen hatte zu den Gräueltaten der Nazis. Der Papst hatte früh und detailliert Bescheid gewußt über die Vorgänge in den Konzentrationslagern, darüber, daß dort millionenfach Juden umgebracht wurden und er war zu keiner Zeit entschieden dagegen eingeschritten. Die Argumente waren immer die gleichen gewesen: Der Papst habe keine Wahl gehabt, weil er durch scharfen Protest und öffentliche Verurteilung der Nazi-Verbrechen womöglich alles nur noch schlimmer gemacht hätte. Beispiele habe es schon gegeben, bei denen die Nazis als Reaktion auf Widerstand umso brutaler gegen Juden und Widerständler vorgegangen seien. Deshalb sei von Seiten der Kirche kluge Diplomatie, Zurückhaltung und Neutralität angesagt gewesen.

Nur bei drei Gelegenheiten hatte sich Pius XII. öffentlich zu den Taten der Nazis geäußert, es aber auch dabei vermieden, die Namen der Täter und der Opfer und das Ausmaß der Verbrechen deutlich zu benennen. Um es kurz zu sagen, der Papst hatte Angst gehabt vor den unkalkulierbaren Folgen eines entschiedenen Einschreitens, auch und vielleicht vor allem für die Interessen der Kirche.

Ein Ereignis war besonders in den Köpfen der Menschen haften geblieben, wie sich Maldini erinnerte.

Im Herbst 1943, am 16. Oktober, glaubte er, hatte die SS eine Razzia in Roms Judenviertel und in anderen Teilen der Stadt durchgeführt, mit dem Ziel, möglichst alle Juden festzunehmen und in die Todeslager zu verfrachten. Mit unglaublicher Brutalität zerrten die SS-Männer die jüdischen Bewohner, vom Säugling bis zum Greis, aus ihren Häusern und trieben sie auf einem Sammelplatz zusammen. Betroffene, die ebenfalls ihre Verhaftung fürchteten, wandten sich hilfesuchend an den Vatikan in der Hoffnung, der Papst werde einschreiten und die Juden der Stadt vor ihrem Schicksal bewahren. Maldini wußte, daß in den Archiven der Brief lagerte, der damals dem Papst per Boten überbracht worden war und in dem die den Häschern ausgelieferten Menschen ihn verzweifelt baten, ihnen doch zu helfen. Doch die einzige Reaktion des Oberhirten war eine halbherzige, inoffizielle Anfrage an den deutschen Kommandanten in Rom gewesen, ob man das Vorgehen gegen die Juden nicht beenden könne. Und mit der lapidaren Antwort, daß dies nicht möglich sei, weil der Befehl von ganz oben komme, fand sich der Papst ab.

So verließ wenig später, praktisch unter den Augen Pius' XII. und ohne ein einziges Wort des Protestes seinerseits, ein Zug mit 1015 Juden die Stadt in Richtung Auschwitz. Nur 16 der Deportierten sollten diese Aktion überleben.

Selbst im Rückblick kam Maldini diese Geschichte einfach unglaublich vor. Und die Legende, daß die SS auf Drängen des Papstes die Razzia vorzeitig abgebrochen habe, war nichts weiter als genau das. Eine Legende.

Sie waren irgendwo im südlichen Teil der Bahnhofshalle angekommen, wo ein gerade beginnendes, lautstarkes Handgemenge vor ihnen die Gedanken des Kardinals unterbrach.

Er wandte sich an DelPietro, der die ganze Zeit schweigend neben ihm hergelaufen war.

"Warum haben Sie mich ausgerechnet hierher gebracht?", fragte er.

"Weil das, wie gesagt ein guter Ort ist, um aus dem Blickfeld eventueller Verfolger zu verschwinden." Der Monsignore zögerte kurz. "Und weil ich möchte, daß Sie von hier aus zum Flughafen fahren, in den Flieger steigen, in dem bereits ein Platz für Sie gebucht ist und aus dem Land verschwinden. Nach Irland."

"Was?", sagte Maldini, dem irgendwie der Tonfall des Priesters nicht gefiel.

"Eminenz", sagte DelPietro, "ich weiß, daß geplant ist, Sie im Vatikan festzuhalten, um zu verhindern, daß Sie auf dumme Gedanken kommen. Wie gesagt, die Tatsache, daß sich im Zusammenhang mit Ihren Aktivitäten in Dublin die 'Odessa' gemeldet hat, läßt bei einigen Kurienkardinälen die Nerven blank liegen."

"Das kann ich mir vorstellen", erwiderte Maldini und begriff, daß er im Moment nicht mehr derjenige war, der bestimmte, was getan wurde. Im Gegenteil. Er konnte wahrscheinlich von Glück sagen, wenn er hier noch rechtzeitig rauskam.

"Was die Kirche bei den Opfern versäumt hat", sagte er, "hat sie bei den Tätern dann großzügig nachgeholt. Wenn man so will, könnte man sagen, daß die Katholische Kirche nach Kriegsende gewissermaßen Teil der Organisation war, für die später der Name 'Odessa' geprägt wurde. Auch wenn die Kirche natürlich nicht aus ehemaligen SS-Angehörigen bestand.

Aber das Netzwerk, daß ab 1945 all den SS-Männern und anderen Kriegsverbrechern zur Flucht verhalf, setzte sich aus katholischen Gottesmännern, mächtigen Fürsprechern im Vatikan, alten Kameradenfreunden und den amerikanischen Geheimdiensten zusammen. Das ist nicht zu leugnen. Auch wenn wir seit jeher die Rolle der Kirche bei diesen Vorgängen heruntergespielt haben. Nach dem Motto: Einzelne in der Kirche haben gefehlt, nicht die Kirche als Ganzes."

DelPietro räusperte sich sichtlich unwohl. "Ich weiß trotzdem nicht, ob eine Gleichsetzung der Kir..."

"Aber ich weiß", unterbrach Maldini genervt. "Für diese Fluchthilfeaktionen wurde die päpstliche Hilfsorganisation PCA tätig, unter anderem zuständig für die

Flüchtlings- und Gefangenenbetreuung. Und über diese päpstliche Hilfsorganistion und damit sicher auch mit Wissen Pius' XII., finanzierte der Vatikan die Fluchthilfe für die NS-Verbrecher. Wussten Sie übrigens, daß der PCA damals ein gewisser Giovanni Montini aus dem Staatssekretariat des Vatikan vorstand? Vielleicht kennen Sie ihn besser als den späteren Papst Paul VI. Soviel zu dem von uns hartnäckig verbreiteten Schauermärchen, nur Einzelne in der Kirche hätten Fehler gemacht."

"Nein, das wußte ich nicht", sagte DelPietro. "Und wenn ich das schon nicht weiß, dürften es außerhalb des Vatikan auch nicht viele Leute wissen. Zumindest nicht so detailliert. Das ist ja genau das, was die Kirche möglichst verschweigen will. Von dem sie befürchtet, daß es in der jetzigen Situation ungefiltert ans Licht kommen könnte."

"Sie meinen, womit die 'Odessa' oder das ‚was davon noch übrig ist, die Kirche gerade erpresst." Maldini schwitzte und versuchte, sich zu beruhigen.

"Und dabei ist das noch längst nicht alles", fuhr er schließlich fort. "Die Katholische Kirche gewährte den untergetauchten Nazis auch großzügig Unterschlupf. In den Jahren nach Kriegsende wimmelte es in italienischen Klöstern geradezu von geflohenen SS-Angehörigen, die dort in aller Ruhe, teilweise jahrelang abwarten konnten, bis ihre Passangelegenheiten erledigt waren. Die 'Rattenlinie', über die die Verbrecher ausgeschleust wurden, war nicht zufällig zuerst als 'Klosterroute' bekannt.

Es lief immer nach dem gleichen Schema ab. Kirchliche Hilfsstellen und Würdenträger beglaubigten die, meist falschen Identitäten und die Passanträge, das Internationale Rote Kreuz stellte daraufhin die, genauso falschen Pässe aus und die Verbrecher konnten, meist über Südtirol und andere Regionen in Italien nach Übersee ausreisen. Zum Beispiel ins von Hitler-Bewunderer Juan Perón regierte Argentinien.

Und der Anteil der US-amerikanischen Geheimdienste, um diese auch noch zu erwähnen, lag darin, daß sie gegen all das nichts unternahmen, sondern im Gegenteil, die 'Rattenlinien' selbst nutzten, um Nazi- Geheimdienstler wie Klaus Barbie, den 'Schlächter von Lyon', auszuschleusen, deren Know How im Kampf gegen den Kommunismus sie schätzten und von denen sie sich wertvolle Hilfe im bevorstehenden Kalten Krieg erhofften. Was spielten da schon deren unmenschliche Verbrechen für eine Rolle.

In den Ländern, in welche die Nazis geflohen waren, halfen sich übrigens auch nicht nur Gruppen von SS-Kameraden, also die 'Odessa', gegenseitig beim Neuanfang. Auch hier stand die örtliche Katholische Kirche bei Bedarf gerne mit Rat und Tat zur Seite.

Ertragen Sie noch, was ich sage, DelPietro?"

Maldini hatte bemerkt, daß sein Begleiter irgendwie gerötet aussah und die Adern dick auf seiner Stirn hervortraten.

"Das ist nicht das Problem", erwiderte der Monsignore. "Das ertrage ich schon seit ich Mitglied dieser Kongregation bin, die an nichts anderem arbeitet, als solche Dinge nicht an die Öffentlichkeit gelangen zu lassen. Aber das wissen Sie ja. Nein, ich fürchte, wir haben keine Zeit mehr. Ich bin überzeugt, daß uns schon jemand aus dem Vatikan auf den Fersen ist. Und ich möchte nicht dabei erwischt werden, wie ich Ihnen zur Flucht verhelfe. Schließlich werde ich ja hier bleiben und die Konsequenzen tragen müssen.

Wissen Sie was, Kardinal Maldini? Vielleicht wird sich unter Papst Franziskus etwas an der Geheimhaltungspolitik des Vatikan ändern. Seine Überzeugung ist ja, daß alles ans Licht muß. Die Frage ist nur, ob er sich gegen all den Widerstand in der Kurie wird durchsetzten können. Wir selbst, Sie und ich, arbeiten ja gegen ihn, wenn wir die Verschleierung und Vertuschung von Dingen aufrechterhalten, von denen er noch nicht mal etwas weiß.

Es tut mir übrigens leid, daß Sie jetzt keine Gelegenheit mehr haben werden, mit ihm persönlich zu sprechen, wie Sie das ja vorhatten."

"Das werde ich nachholen", erwiderte Maldini. "Verlassen sie sich drauf. Und verlassen Sie sich auch darauf, daß ich nicht vorhabe, mit irgendjemandem über das zu sprechen, was ich gerade erzählt habe. Nur über Dinge, die unbedingt nötig sind, um die Authentizität dieses Papyrus zu untermauern, von dem Sie ja jetzt auch wissen. Vielen Dank für Ihre Hilfe, Monsignore."

Irgendwie fühlte sich das komisch an, weil es eigentlich nicht Maldinis Art war, sich bei Untergebenen zu bedanken. Aber die Zeiten änderten sich. Kein Zweifel.

"Ok", sagte DelPietro und sah dem Kardinal in die Augen. "Und jetzt machen Sie, daß Sie verschwinden. Sie wissen, wo der 'Leonardo Express' zum Flughafen in Fiumicino abfährt?"

Maldini nickte und sein Helfer machte sich auf den Weg zum Ausgang. Der alte Kardinal sah ihm nach, sah wie der Wind draussen den schwarzen Talar des Priesters erfasste und zur Seite wehte, wodurch er einen Moment lang aussah, wie ein überdimensionaler Rabe.

Dann wandte sich der Kirchenfürst ab und verschwand im Gewühl der Bahnhofshalle.

27

Im Westen war das letzte Licht des Tages vom Himmel verschwunden und es war kühler geworden.

Graubner zog den Reißverschluß seiner Jacke weiter zu und beobachtete Clément, der zwei Flaschen Bier aus dem Stoffbeutel holte.

Etwas weiter oben am Dock, dort wo eine schmale Brücke das Hafenbecken überspannte, hatten sie eine Kneipe gefunden, die Bier auch Flaschenweise zum Mitnehmen verkaufte. Und Zigaretten. Allerdings nur dieses widerliche irische Kraut.

Graubner steckte sich eine der Kippen an und warf einen Blick hinüber zu Altmann und dem Peruaner. Diese schienen sich die ganze Zeit kaum vom Fleck bewegt zu haben und der alte Mann im Rollstuhl wirkte immer noch völlig kraftlos. Und er hatte keinerlei Interesse an ihrem Gespräch von vorhin gezeigt.

Der Professor entschied sich, darauf zu vertrauen, daß Altmanns peruanischer Schatten schon auf ihn achten würde und nahm die Flasche entgegen, die Clément ihm hinhielt. Dann wandte er sich wieder der Wasserfläche des Hafenbeckens zu, auf der sich jetzt die Lichter aus den umliegenden Gebäuden spiegelten.

Die Männer sprachen nicht mehr. Nicht über den Papyrus oder irgendetwas, was damit zusammenhing und auch über nichts sonst. Irgendwie schien für den Moment alles gesagt zu sein.

Niemand bemerkte die schwarze Limousine, die nachdem sie die Samuel Beckett Bridge und den North Wall Quai überquert hatte, nach links abbog, um sich dann zwischen den Gebäuden auf der Westseite des Spencer Docks dem Hafenbecken zu nähern. Lange bevor sie die freie Fläche der ehemaligen Werftanlagen erreichte, schaltete der Fahrer die Scheinwerfer aus und fast lautlos rollte der schwere Wagen aus den Schatten der Häuser. Längsseits des Beckens und etwas oberhalb, im Rücken der vier Männer am Wasser, kam das Fahrzeug schließlich zum Stehen.

Einige Minuten lang passierte gar nichts, dann wurden die Türen der Limousine geöffnet und fünf dunkel gekleidete Gestalten entstiegen dem Wagen.

Als Graubner und seine Begleiter die Bewegungen hinter sich bemerkten, war es schon zu spät. Die Besucher hatten den abseits stehenden Altmann und den Peruaner schon fast erreicht. Einer aus der Fünfergruppe hob den Arm und richtete einen riesigen verchromten Revolver auf den alten Mann. Lichtreflexe glänzten auf dem Metall der Waffe.

"Da rüber", sagte der Mann und deutete auf Graubner und Clément.

Man sah, wie der Peruaner kurz überlegte, ob sie irgendwie aus der Situation entkommen könnten, doch dann schob er Altmann hinüber zu den beiden anderen.

Erst jetzt, als sie, umringt von den so plötzlich aufgetauchten Männern, am Geländer des Hafenbeckens standen, bemerkte Graubner, daß sich in der Gruppe offensichtlich ein Priester befand. Der Mann trug, wie Clément, den unverwechselbaren weißen Kragen. Und dann sah der Professor etwas, was ihn weit mehr beunruhigte, als alles andere. Schräg links vor ihm stand Klaus Müller im Dunkeln, der Mann, der erst vor Kurzem versucht hatte, sie umzubringen.

Ein Stöhnen aus dem Rollstuhl neben ihm sagte Graubner, daß dies gerade auch dem völlig überrumpelt scheinenden Altmann klar geworden war. Doch sie hatten keine Zeit für weitere Reaktionen auf diese üble Überraschung, denn der Priester trat vor und wandte sich an Graubner.

"Um es kurz zu machen Professor", sagte er, "ich will den Papyrus. Die Katholische Kirche ist nicht an einer Veröffentlichung seines Inhalts interessiert."

"So, so, ist sie das nicht?", erwiderte Graubner, der sich erstaunlich rasch vom ersten Schock erholt hatte und dem das Bier gesteigerten Mut verlieh. "Und dafür rücken Sie hier zu fünft an, einschließlich dieses Verbrechers dort." Er deutete auf Müller, woraufhin der Mann mit dem Revolver einen Schritt vortrat.

"Lassen Sie das, Sie Schwachkopf", herrschte der Priester den Bewaffneten an. "Und stecken Sie endlich dieses Ding weg. Wir sind hier nicht im wilden Westen."

Nichts an der schlichten Kleidung des Geistlichen ließ auf seinen Rang in der kirchlichen Hierarchie schließen, doch es war offensichtlich, daß er nicht zum einfachen Fußvolk gehörte. Mit unaufgeregter Stimme wandte er sich wieder an Graubner.

"Sehen Sie, Herr Professor, wir haben diesen Verbrecher, wie Sie ihn nennen und womit Sie zweifelsfrei recht haben..., wir haben ihn heute aus seinem Versteck abgeholt, um dafür zu sorgen, daß er unbeschadet das Land wieder verlassen kann. Dafür war eine gewisse Zusammenarbeit mit der hiesigen Polizei und einer Organisation nötig, zu der die drei Typen bei Müller gehören. Man hat vom Vatikan aus diese Zusammenarbeit arrangiert."

"Vom Vatika...", sagte Graubner ungläubig, doch der

Priester ließ ihn nicht ausreden.

"Ersparen Sie mir, Ihnen zu erklären, welche Interessen die Kirche in diesem Zusammenhang verfolgt. Nur soviel noch: Auch an der Unversehrtheit von Altmann hier ist uns gelegen." Er warf einen Blick auf den Mann im Rollstuhl, der wie erstarrt in Richtung Müller und seiner Bewacher starrte. "Machen Sie sich deswegen keine Gedanken."

Graubner fiel keine Erwiderung ein und er wandte den Kopf zu Clément, doch der französische Kaplan lehnte nur leichenblass am Geländer, immer noch mit der Bierflasche in der Hand und machte keine Anstalten, etwas zu sagen.

"Das ändert allerdings nichts an der Tatsache", ergriff der fremde Geistliche wieder das Wort, "daß wir hier nicht gehen werden, bevor Sie uns verraten haben, wo sich der Papyrus befindet. Dies haben wir nämlich leider nicht herausfinden können, obwohl Sie seit Beginn der konzertierten Aktion der Institutionen, von der ich gerade gesprochen habe, nicht mehr aus den Augen gelassen worden sind."

Graubner lief eine Gänsehaut über den Rücken, als er sich vorstellte, daß sie womöglich schon den ganzen Tag lang von Gestalten wie denen, die hinter seinem Gegenüber standen, beschattet worden waren, ohne dies zu bemerken. Gleichzeitig war er froh, daß in den letzten Tagen keine Arbeit am Original-Papyrus nötig gewesen war und sie so ihre Verfolger nicht zur Chester Beatty Library geführt hatten.

Der Professor, dem gerade wieder unglaublich übel wurde, sah dem unbekannten Priester ins Gesicht und fand schließlich die Sprache wieder.

"Und dann dachten Sie", sagte er, "daß sich hier im Dunkeln, an einem relativ abgelegenen Dock, eine gute Gelegenheit bieten würde, uns zu stellen. Aber ich muß Sie enttäuschen. Ich denke nicht daran, Ihnen zu sagen, wo sich das, was Sie suchen befindet." Graubner hielt dem Blick des Priesters stand, obwohl er Mühe hatte, nicht zu schwanken oder gar umzufallen.

"Sie scheinen mich nicht richtig verstanden zu haben, Professor", sagte der Geistliche im gleichen ruhigen Tonfall wie bisher. "Wenn Sie mir nicht freiwillig sagen, was ich wissen will, werden wir Mittel und Wege finden, Sie zu zwingen."

Wie auf Kommando trat die finstere Gestalt neben Müller wieder einen Schritt nach vorne und zog die Waffe unter dem Mantel hervor. Diesmal sagte Graubners Gesprächspartner nichts. Unverwandt sah er den Professor weiter an.

Altmann schoß durch die Decke, die seine Oberschenkel bedeckte und der Knall ließ die Vögel rund um das alte Hafenbecken auffliegen. Schräg hinter dem Priester sah Graubner den Mann mit der Waffe zusammenbrechen und sich das zerschmetterte Knie halten. Den Revolver hatte er fallen lassen und als hätte er nur darauf gewartet, sprang der Peruaner nach vorne, ergriff das Schießeisen und richtete es auf Müller und seine restlichen Begleiter, bevor diese auch nur begriffen hatten, was passiert war.

Am ganzen Körper zitternd starrte Graubner auf das rauchende Loch in Altmanns Decke, dann erst nahm er wahr, daß der gebrechliche Mann im Rollstuhl mit einer alten Wehrmachtspistole auf den fremden Priester zielte.

"So schnell können sich die Vorzeichen ändern", sagte

der Greis mit erstaunlich kräftiger Stimme. "Dieses Ding hier ist zwar schon ziemlich abgegriffen, funktioniert aber noch einwandfrei."

Und um seine Worte zu unterstreichen, gab er einen Schuß vor die Füße des Geistlichen ab, der eben noch Graubner gedroht hatte. Das Geschoß prallte vom Pflaster ab und verschwand pfeifend in der Dunkelheit.

'Das ist der SS-Mann von früher', ging es Graubner durch den Kopf, als er in das ausgemergelte Gesicht Altmanns sah, in dem sich eine emotionslose Entschlossenheit spiegelte. 'Und der hätte damals nicht nur auf Knie oder Füße geschossen, sondern seine Gegner endgültig erledigt.' Hätte er den alten Mann inzwischen nicht auch anders kennengelernt, wäre ihm jetzt die nackte Angst in die Knochen gefahren.

Er wandte den Blick wieder den Männern zu, die ihnen gegenüberstanden und sah, daß mit Müller genau dies passiert war. Der Nachfahre hatte Angst vor dem Original.

"Ich sage Ihnen jetzt, was Sie tun werden", unterbrach die feste Stimme Altmanns seine Gedanken. "Sie werden langsam und ohne hektische Bewegungen zu ihrem verdammten Wagen zurückgehen, einsteigen und verschwinden. Mein Freund hier wird hinter Ihnen sein und jeden erschießen, der auch nur versucht irgendetwas anderes zu tun." Er deutete auf den Peruaner, der nach wie vor die Waffe auf ihre Besucher von der 'Odessa' gerichtet hatte. "Na los, worauf warten Sie?", fügte er etwas lauter hinzu, als die Angesprochenen nicht sofort reagierten.

Einer der Männer, die bei Müller standen, ging langsam auf seinen Kollegen mit dem zerstörten Knie zu, unter dessen Bein sich eine größere Blutlache gebildet hatte und half ihm, aufzustehen. Stöhnend stützte sich der Verletzte an seinem Helfer ab und gemeinsam setzte sich die Gruppe in Richtung Fahrzeug in Bewegung.

Der fremde Priester war der einzige, der sich traute noch etwas zu sagen. "Wo wollen Sie denn hin?", wandte er sich an Graubner. "Bei all den mächtigen Verfolgern, die jetzt wissen, wo sie nach Ihnen suchen müssen."

Das war eine verdammt gute Frage und Graubner hatte keine Antwort darauf. Aber der Kirchenmann hatte auch gar keine Antwort erwartet und sich schon dem Rest der Gruppe angeschlossen.

Der Peruaner folgte den Männern zum Wagen und blieb dann stehen, bis das Fahrzeug in einiger Entfernung abbog und zwischen den Häusern verschwand. Einen Augenblick wartete er noch ab, dann kehrte er zurück zu den anderen.

Die Haare des Professors standen wild vom Kopf ab, weil er sich, seit sie wieder allein waren, wie zwanghaft ständig mit den Händen hindurchfuhr.

Er hatte sich ein neues Bier aufgemacht und zerrte jetzt am Ärmel von Cléments Anzug. Der Kaplan stand wie festgewachsen immer noch an der gleichen Stelle des Geländers und schien in eine Art Schockstarre gefallen zu sein.

"Kommen Sie zu sich, Mann", sagte Graubner hustend, während ihm die Zigarette zwischen den Lippen auf und ab wippte. "Wir müssen zusehen, daß wir von hier wegkommen. Wegen der Schüsse hat garantiert schon jemand die Polizei gerufen."

Er verlor langsam die Geduld und überlegte, ob er

Clément ein paar Ohrfeigen verpassen sollte, um ihn aufzuwecken. Doch dann schien Leben in den jungen Geistlichen zurückzukehren und er setzte sich mit unsicheren Schritten in Bewegung. "Sie haben recht, Graubner", sagte er tonlos. "Lassen Sie uns verschwinden."

So schnell dies mit Altmann im Rollstuhl möglich war, hasteten sie in nördlicher Richtung am Hafenbecken entlang, bis sie an dessen Ende auf eine breitere Strasse trafen und dort, halblinks, den Turm einer Kirche in den Nachthimmel ragen sahen. Graubner kannte dieses Gotteshaus nicht, doch der Kirchhof schien ein guter Ort zu sein, um sich vorerst zu verbergen, bis sie sich alle wieder etwas beruhigt hatten.

Wenige Minuten später standen sie keuchend im Schatten der hohen Kirchenmauer am strassenabgewandten Teil der Apsis und suchten mit den Augen die Umgebung nach Anzeichen möglicher Verfolger ab. Doch alles blieb ruhig und die wenigen Passanten auf den Gehwegen waren eindeutig nicht auf der Suche nach irgendjemandem.

"Hatten Sie eigentlich die ganze Zeit, seit wir uns kennen, diese Kanone im Rollstuhl versteckt?" Graubner sah Altmann an, der wieder in sich zusammengefallen war und schwer atmete. "Es wäre schön gewesen, wenn Sie mich mal eingeweiht hätten."

Müde hob der alte Mann den Kopf und es dauerte eine Weile, bis er antwortete.

"Nicht die ganze Zeit", sagte er, "aber meistens. Hätte es Sie beruhigt, das zu wissen? Wahrscheinlich eher im Gegenteil, wie ich Sie kenne. Heute jedenfalls war es gut, die Pistole dabei zu haben, oder? Sonst hätten wir unsere Pläne mit dem Papyrus jetzt vergessen können."

"Ich fürchte, wenn wir hier in Dublin bleiben, werden wir diese Pläne sowieso vergessen können", sagte Graubner und lehnte sich an die kalte Steinwand der Kirche. "Auch wenn wir diese Typen von vorhin vorerst verscheucht haben. Sie oder andere werden wieder auftauchen und früher oder später auch erfahren, wo sich unser Originaldokument befindet."

Niemand erwiderte etwas und einige Minuten herrschte Ruhe, unterbrochen nur von den Geräuschen des Strassenverkehrs, die von weiter weg herüberdrangen.

Graubner dachte, daß im Grunde alles Wesentliche hier erledigt war. Die Arbeiten für die Vorveröffentlichung waren abgeschlossen, die Unterlagen dafür vorbereitet, die Kontakte zu den Fachverlagen, die er ausgewählt hatte, waren hergestellt.

Und ohne, daß ihm dies gerade voll bewußt gewesen wäre, fiel in diesem Moment der Ruhe die Entscheidung, Irland zu verlassen. Auch, um einem Wunsch Altmanns nachzukommen, den dieser vor wenigen Tagen unerwartet an ihn gerichtet hatte.

"Was ist eigentlich mit Maldini?", wandte Graubner sich an den schweigsamen Kaplan. "Wissen Sie etwas über seinen Verbleib?"

Clément schob den Ärmel seines Anzugs hoch und las im Dunkeln mühsam die Zeit von seiner Armbanduhr ab. "Der müsste in diesen Minuten hier am Flughafen landen", sagte er.

28

Im strömenden Regen kämpfte sich der Mann in der braunen Kutte den Weg hinauf. In der Hand hielt er einen schwarzen Regenschirm, dessen Streben an einer Seite gebrochen waren und den Stoff lose nach unten hängen ließen. Der Pfad aus Dreck, der den Hügel hinaufführte, war jetzt schlammig, kleine Bäche schmutzigen Wassers strömten bergab und der Mann wollte gar nicht wissen, aus was genau der ganze Müll bestand, den sie mit sich führten.

Der Regen hatte letzte Nacht eingesetzt und fiel seitdem unvermindert weiter, sodaß einige Strassen der Stadt schon halb unter Wasser standen.

Als Bruder Anselmo sich früher an diesem Tag auf den Weg in eines der Armenviertel Limas gemacht hatte, war es ihm vorgekommen als hätte der Himmel, kaum daß er das Kloster verlassen hatte, die Schleusen besonders weit geöffnet, um dafür zu sorgen, daß er auf keinen Fall trocken sein Ziel erreichte. Und falls das tatsächlich der Plan von irgendjemandem dort oben gewesen sein sollte, dann war dieser Plan voll aufgegangen.

Anselmo verzog das Gesicht zu einem freudlosen Grinsen und musterte die Hütten aus Backstein und Blech, die, wild aneinander gebaut, den schmalen Pfad säumten. Niemand war bei diesem Dreckswetter im Freien unterwegs und so hatte er schon mehrmals an den Bretterverschlägen der einen oder anderen Barracke geklopft, um nach dem Weg zu fragen. Immer war er mit erstaunten Blicken empfangen worden, manchmal neugierig, manchmal mißtrauisch und immer hatte er die Auskunft bekommen, daß hier mindestens jeder zweite

Junge Juan hieß und man keine Ahnung habe, wo der Gesuchte wohne.

Jetzt schlug der Franziskanermönch mit der Faust auf das Blech einer verrosteten Motorhaube, die den Eingang einer Hütte rechts von ihm zur Hälfte verschloss. Es dauerte einen Moment, dann tauchte am oberen Ende der Haube das faltige Gesicht einer älteren Frau auf, tief gebräunt von der peruanischen Sonne oder vom Schmutz, das ließ sich kaum sagen. Vielleicht von beidem.

Wieder der gleiche, vorsichtige Blick, der den nassen Mönch von oben bis unten musterte. Doch diesmal hatte Bruder Anselmo Glück. Nachdem er den Jungen beschrieben hatte, der hier irgendwo mit seiner Mutter leben mußte, wies ihm die Frau den Weg weiter den Hügel hinauf, zu einer Behausung ganz oben, aus deren Fensteröffnungen irgendwelche roten Stofffetzen hingen.

Anselmo bedankte sich und machte sich an den Rest des Aufstiegs, wobei er ständig aufpassen musste, daß er auf dem Schlamm zu seinen Füßen nicht ausrutschte und stürzte.

Er hatte im Grunde nicht das geringste Bedürfnis, hier zu sein, doch der Anruf des Kardinals Maldini aus dem Vatikan gestern, hatte ihm keine Wahl gelassen. Wenn so jemand aus dem Machtzentrum der Katholischen Kirche anrief, dann tat man als kleiner Franziskanermönch, was einem gesagt wurde. Das hatte der Kardinal, ohne es auszusprechen, deutlich übermittelt. Und Bruder Anselmo hatte den Auftrag bekommen, eine Nachricht zu überbringen. Eine Nachricht für den Jungen, der ihn vor einiger Zeit nachts im Kloster aufgesucht hatte, um ihm von dem alten Mann mit dem gestohlenen 'Papier' und von dem deutschen Professor zu erzählen.

Anselmo war nicht erfreut gewesen, an diese Sache erinnert zu werden, waren doch seine Träume davon, sich als Entdecker des Papyrus feiern zu lassen und das wertvolle Dokument womöglich seiner Klosterbibliothek einzuverleiben, schon bald, ebenfalls durch einen Anruf aus dem Vatikan, gründlich zunichte gemacht worden.

Aber was sollte es. Und schließlich hatte er dem Jungen ja auch gesagt, sie würden sich melden.

Als er oben am Hügel ankam, sah er, daß die roten Stoffstücke an den glaslosen Fenstern der Hütte so etwas wie Gardinen darstellten, völlig durchnässt jetzt vom Regen und kaum geeignet, irgendeinen Schutz zu bieten.

Bruder Anselmo fluchte, weil er mit einem Fuß in ein knöcheltiefes Schlammloch rutschte und fast den Halt verlor. Von seinem Schirm ergoss sich ein Wasserschwall halb auf seine Schulter und halb in den Kragen der Kutte, was ihn dazu brachte, den Fluch zwei- oder dreimal zu wiederholen, bevor er endlich den Eingang der Behausung erreichte.

"Hallo", rief er genervt und versuchte, sich in der schief gemauerten Türöffnung etwas unterzustellen.

"Hallo. Jemand zuhause?" Keine Antwort zunächst, doch dann erschien im Halbdunkel des Raumes hinter der Tür die Gestalt eines Jungen, den Anselmo sofort als den Juan erkannte, der ihn im Kloster besucht hatte.

Im Gesicht des Jungen spiegelte sich eine Mischung aus Freude und Furcht, als er den Mann da stehen sah, auf dessen Kommen er schon längst nicht mehr gehofft hatte. Er wusste nicht, ob dies hier etwas Gutes oder etwas Schlechtes zu bedeuten hatte und so brachte er kein Wort heraus.

"Darf ich vielleicht rein kommen?", fragte Bruder Anselmo und wischte sich über das regennasse Gesicht.

"Oh, äh, natürlich", sagte Juan und machte einen
Schritt zur Seite. "Entschuldigen Sie."

Der Klosterbibliothekar lächelte schmal und betrat
den kleinen Raum, das Zuhause des Jungen und seiner
Mutter. Nachdem seine Augen sich an das Dämmerlicht
gewöhnt hatten, fielen ihm zuerst die vielen Heiligenbil-
der auf, die an die rohen Wände geheftet waren, dann
die Matratzen auf dem Boden, der verschrammte alte
Herd, die Stapel von Töpfen in den schiefen Regalen und
ein kleiner Fernseher, auf dem, ohne Ton, verrauschte
Schwarz-Weiß Bilder flimmerten.

"Sunita, meine Mutter", hörte er Juan hinter sich sagen und erst jetzt bemerkte er die unscheinbare Frau, die
in einer der hinteren Ecken auf einer Holzkiste saß und
ihn erschrocken anblickte.

"Guten Tag, Senora", sagte er und nach einer kurzen
Pause: "Ich bin gekommen, um Ihnen eine Nachricht von
Senor Altmann zu überbringen."

Anselmo sah den verständnislosen Ausdruck in den
Augen der Frau und in diesem Moment wurde ihm klar,
daß ihr Sohn ihr gar nichts von seinem Besuch im Kloster
erzählt hatte. Er überlegte einen Moment und entschied
sich dann, diesen Besuch ebenfalls nicht zu erwähnen.
Juan hatte sicher seine Gründe gehabt.

"Sehen Sie", sagte er, "Senor Altmann hat sich an uns
im Kloster San Franzisco gewandt und uns gebeten, Ihnen in seinem Namen etwas mitzuteilen." Die Frau
machte keine Anstalten, etwas zu erwidern und so fuhr
er fort. "Senor Altmann möchte Ihnen als Dank für die

treuen Dienste, die Sie ihm so viele Jahre lang geleistet haben und da er auch nicht mehr zurückkehren wird, seine Villa hier in Lima überlassen."

"Was?", sagte die Frau auf der Holzkiste, während sich Ihre Augen mit Tränen füllten. "Was haben Sie gesagt?"

Ja, ja", sagte Bruder Anselmo," Sie haben richtig gehört. Die Villa Senor Altmanns gehört jetzt Ihnen. Er sagt, Sie haben noch Schlüssel?"

Die Frau nickte nur, schlug dann die Hände vors Gesicht und begann hemmungslos zu weinen. Niemand sagte mehr etwas und lange Minuten war in der armseligen Hütte nur das Schluchzen zu hören und das Prasseln des Regens auf dem Blechdach.

"Ich wünsche Ihnen alles Gute", sagte Anselmo schließlich und wollte sich zum Gehen umwenden, doch da erhob sich Juans Mutter, legte die Arme um ihn und hielt ihn fest an sich gedrückt.

"Ich danke Ihnen", sagte sie mit brüchiger Stimme, "und wenn sie nocheinmal mit Senor Altmann sprechen können, sagen Sie auch ihm vielen Dank von uns. Sie wissen nicht, was das für uns bedeutet."

Bruder Anselmo wusste nicht, was er sagen sollte und als die Frau ihn losließ wandte er sich zur Tür und trat nach draussen in den Regen. "Ich werde Ihren Dank ausrichten", sagte er noch, dann machte er sich auf den Rückweg, den Hügel hinunter.

Nach wenigen Schritten hörte er den Jungen seinen Namen rufen und drehte sich noch einmal um. Juan stand vor der Tür der Hütte und es war nicht zu sehen, ob es Tränen oder Regentropfen waren, die ihm übers Gesicht liefen.

"Danke", rief er leise, hob die Hand und winkte dem lächelnden Mönch hinterher, auch noch, als dieser schon lange nicht mehr zu sehen war.

29

Gabenberg lag im Licht einer milden Nachmittagssonne, die das frische Grün der Bäume zum Leuchten brachte und unter den Passanten auf der Hauptstrasse des Städtchens waren die ersten schon in T-Shirt und kurzen Hosen unterwegs. Es war Mitte April und hier hatte eindeutig der Frühling Einzug gehalten.

Kurz hinter dem Dorfanger, am Stamm einer uralten Eiche übergab sich Graubner auf die Osterglocken, die auf der kleinen Rasenfläche rund um den Baum in voller Blüte standen.

Einen Moment lang stand er da, die Hände auf die Oberschenkel gestützt und wartete, bis das Schwindelgefühl verschwunden war. Dann kehrte er zu Altmann zurück, den er in seinem Rollstuhl am Strassenrand abgestellt hatte und sie setzten ihren Spaziergang entlang der mittelalterlichen Häuschen fort, die das Zentrum des kleinen Ortes bildeten. Graubner ignorierte die Blicke der Leute, die ihn und Altmann, diese merkwürdigen Fremden, misstrauisch musterten. "Verdammte Scheiße", murmelte er nur. Eigentlich hatte er hier gar nicht so unangenehm auffallen wollen.

Es war Altmanns Wunsch gewesen, nach Gabenberg zu kommen, denn das Städtchen, etwas mehr als zwanzig Kilometer nordwestlich von Nürnberg, am Zusammenfluss zweier größerer Bäche gelegen, war sein Heimatort, den er 1939 mit Kriegsbeginn verlassen und seither nicht wiedergesehen hatte.

Sehr viel hatte sich gar nicht verändert. Gabenberg war im Krieg weitgehend unzerstört geblieben und so fand Altmann die Orte, die er noch einmal hatte sehen wollen, auch nach so langer Zeit mühelos wieder. Jetzt waren sie auf dem Weg hinunter in eine kleine Senke, wo zwischen grasbewachsenen Uferböschungen einer der Bäche durch die Ortschaft floss.

Nach den Ereignissen am Spencer Dock in Dublin und der Entscheidung, Irland zu verlassen, hatten sie die Fähre von Dublin Port nach Holyhead an der Westküste Englands genommen. Die mehr als dreistündige Fahrt über die Irische See war ihnen sicherer erschienen, als ein Flug. Wenn jemand sie nochmal hätte abfangen wollen, dann wahrscheinlich eher am Flughafen.

Doch ihre große Vorsicht schien gar nicht nötig gewesen zu sein, denn niemand hatte ihnen auf dem ganzen Weg nach Gabenberg besondere Aufmerksamkeit geschenkt. Nicht bei der Mietwagenfirma in Holyhead, bei der sie sich den Wagen geliehen hatten, mit dem sie die zwei Stunden Fahrt nach Liverpool zurücklegten. Nicht am dortigen John Lennon Airport, wo sie einen Linienflug nach Berlin Schönefeld genommem hatten. Und schließlich auch dort nicht, bei ihrer Einreise nach Deutschland.

Einer von Altmanns falschen Pässen war anstandslos akzeptiert und keine unangenehmen Fragen waren gestellt worden.

Zwischendurch hatte Graubner gedacht, daß das alles irgendwie schon fast zu glatt lief, doch nachdem sie nach einer langen Autofahrt unbehelligt in Nürnberg angekommen waren, war der Verfolgungswahn langsam etwas abgeklungen.

Maldini und Clément waren in Dublin geblieben, um an der ausführlichen, wissenschaftlichen Edition des Papyrus weiterzuarbeiten und insbesondere die Bedeutung der neuentdeckten Papias-Fragmente, die der Kardinal aus Rom mitgebracht hatte, darzustellen.

Die vorläufige Auswertung der wertvollen Dokumente, so wie Graubner sie bis hierher vorgenommen hatte, würde in den nächsten Tagen in verschiedenen Fachzeitschriften erscheinen und damit war sichergestellt, daß die Existenz dieser Texte nicht länger verschwiegen werden konnte. Vielleicht war dies ja auch der Grund, warum ihre Verfolger scheinbar aufgegeben hatten.

Der bemerkenswerte Peruaner, der Altmann all die Zeit nicht von der Seite gewichen war, hatte schließlich eingewilligt, nach Lima zurückzukehren und sich dort um die neuen Bewohner der Villa des alten Nazis zu kümmern. Es war ihm anzusehen gewesen, wie schwer es ihm fiel, Altmann zurückzulassen, doch der Greis im Rollstuhl hatte ihm keine Wahl gelassen.

"Wer ist eigentlich dieser Peruaner, ihr Begleiter, von dem ich weder den Namen noch sonst irgendetwas weiß? Ich meine, jetzt wo er nicht mehr hier ist, können Sie es mir ja vielleicht verraten."

Sie hatten den kleinen Bachlauf erreicht und Graubner brachte den Rollstuhl unter einigen Bäumen am Ufer zum Stehen. Oben auf der Hauptstrasse, offenbar eine Durchgangsstrasse und vielleicht eine Abkürzung irgendwohin, dröhnten mehrere Lastwagen durch den Ort, wodurch die leise Antwort Altmanns unterging.

"Was?", sagte Graubner und lehnte sich etwas vor.

"Ich sagte, ich werde Ihnen gar nichts verraten. Nur soviel. Der Mann hat damals Schutz bei mir gesucht und gefunden. Und er ist zum Dank dafür zu so etwas wie meinem persönlichen Assistenten geworden. Auch zu einem Freund. Im Grunde der einzige, dem ich in all den Jahren restlos vertrauen konnte."

Altmann machte eine kurze Pause und ließ den Blick über die Umgebung wandern.

"Und er vertraut mir", fuhr er dann fort. "Darauf, daß ich seine Identität nicht preisgebe." Wieder eine kurze Pause. "Vielleicht kommen Sie ja irgendwann nochmal nach Lima. Fragen Sie ihn selbst."

Graubner schwieg und die beiden Männer standen lange wortlos nebeneinander, lauschten dem Plätschern des Wassers, immer wieder unterbrochen durch das Poltern der LKWs.

Altmann war blass und so dürr wie nie zuvor. Seine Gesichtsknochen schien jetzt wirklich nur noch pergamentartige Haut zu überspannen und Graubner dachte, daß er vor gerade einmal gut zwei Monaten, bei ihrem ersten Treffen in Lima, noch wesentlich besser ausgesehen hatte. Und schon damals hatte er ihn an eine Mumie erinnert.

Der alte Mann an seiner Seite atmete flach und röchelte dabei leise.

"Hier habe ich als Kind gespielt, Graubner", sagte er schließlich kaum hörbar. "Ich hatte Freunde. Können Sie sich das vorstellen? Richtige Freunde und wir waren fast jeden Tag hier irgendwo am Bach. Zumindest im Sommer. Aber im Winter eigentlich auch. Wissen Sie, hier bei uns gab es immer viel Schnee. Das war schön. Ich habe keine Ahnung, was aus den Freunden von damals geworden ist. Aber zu was ich geworden bin, ist kaum zu glauben, oder? Wer hätte das damals gedacht?" Seine Stimme wurde brüchig. "Das ich einst hierher zurückkommen würde, als Mörder und Kriegsverbrecher." Aus seinen trübe gewordenen Augen rannen zwei einzelne Tränen.

Graubner wusste nicht, was er sagen sollte und auch Altmann verstummte wieder.

Wieder vergingen lange Minuten, dann ergriff der alte Mann noch einmal das Wort. "Was haben Sie jetzt vor, nachdem unser Unternehmen so gut wie abgeschlossen ist? Gehen Sie zurück nach Dublin?

Graubner dachte einen Moment nach. "Erstmal werde ich wohl zurückgehen", sagte er dann, "und die Arbeit für die endgültige, umfassende Veröffentlichung des Papyrus und der anderen Dokumente in Buchform zu Ende zu bringen. Dafür werden auch noch einige Reisen nötig sein.

Und ich werde die Rückgabe des Briefes an die koptische St. Markus Gemeinde in Alexandria in die Wege leiten, wie Sie das gewünscht haben."

"Gut", sagte Altmann nur und lehnte sich im Rollstuhl zurück.

Graubner trat einige Schritte nach vorne, dorthin, wo ein kleines Geländer den Bachlauf an dieser Stelle vom Uferweg trennte, stützte sich ab und betrachtete die pittoreske Häuserzeile auf der anderen Seite des Gewässers. Er sprach etwas lauter, damit der alte Mann hinter ihm ihn noch verstehen konnte.

"Danach werde ich nach Unterägypten gehen, Altmann. Nach Thmuis, das unsere vergessene Zeugin in ihrem Brief erwähnt. Ich habe vor nach Spuren von Maria

Magdalena und den anderen Frauen zu suchen, die dort Zuflucht gefunden hatten. Vielleicht gibt es noch Überreste der Bibliothek, die sie anlegen wollten. Im Ruinenfeld des antiken Thmuis ist schon gegraben worden, aber bisher wusste niemand, was dort womöglich zu finden ist." Der Professor atmete tief durch. "Tja", sagte er, "das ist das, was ich mir vorgenommen habe. Und Sie, Altmann? Wo wollen Sie denn jetzt hin?"

Sein Begleiter gab keine Antwort und Graubner dachte, er hätte die Frage nicht gehört. "Altmann", wiederholte er lauter. "Ich habe gefragt, wo Sie jetzt hinwollen."

Als wieder keine Antwort kam, drehte er sich um und sah den Alten im Rollstuhl an. Der Kopf des Mannes war nach hinten gefallen und seine Augen starrten in den blauen Himmel. Doch Graubner begriff schnell, daß sie nichts mehr sahen. Der alte Mann war tot. Gestorben, während er, Graubner, von seinen Plänen erzählt hatte.

"So eine Scheiße", sagte der Professor und bemühte sich das Zittern zu unterdrücken, das ihn gerade überfiel. Was sollte er jetzt tun? Er hatte keine Lust, Erklärungen abzugeben, wie er dazu kam, hier mitten im Dorf mit einem toten Nazi-Kriegsverbrecher zu stehen. Er wollte Altmann aber auch nicht einfach alleine zurücklassen. Nervös ging er am Bachufer auf und ab, bis er zu einer Entscheidung gekommen war. Mit fahrigen Händen suchte er in den Jackentaschen nach seinem Handy und wählte die 112. Er meldete dem Mann am anderen Ende der Leitung die Entdeckung eines wahrscheinlich schon toten Mannes und legte auf, ohne seinen Namen zu nennen.

Dann ging er hinüber und schloss Altmanns blicklose Augen. Irgendwie wollte er nicht, daß diese so lange vergeblich zum Himmel gerichtet waren.

Es dauerte eine Ewigkeit, bis ein Notarztwagen von irgendwoher das kleine Städchen erreicht hatte und als Graubner endlich die Sirenen auf der Hauptstrasse näher kommen hörte, machte er sich auf den Weg den Bachlauf entlang, so weit, daß keiner ihn mehr mit dem Mann im Rollstuhl würde in Verbindung bringen können. Dort blieb er noch einmal stehen und sah, wie die Sanitäter sich Altmanns Körper annahmen. Er hoffte, sie würden ihn gut behandeln und er würde ein halbwegs anständiges Begräbnis bekommen.

Dann wandte er sich endgültig ab und schlug den Weg durch ein schmales Seitengässchen hinauf zur Dorfmitte ein, wo sie irgendwo den Mietwagen abgestellt hatten.

Kurz verspürte Graubner das Bedürfnis, sich in die nächste Kneipe zu begeben und sich volllaufen zu lassen, doch er entschied sich, dies nicht zu tun. Als er das Auto erreichte, fiel sein Blick auf das Spiegelbild in der Seitenscheibe und er hätte sich fast selbst nicht erkannt. Er sah aus wie Catweazle, verdammt nochmal. Er würde sich endlich wieder mal rasieren müssen.

.

Zeitfracht Medien GmbH
Ferdinand-Jühlke-Straße 7
99095 Erfurt, Deutschland
produktsicherheit@kolibri360.de